U0901651

漳州作家丛书

陈燕松／主编

戏台

青禾／著

中国华侨出版社
·北京·

图书在版编目（CIP）数据

漳州作家丛书 / 陈燕松主编 .—北京：中国华侨出版社，2018. 10

ISBN 978-7-5113-7767-8

Ⅰ. ①漳… Ⅱ. ①陈… Ⅲ. ①中国文学—当代文学—作品综合集 Ⅳ. ① I217.1

中国版本图书馆 CIP 数据核字（2018）第 216910 号

漳州作家丛书：戏台

主　　编 / 陈燕松
著　　者 / 青　禾
责任编辑 / 文　涛
责任校对 / 孙　丽
经　　销 / 新华书店
开　　本 / 670 毫米 ×960 毫米　1/16　印张 /324　字数 /4281 千字
印　　刷 / 三河市华润印刷有限公司
版　　次 / 2018 年 11 月第 1 版　2020 年 2 月第 2 次印刷
书　　号 / ISBN 978-7-5113-7767-8
定　　价 / 980.00 元（全 24 册）

中国华侨出版社　北京市朝阳区西坝河东里 77 号楼底商 5 号　邮编：100028
法律顾问：陈鹰律师事务所
编辑部：（010）64443056　　64443979
发行部：（010）64443051　　传真：（010）64439708
网　址：www.oveaschin.com
E-mail：oveaschin@sina.com

《漳州作家丛书》总序

漳州是中国历史文化名城，历史悠久，文化深厚。在文化的星空，群星璀璨，先后涌现出黄道周、林语堂、许地山、杨骚等文化名人，令我们引以为傲。

四十年改革开放，四十年风雨兼程。漳州土地，生机盎然，文学创作也迎来繁荣发展的春天。应是春风吹拂，应是文脉相承，一支包括了老、中、青三代作家的队伍正在悄然形成。2004年，漳州市委宣传部、漳州市文联编辑出版了第一套《漳州作家丛书》，有十二人，十二本。时隔十多年，在祖国改革开放四十周年的今天，漳州市委宣传部、漳州市文联再次编辑出版第二套《漳州作家丛书》，展现活跃在省内外文坛的二十四位当代作家的创作风采。十二到二十四，这不仅是作家作品数量的增加，更是漳州文学创作水平质的飞跃。

《漳州作家丛书》的出版，旨在展现漳州作家的创作成果和创造实力。以期让更多的人，通过这套丛书，了解漳州，关注漳州，热爱漳州。同时，我们也希望，通过这套丛书的出版，能够激发漳州作家深入生活，体验人生，潜心于文学创作，用更好的作品回馈家乡，回馈人民，回馈时代。

《漳州作家丛书》编委会

2018年10月1日

目/录

001 （一）

005 （1）

008 （二）

015 （2）

019 （三）

023 （3）

025 （四）

030 （4）

035 （五）

040 （5）

045 （六）

050 （6）

054 （七）

058 （7）

062 （八）

065 （8）

071 （九）

075 （9）

079 （十）

084 （10）

089 （十一）

094 （11）

101 （十二）

106 （12）

113 （十三）

119 （13）

126 （十四）

133 （14）

140 （十五）

146 （15）

151 （十六）

157 （16）

165 （十七）

172 （17）

180　（十八）　186　（18）
192　（十九）　198　（19）
204　（二十）　209　（20）
215　（二十一）　220　（21）
225　（二十二）　232　（22）
236　（二十三）　241　（23）
247　（二十四）　249　（24）

（一）

有人说，人是从一个他早已忘记的经验开始，到一个他不可能重述的经验结束。的确如此。对于我的出生，我早已忘记。外祖母说，那是一个大雨滂沱的早晨，我的母亲在床上呻吟，我的父亲却迟迟没有把医生请来，外祖母只好念佛，念着念着，我便生了出来。我生出来的时候哭得很厉害，哭得外祖母心烦意乱，她突然想起我的父亲怎么还不回来，这么想着，我也就不哭了。几乎在这同时，我的母亲有气无力地说："他怎么还不回来呀，会不会出事？"外祖母匆匆忙忙地用一床破被单将我包好，塞进母亲的被窝里，拿起门后的那把福州雨伞，出去找我的父亲。她先到医生家，医生说根本没人来过。她在一家叫"太白风"的酒店里找到我的父亲，他已经喝得差不多了。她说，"怎么啦，孩子？""医生不来，嫌钱少。我没用，我不会赚钱。"我的父亲说着便哭了起来。外祖母说，回家吧，天公惜戆囝，你生了一把茶锅。漳州土话，会生生"茶锅"，不会生生"尚杯"。茶锅即茶壶，是男性的象征，尚杯是用来占卦的两片楠木，形如猪腰，是女性的代名词。

不知道是谁在我的户口本上写着 1947 年 3 月 19 日，这是我的出生日。后来我才知道，正好是这一天，人民解放军撤出延安，毛泽东转战西北，两天前，蒋介石在南京宣布国共和谈破裂，他以为三个月，最多半年可以解决共产党问题，没想到三年后，他反倒被毛泽东赶到一群海岛上去了。因此，我常常说，我是生在黎明前，长在红旗下。而且常常为此感到庆幸，好在解放得早，我在旧社会才吃三年苦，而且这三年在我的脑子里没有留下记忆。听说能记得三岁以前的事情的人是天才，幸好我不是天才。

外祖母说，我在周岁以前是很难养的，经常生病，有一次还差一点死掉，发烧，抽筋，眼睛翻白，眼看没有希望了，突然间来了一个贵人，那是外祖母的一个干儿子，他在南山寺当和尚，他在我的人中摁了摁，又在我的背后捏了捏，我便哭了出来，这一哭便有了希望。我的这位舅舅的法号叫广定，是大雄宝殿的住持。后来我常常到他的禅房里玩，他的禅房很安静，有一种说不出的幽香。我一进他的禅房就想睡觉，有一次在他的禅床上整整睡了一天，广定师说，这孩子与佛有缘。奇怪的是，周岁以后我便不怎么生病，只是常常长疥子，外祖母说，身体里的毒从疥子泄出去，便不生病了。

我的父亲是一个唱戏的，艺人，三教九流当中，大概比乞丐高一等。但他的小生唱得好，一出梁山伯祝英台，使他唱红了半个漳州城。父亲唱的是芗剧，当时叫歌仔戏，也叫子弟戏和改良戏，从台湾传来的，很流行，很吃香。歌仔戏的根在闽南，祖宗大概与锦歌有关，最少是从那里发展而来的，历史也算是很悠久了。“西郊有西湖胜地，为观赏游艺场所。”这是《漳州史迹》上说的，西湖早已不见踪迹了，只剩下几个死水塘，而“百里弦歌”却留下来了，是一条不起眼的小巷子。漳州锦歌与泉州南音都是来源于宋朝的南戏，可见十分悠久十分文化十分高雅。然而到我的父亲唱歌仔戏的时候，却十分乡土，开头是“落地扫”——没有舞台的，唱《陈三五娘》，唱《山伯英台》，唱《吕蒙正》，唱《郑元和》，唱《孟姜女》，以后才上了舞台，唱《乌盆记》，唱《白蛇传》，唱《白扇记》。我父亲没有想到唱戏唱得好是一场灾难。他十二岁从永定老家逃荒到漳州，先是当吹鼓手，后来学戏，身段好嗓子好，认真学，不久便唱红了。当时兴赛戏，帝君公生日，土地爷生日，有钱人做生日……都要请几台戏一起唱。父亲一上场，所有的观众都往他的台下挤，母亲说父亲很有“棚脚缘”。这是戏班里的行话，有“棚脚缘”就是戏台下的观众和他有缘分，也就是受到观众的喜爱。这样便得罪了对方，那可是“王爷戏”，戏老板有钱有势，他们先是用钱收买他，父亲重情义，不肯背叛自己的老板，后来便扬言要揍他，他以为说说而已，哪有那么不讲道理的？那天散戏，父亲卸了妆，哼着“杂碎调”走回家，就在离我家不远的那条巷子里，他们用布袋蒙住他的头，把他打昏在地上。这件事发生在我出生前的十几天，父亲既不愿意屈服，也不敢硬顶，便称病在家。十几天不出门，那个大雨滂沱的早晨是他出事后的第一次出门，所以母亲很为他担心。

我出生的那天除了下一整天雨，没有其他异常的现象。后来我问我的父母亲，在我出生前他们有没有做过什么梦，比如长虹贯天、日起东山之类，他们都说没有，那几天他们都睡得死沉，一点梦都没做。可见我确实是一个十分平庸的角色，我的出生是那样的平常，悄无声息，除了我的父母和我的外祖母，世界上的任何一个人都不把它当一回事，就像生了一头猪、一只羊。可我懂事以后，一直把自己当一个了不起的人物，每当看到戏台上有一位公子中了状元，我便想，那就是我。想想，也真可笑。

我的童年没受什么苦，虽然我的父母亲和外祖母曾经吃过野菜，但我确实不知道，从来没尝过野菜的滋味，因为我吃的是我母亲的奶。等我稍微懂事的时候，已经是“解放区的天，是明朗的天”了。

我不知道我为什么会住在那所宽敞的房子里，那里给我的童年留下第一个美好的记忆。我记得那个厅很大，正中间摆着一张八仙桌和长桌，上面供着观世音菩萨。每天早晨，我都在外祖母的诵经声中醒来，先是遥远的一声清脆的磬声，然后是木鱼声、外祖母的诵经声，那声音很安详、很平静，甚至有点懒散。天还没亮，猫在对面的椅子上，用绿莹莹的眼睛看着我，我也不看天，也不理猫，就躺在床上静静地听外祖母诵经，听着听着，便又睡着了。等我再次醒来的时候，天已经大亮了，阿妗站在我的床前说，阿云，日头晒屁股了。这时，外祖母在院子里浇花，小鸟在院子外的柳树上叽叽喳喳地唱着。我跳起来，也不穿衣服，也不穿拖鞋，就跑到院子里，说：阿姆阿姆，我要浇花。外祖母放下手中的水喷子，说，穿了衣服来。于是我便又回来让阿妗穿衣服。这时，我的表哥在后面的园子里浇菜，他比我大五岁，叫阿波，阿妗总是叫他做事情，不让他玩。而吃饭的时候，总不让他和我一起吃，我吃精肉炖鸡蛋，他吃小咸鱼。有一次，他偷偷地问我：那肉好吃吗？我说不好吃。我夹了一块肉给他吃，他说好吃。我试了试他的咸鱼，也觉得很好吃。我说，我们换着吃吧，他不敢，怕阿妗骂。我对阿妗说，我要吃咸鱼。阿妗说，那是喂猫的。外祖母和阿妗不吃肉也不吃鱼，她们吃素，酱瓜咸菜稀饭，天天如此。

菜园子的后边是一座小山，全是用草木灰堆积成的。小山的后边是一片龙眼树林，树林子里有一间小房子，阿舅就住在那房子里。阿舅整天不说话，只在那里没完没了地洗着灰，后来才晓得那是在做碱仔，卖给人家洗衣服用的。这个阿舅我不叫阿舅，叫他六叔。六叔虽然不说话，人却很和气，识字，会看病，常常为邻居们看病，不收钱。他在院子里种了许多草药，有时就不开药方，在院子里采一点草药，就把人家的病治好了。他先是做碱，然后是拉板车。他死的时候很凄凉，先是脚肿，自己抓草药吃，没吃好，以后便是手肿，脸肿，然后便悄悄地死去。后来我才知道，他不是我的亲舅舅，我亲舅舅早死了，死于鼠疫。我的亲舅舅留过洋，曾在香港的海关任职，后来回家探亲，带回来一部红牌的自行车，在漳州的街上很引人注目，可惜那一年漳州流行鼠疫，他就再也没回香港去了。听说，他在那边还有一个老婆和一个女儿，可他没有留下她们的地址，从此便失去了联系。阿舅和阿妗没有生小孩，只是抱养了一个男孩，这便是我的表哥阿波。后来阿妗便带着表哥嫁给了六叔。六叔姓林，是漳州的望族，有一大片房产，解放后全“改造”了。他先前是教书的，解放后才做碱，不让做碱的时候才拉板车。他一定有许多苦衷，可他从来不说，在我的记忆中，他和阿妗也很少说话，他们中间似乎隔着一层什么。表哥和他，更是无话可说。他就这么默默地活了几十年，然后默默地走了。

那时，菜园子和小山是我和表哥的乐园。我们往地洞里灌水，抓蟋蟀，斗蟋蟀，我们还在园子里采地瓜叶子，到院子里去喂乌龟。我们的院子里有一只乌龟，晚上躲在阴沟里，白天便爬出来，听外祖母诵经。有一次，我用一根树枝让乌龟咬着，然后把它提了起来。外祖母看了说，罪过罪过，快放下来，龟是有灵性的。你知道它有多大吗？它比我还大100岁哩。有一次，我们在小山上玩捉迷藏，我不小心掉进一个灰洞里，差一点被灰淹没，表哥因此挨了一顿打。

有一天，我们在小山上采地瓜叶的时候，突然听到天上一阵轰鸣，我们抬起头，在我们的头上飞过四只巨大的黑色的鹰，那鹰的尾巴有一股浓浓的烟，那鹰飞过我们头顶的时候，一股强烈的气浪，把树、房子，还有我们，都震得发抖。我和表哥吓得抱在一起大哭起来。后来我们才知道那是飞机，国民党的飞机。外祖母说，这种飞机会扔炸弹，说，以后如果看到这种飞机，要赶紧往屋里跑，赶紧往床底下钻。飞机过后，她跪在观世音菩萨前念了一整天经。

就在飞机过后不久的一天早晨，当我睁开眼睛的时候，我看到我的母亲站在我的床前。我已经很久没有看见母亲了，突然看到她，有点陌生，有点别扭，不敢叫。外祖母说，怎么不叫，不是天天想着母亲的吗？我这才喊了一声妈。母亲说了句“真没用”，便把我抱了起来。

母亲是来接我的。那时，父亲的剧团要到厦门演出，他们想把我也带去。

（1）

这是1952年的春天。

清明刚过，山坡上还可以看到一丘丘刚刚培过的坟墓，潮湿的红土上残存的纸钱在清凉的春风中颤抖着。顺着山坡往上，是一片密密麻麻的松树林，一直延伸到山顶；顺着山坡往下，是一片水田，一直连到九龙江边。可如今清明已过，水田里却还没有插上秧，水面上漂浮着红萍，有两只瘦骨嶙峋的鸭子在田里觅食。

在远远的江面上，缓缓驶来一条破旧的小船，船头，站着一个穿着军装的黑大汉，他是中国人民解放军31军91师272团的一个排长，姓林名方正。林排长看着这青山绿水，突然来了兴致，放声高歌：“解放区的天，是明朗的天……”林排长的歌声把划船的老头吓了一跳，老人惊慌失措地看了一眼两岸的树林，悄声说，林同志，当心土匪。

老人的话音未落，一阵枪声从他们的头上飞过。林排长敏捷地按住老人，说，快，靠岸。船到岸边，林排长跳下水，向老人一挥手，你快走。然后猫着腰朝山坡上冲去。枪声在他前后左右响着，有一枪打在他前边田埂上的一块卵石上，发出清脆的响声。两只受惊的鸭子拍打着翅膀向田中央逃去，水溅到林排长的脸上，林排长一个纵身，滚到沟边，拔出盒子枪，他没有开枪，他在寻找目标。又有一梭子弹在他的上边响起，他顺着枪声向树林开了一枪，又开了一枪，一翻身，冲向山坳那边的土楼。

跑了一会儿，他突然站住了，他感到有点不对头，他趴在路边朝树林看去，隐隐约约之间，他看到几个影子往山上跑。“我还跑什么，追。”他对自己说，一跃而起。这时，从土楼那边跑来几个带枪的民兵。他把枪一挥，说，“跟我来。”

他们一直追到树林边。在一棵树下，躺着一个土匪，胸口上有一摊血。还真打中了。林排长蹲下去，摸了摸他的鼻孔，已经断气了。

林排长在上良村任剿匪工作组组长，前几天，他们在区中队的配合下，在后山围歼了一股土匪，后山土匪头子山猫仔扬言要进行报复，今天可能就是他的报复吧，可这小子报复了什么呢？除了留下一具尸体，他什么也没得到。

林排长微微一笑，他突然又想唱歌，唱什么？“向前，向前，向前，我们的队伍向太阳……”可他没唱出来，他想起了一件比唱歌更重要的事情。

林排长带着两个民兵来到渡口。说是渡口，其实是一棵大榕树下的几块石阶，老人的小船正停泊在那里。两个民兵一看到船上的东西，立即欢呼起来，天公爷啊，是稻秧！

老人冲着两个民兵说：“这是林同志特地从浦南给我们要来的。还不快点叫那些女人来挑回去？”

林方正的工作组说是组，实际上只有两个人，一个他，组长，还有一个是刚刚在漳州招收的店员，是当翻译的，闽南话对于他来说，就跟外国语一样，一个字也听不懂。然而，在短短的几个月当中，他居然把群众发动起来，组织起来，武装起来，还建立了村政权。而他的对手山猫仔也不是一个笨蛋，他曾悄悄地把几个村子的秧苗给毁了。

林排长开会布置插秧，组织两个队，一是护秧队，一是插秧队。江边山坡上的水田好办一些，山里的梯田就难办，那里土匪出没，不安全，插上去也可能再次被毁，有人主张放弃，而林排长却坚决主张插上，再组织巡逻护秧。“而且，”他说，“在土匪当中有相当部分是被蒙骗胁迫上山的农民，他们不会对刚刚插的秧田下毒手的。”

开罢会，林排长仿佛看到山坡、山脚一片片翠绿的秧田，心情为之一振，顺口便溜出一首歌来：“二月里来，好风光，家家户户种田忙，只盼着今年的收成好，多捐些五谷充军粮……”

村长说："林排长会唱戏？我们村原来有一个戏班子唱歌仔戏的，还是程溪笋仔班的师傅教的，唱《吕蒙正》《山伯英台》，农闲时唱……那时候……唉，要是没有土匪……"

"土匪很快就会肃清的，几个小丑挡不住历史的潮流。等农闲时，我们就把剧团，就是你说的戏班子组织起来，人都还在吗？"

"都在，只是唱主角的小旦被土匪糟蹋了……"

"是那个叫秋月的姑娘吗？我们要把剧团组织起来。在解放区，剧团的作用可不小，我就是看了《白毛女》才报名参军的。白毛女，知道吗？不知道。当然，我们还来不及搞这个，等我们把剧团搞起来就排这个戏。"

"《白毛女》是什么戏？文戏还是武戏？文戏我们排过，武戏可从没排过。"

"文戏？什么文戏，歌剧，懂吗？"

村长不懂，也没再往下问，只是点点头，笑了笑，反正这还是很遥远的事情，眼下是插秧，是剿匪，这才是正事。

林方正天生喜欢唱歌，小时候放牛，一上山就唱，唱的是山歌，歌词当然不怎么革命，哥呀妹呀一更呀二更呀，但唱起来很痛快。军区文工团到他们村演《白毛女》之后，他报名参了军，他的主观愿望是想当演员学唱歌，可人家一试，说不行。五音不全，没有一首歌从他的嘴里唱出来不跑调的。但乡亲们都说我行，他说。文工团长微笑着，头却摇得很坚决。他被送到战斗连队当通讯员。然而他依然喜欢唱歌，他成了连队的歌手，因为战友们并不计较他的音准不准、走不走调，战友们感兴趣的是声音，一连串被称为歌的声音，这声音抒发了他们的内心感受。在战斗之余，在生死搏斗留下的空隙，哪怕是发自内心的一声吼叫，听起来也是痛快的，更何况是歌，或许，生命就在这歌声中得到张扬。

林方正的歌因此出了名，不但在连里，在营里，就是在团里，也是小有名气的。有一次团长对他说：小鬼，等全国解放后，我就把你送到学校学唱歌，让你唱个够。

这当然是随便说说，谁也没当真。

有一天，林排长在村口看到一棵树，他说不出这是什么树，他的家乡没有这种小巧玲珑的树，他觉得这树有些古怪，他退后几步，再看看，他突然想起白毛女的一个舞姿，而且越看越像。军区文工团的那个女演员真是漂亮极了，在这之前，他没有看到过这么好看的女人，在这以后，他也没再看到过这么好看的女人。那个秋月，那个被土匪糟蹋了的秋月也没有这么漂亮。或许，他没有仔细地看过她，或许她的衣着太差，或许换上一身好衣服，一个好的场合好的角度，她会变得好看一些。他看到她的时候，是在会场上，那时，他站在台阶上讲话，她坐在下面的一块大石头上。人们都看着他，唯有她低着头，头发散乱、发黄。她抬过一次头，匆匆地瞥了他一眼，又低下头。那么，换一种场合和角度是什么场合和角度呢？等剿清了土匪，等要成立剧团时，找她谈一次话……这么想着，他的心里居然有一种异样的跳动，他对这异样的跳动感到十分迷醉，但他知道，这是不合时宜的，这或许就是人们所批评的小资产阶级感情吧？他自嘲地笑了笑，离开了那棵树。

林方正从此有一个奇怪的愿望，想再看看秋月，希望这一次看到她的时候，她会变得比第一次更好看一些。可是说来也怪，同在一个村里，就是看不到她，也不知道她的家住在哪里，分队插秧的时候，妇女们挑秧的时候也没有看到她。想问村长，又不好开口。

插了秧，剿了匪，一定要把业余剧团搞起来。林排长这么想着。

（二）

九龙江发源于玳瑁山，无数的涓涓细流在崇山峻岭中缠缠绵绵地流淌了数百里，到了博平岭便向东南而来，汇成两条溪流：北溪，雄奇壮丽，哗啦啦地冲过 36 个险滩，然后浩浩荡荡地奔向东方；西溪，秀美温柔，轻缓缓地拥着岸边的翠竹，向着美丽的漳州平原款款而行，然后，在古老的石码镇投入北溪的怀抱，相拥着，走入大海。

北溪山峭水恶，有青龙岭、龙头山、天濑、九龙潭，还有说不清道不明、稀奇古怪的仙字潭，不管是山是水是文字，总是留给人们一些忐忑和不安。西溪山清水秀，有翠竹有香蕉，还有那玉质冰肌、芬芳宜人的水仙花，不管是山是水是花，总是给人们留下温馨和宁静。这是两条性格完全不同的河流。然而，就是它们，造就了漳州平原、漳州文化，也造就了我。

当我们的小船在西溪的溪面上飘荡的时候，西溪已经相当古老了。我坐在船头，看天，看水，看山，我的确弄不明白这一切都是从哪里来的，我走到船舱，问：妈妈，这水是从哪里流出来的？从山里。那么，山是从哪里来的？山？本来就有的。那么天呢？不知道，烦死了。这时，母亲躺在船舱里，她总是睡，没完没了地睡。我回到船头，问船家阿婶，阿婶从水里抽出水淋淋的竹竿，看着我出了好一会儿神，竹竿上的水滴在我的脸上，清凉清凉的。

“是啊，这一切都是从哪里来的呢？”她说。

她把竹竿插入水中，弓着腰向后走去，一边走，一边对在船尾把舵的阿叔说：

“你说这孩子有多聪明，我们撑了十几年船都没想到这水这山是从哪里来的？你说，这是从哪里来的呢？”

“本来就有的嘛。”阿叔说。

“那还用你说吗？”阿婶不满地说。

这时，母亲从船舱里爬出来，说：“这孩子就是怪，别理他。”

阿婶看着我，很慈祥地笑着。阿婶很黑，脸上都是皱纹，但她有一双很大很美丽的眼睛，她的眼睛像那清澈透明的溪水，我可以在她的眼睛里看到我那得意的笑脸，我为我的问题把所有的人都难住而十分得意。我是一个平庸的角色，我很容易为自己的一点小聪明而满足，这一点在我很小的时候便显露出来，可悲的是我到很晚的时候才意识到。当我意识到时候已经成了惯性，想改也改不了了。但是我当时的确很得意，这种得意成了我美好的回忆。

母亲坐在船头，说，啊，这里真好看。我问：哪里？她说，那里。她用手指了指岸上的竹子。我顺着她的手指望去，看到竹丛中有一片粉红色的云，我情不自禁地喊道，看，那里有云。什么云，那是桃花。母亲说。

绿油油的溪水，绿油油的竹，蓝悠悠的天空，白悠悠的云。悠悠的小船无声无息地划过水面，划破了宁静的天空，划破了逍遥的白云。翠竹的倒影像喝醉了酒似的在岸边摇晃。黄色的沙滩上，偶尔有一两个小女孩子在捞沙蜊子，长长的耙子拖过水面，跳出许多美丽的白色的水花。沙滩上，有几串歪歪斜斜的脚印，懒懒散散的，很好看。远处的桃花连绵不绝，时疏时密，时浓时淡，变幻着奇妙的透明的粉红，而那无数的竹叶在粉红色的云中晃动着，像无数不疲倦的调皮的小手。

远远的溪面上，一片白云在浮动，突然，“哗”的一声，白云飞溅，在空中化成许多飞翔的碎片。

“啊，鸭子鸭子。”我不禁欢呼起来。

“那是白鹭。”阿婶笑着说。

白鹭在我们的船边低低地飞翔，“咕咕”地叫着，有的落在沙滩上，有的落在前边的水面上，有的落在我们的船舷上。

我霍地站了起来，它们又“哗”的一声，飞走了。阿婶笑着说:“它们怕生。”

我有些后悔，却又无可奈何。我站起来做什么呢？我明白了，我是想抓住它们，窃为已有。一旦被我抓住，它们就失去了自由，而自由对于它们，是多么的美丽啊。我这种把美丽窃为已有的思想是从哪里来的呢？那时我还很小，而我的动作几乎是下意识的。我的这一辈子几乎都在和自己的这种欲望做斗争。

岸上传来了一声牛“哞”。一个小男孩骑在牛背上，他的脚丫钩着一顶斗笠，斗笠在牛的肚子下轻轻地摇晃着。

母亲说:“你看，农村的小孩多苦，你要不听话，我就把你送到乡下去放牛。”

我说:“放牛就放牛，我就在牛背上唱歌。”

阿婶在一边笑着说:“这小囝仔多叫人疼，先生娘，您要是不要，就送给我们当儿子算了。”

“行啊，现在就给。”母亲笑着说。

“我们可不敢。要是您看得起我们，就当个干儿子吧。”

“行，”母亲不无骄傲地说，“这孩子，坏是够坏的了，就是讨人喜欢，已经有三个干妈了。”

“那就一言为定。”

阿婶放下竹竿，钻进后舱，一会儿，拿出一只银锁，套着一条红丝线，挂在我的脖子上。母亲在一边笑着，说:“快叫干妈。”

我响响亮亮地叫了一声干妈，干妈一下子把我搂在怀里，我闻到了一股从来没有闻过的汗香。当干妈放开我的时候，我发现，白鹭在我们的头上飞翔。

我们的船是五篷船，是载剧团布景的。我们的前面，是一条大汽船，剧团里的人全坐在那上面，母亲喜欢安静，才带着我坐在这小船上。风和日丽，船顺流而下，一个上午便过了万松关，到了许梦村。

我们的小船靠在村口的一棵大榕树下。大船上的人都已经上了岸，父亲在岸上说："上来吧，我们晚上在这里演出，明天再去厦门。"

干妈把我抱下船。阿英姐从老远的地方跑过来，把我从干妈的手上接过去。阿英姐是剧团里最漂亮的小旦，是父亲的徒弟。她一边抱着我，一边对在跳板上的母亲说："师娘，小心。"

干妈回过头去扶母亲。母亲挺着一个大肚子，我觉得她又笨又难看。

我发现有许多人在看着我们，我说：我要下来。阿英姐不但不放，还把我抱得更紧，这时，我听到有人说，看，就是她，上次就是她，最漂亮的就是她。

许多乡下人围着我们看，还有几个小孩跟在我们的后面跑。阿英姐把脸贴在我的脸上，热烘烘的，她害羞了。这时，阿文哥不知从什么地方冒了出来，说：我来抱吧。我才不让他抱哩，他的身上老是有一股汗酸味，而阿英姐的身上有一种淡淡的奶香味。我搂紧了阿英姐的脖子，同时朝他做了一个鬼脸。阿英姐拍拍我的屁股，然后把我抱得更紧一些。

阿文哥默默地走在我们的身边。阿文哥也是我父亲的徒弟，演小生。他们俩总是演一对子，不是你叫我小姐，我叫你相公，就是我叫你官人，你叫我娘子。

我们的住处安排在村边的大庙里，男的睡下厅，女的睡上厅，一律打地铺。村民们已经给我们铺好了稻草。刚刚放下行李，林工委就在门口喊道：男同志都跟我来，我们帮农民兄弟搭戏台去。于是所有的男人都跟他走了。

林工委是政府派来领导剧团的，听说在部队当连长，会唱歌。人长得高高大大、壮壮实实的，也不难看，就是眼睛太小，皮肤太黑，刚刚见面的时候不大习惯。他总冲着我笑，有一次还捏着我的脸颊说，好漂亮的脸蛋，将来准是一个好小生。林工委说话有点怪腔怪调的，听说他的本地话是刚学的。我有点怕他，我的怕是被他们传染的，他们说说笑笑的时候，只要有一个人说一声“林工委来了”，大家便吓得鸦雀无声。男人走了，女人们便放肆地说笑起来。阿英姐帮母亲铺好床，母亲便靠在一个大背包上打盹。庙里贴着许多红红绿绿的标语，阿英姐一张一张地看过去，我问：那写的什么？她说，好像是打倒地主分田地。说着，便去整理她和阿文哥的行李。有人说：阿英，刚才没被农哥的眼睛剜凹了吗？阿英姐微微一笑，做自己的事情，不理她。

这时，冷水和石花在门口向我招手，我偷偷地瞥了母亲一眼，母亲的眼睛闭着，我爬到母亲的背后，溜了出来。

冷水和石花都是剧团的小孩，冷水的父亲叫大利，是剧团里的“头手吹”，也拉二胡也吹箫，石花的父亲叫罗仔，丑角，常常演花花公子，和秀才抢小姐。他们的母亲是我母亲的朋友，又是我母亲的敌人。母亲表面上和她们很要好，背地里又常常说她们的坏话。石花的母亲是花旦，白白胖胖，花花绿绿，爱干净，身上总是有香水味，母亲一闻到香味就皱眉头。她是厦门人，母亲说，厦门人就是这款式，不怕家里着火，就怕掉进粪坑里。还说她撒尿也要用草纸，穷讲究。冷水的母亲刚刚从漳浦乡下来，在剧团里打杂，烧开水，洗服装，装戏笼。母亲瞧不起她，说她土，说，“漳浦兄，入城找无龙眼营”。这是漳州人讥讽漳浦人的话。龙眼营在漳州城南，靠溪，靠南码头，很繁华，有很多旅社、茶馆、点心店，还有一间很大的会馆，会馆的斜对面，是有名的通元庙，太平军进漳时，侍王李世贤就住在那里，所以也叫侍王府。漳浦人进城不但找不到龙眼营找不到旅社，也不懂得怎么吃点心。吃鼎边滚（锅边糊）的时候，因为是早上，别人的碗里掉进了一只蟑螂，他还以为是什么好东西，当主人在他的碗里撒胡椒粉的时候，他不平地说：人家放水龟，我为什么撒香炉灰？母亲不知道从哪里听来的这些故事，她在讲给阿英姐阿文哥听的时候，一脸鄙夷的神色。当然，这些都没有妨碍我和冷水、石花的友谊，他们总是找我玩，听我的话，还教会我许多玩法，比如，把一块小肥皂泡在水里，用小瓶子装起来，然后拿一根麦管，蘸一下肥皂水，便可以吹出许多美丽的水泡来。

我们刚走出庙门不远，就被一群农村的小孩围住了。他们问我们晚上演什么，哪个小旦最好看，还问我们会不会演戏等等，我们都一一作了回答，当然，主要是我作了回答，我当时很神气，那神气的样子不亚于国家元首答记者问。但是，他们一定要我们表演一下，最少也得唱几句。我们都会唱，但不唱，不屑于唱。他们便不让我们走。正在难分难解之际，突然有一个小孩喊道："地主来了地主来了。"于是他们都"轰"的一声朝一个老头围了过去。

那是一个干瘦的老头，弓着腰，扛着两条长长的凳子，颤颤颠颠地朝我们走来。那群小孩围着他，齐声叫道：地主地主地主地主。地主放下凳子，用可怜的目光看着他们，当他想再扛起那两条凳子的时候，却怎么也扛不起来了。这时，阿文哥正好走过来，说：我来吧。一个比较大的小孩说，他是地主。阿文哥白了他一眼。他先把凳子摆好，然后，一蹬脚一弯腰，当他站起来的时候，那两只凳子已经在他的两肩上了。我们立即欢呼起来，跟在他的后面，朝广场奔去。

没想到阿文哥因为扛凳子闯了祸，这里的土改工作队长找到林工委，说，剧团有人在光天化日之下帮助地主分子扛凳子，长地主阶级的志气，灭贫下中农的威风。林工委找阿文哥谈话，阿文哥不服气，说：地主怎么啦？他是一个老头，扛不动，我帮他，有什么不对？林工委说，这可是阶级立场的大事，含糊不得。晚上的戏也不让他上台了，叫他一个人反省反省。气得阿文哥连饭也不吃，一个人在庙里生闷气。

晚上，当我们来到台后的时候，台下已经是黑压压的一片人头了。母亲白天没精没神的老打瞌睡，一到晚上，便来了精神，她叫阿英姐事先给她在台下放了一把椅子，她要看戏。她是戏迷，听说，就因为看戏、迷戏，她才认识了父亲，最后嫁给了父亲。母亲坐到台下准备正儿八经地看戏的时候，我们几个小孩便在台前台后乱窜。

明晃晃的汽灯高高地挂在台前的竹竿上，许许多多的飞蛾不停地往汽灯的玻璃罩上撞。台下，人声沸腾。远远的溪上，有许多灯火在移动，由远而近，我终于看清了，那是船，那是来看戏的人们所坐的船。我突然想到干妈，便绕到后面，想去叫她也来看戏。在后台，我被阿英姐抓住了。她说：哪里去？我说，去看干妈。"什么干妈，去看看你的阿文哥，看他吃了没有。"我说好，便叫了冷水一起朝大庙奔去。路上，正好碰到干妈，她拉住我，说，别乱跑，和干妈一起看戏去。我说：我不看，戏全看过了，我就等着吃夜宵。她说，晚上到船上来睡吧，我说了声好，便挣脱她的手朝庙里跑去。

庙里黑飕飕的，我和冷水站在门口，不敢进去。“阿文哥”，我在门口喊道。进来，没想到回答我的是林工委的声音。

这时我才发现，在角落里有一盏灯，林工委和阿文哥坐在一起。刚才我和阿英姐端来的卤面已经没有了。我说：阿英姐叫我来看你吃了没有。林工委说：他吃了，还能不吃饭？就叫阿英同志放心吧，我和他在一起哩。

我们走出大庙的时候，冷水说：我们到溪边看看。我们就朝溪边走去。

这时，从戏台子那边传来了一阵阵锣鼓声，这是闹台，闹三遍，戏便开场了。和那边相比，这里安静极了，可以听到我们自己的脚步声，还可以听到青蛙声。我有点害怕，想往回走，冷水说，怕什么，胆小鬼。他说他在乡下的时候，常常晚上出来掏鸟窝，白天先看准了，晚上上树，用手电筒一照，没有不成功的。说着，便到了溪边。溪水哗哗地响着，我还是有点害怕，但我硬挺住，装作很勇敢的样子，说：我们也去掏鸟窝。冷水说，没有手电筒，根本不行。我们突然听到有人在哭泣，循声看去，我们在远远的榕树下看到一个黑点。我们都有点害怕，又有点好奇，手拉着手，慢慢地向那黑点挪去。我们连大气都不敢出，终于绕到了那个黑点的背后。当我们还没有决定怎么办的时候，那黑点霍地站了起来。吓得我们转身就跑。“别跑别跑，我是人。”他这么一喊，我们更害怕了，这“人”字，使我们想到了鬼，因为人是不必要说明的。我突然脚一软，摔倒了。“我说别跑嘛。”那个人把我抱了起来，这时我发现，他就是那个地主。

他说：别害怕，我不会伤害你们的，我也是人，我也有良心。他一边说，一边拍打着我身上的泥土，语气相当和蔼。我说：地主是什么？他说，地主是有罪的。他牵着我们的手，和我们一起来到村边，说，你们去吧，便又悄无声息地向溪边走去。不知为什么，我想叫他一声阿伯，却没有叫出口。

散了戏，吃了夜宵，我对母亲说：我要到船上去睡。母亲说，你神经病，还打了我一下。不管怎么说，我一定要去。母亲没办法，只好叫阿英姐和阿文哥把我带到干妈的船上。干妈看到我，高兴地大叫起来，紧紧地把我抱在怀里，还在我的脸上亲个不停。

我躺在干妈的怀里，听船下的水声，舒服极了。我突然想起白鹭，我说：干妈，白鹭睡在哪里？干妈想了想，说，睡在溪里的水草中。它们不会冷吗？不会，干妈说，它们身上有毛。我想起白鹭身上那雪白的毛，想着想着，便睡着了。

这个晚上，我做了一个梦，我梦见我变成一只白鹭，在蓝天和绿水之间飞翔。这是一个唯一的永远的梦，我这一辈子再也没有做过这样的梦。

（2）

草花街好几年没有这么热闹了。当街用竹栅搭起一座戏台，台湾歌仔戏“艺光班”在这里演《八仙过海》，锣鼓闹过三阵，戏就要开场了。台下，人山人海，有坐的有站的，也有走动的，黑的蓝的灰的花的，各种各样的土布衣裳闪动着，摇晃着。台后，几个小孩偷偷地掀开深绿色的布幕，往里伸着他们贼一样的小脑袋，里面传出一阵吆喝，孩子们把脑袋缩了回来，兴高采烈地跑了，不一会儿，又贼一样地去掀那神秘的布幕。玩累了，便去围吹糖人的担子。吹糖人的是一个老头，他一边吹着那似灭非灭的小木炭，一边用他那干枯的手指变戏法似的捏出八个神仙来，李铁拐、蓝采和、吕洞宾……个个栩栩如生。在他的两边，削甘蔗的，烤北仔饼的，卖豆干面的，不停地叫卖。

草花街是漳州一条不大不小的街道，古时漳州城内九街十三巷，草花街是其中之一，曰济美巷。石板路面，两边是一式的平房，伸出长长的屋檐，出日可以遮阴，下雨可以挡雨。这里开的都是草花店，做纸花，糊纸人……是做冥寿用的，做“佛事”，烧给死人的，二进的大厝，八抬的大轿子……全是活人送给死人的礼物。

有人说，在这里唱戏，不吉利。

戏就要开场了，坐在中间条凳上的一个老头朝四周看了看，说，好几年没有这么热闹了，民国十四年……坐在他身边的一个女孩子打断他的话头，阿公，什么民国，都解放了。

老头吓出一身汗，好在没人听见，人们的耳朵全被闹台的锣鼓塞满了。

在观众的后边，有几个人来回走动着，领头的是一个三十来岁的中年人，一身黑色的汉衫，一双灵气十足的眼睛，薄薄的嘴唇，不说话时给人一种微笑的感觉，一张嘴，便使人如沐春风，既亲切又温暖。有一次他的女弟子阿英对她的师娘说：你说怪不怪，我一看到师傅的脸，就想起我们村口的那棵柳树。他是漳州歌仔戏“水仙班”的老板，姓朱名进，艺名“笑三春”。

“师傅，你真的看过他们的功夫吗？”

走在笑三春右边的一个少年家说，他叫阿文，唱小生。

“看过，在厦门光明大戏院，和你师娘一起看的，飞人，从台的这一边飞过去，不知道他们是怎么飞的。还有飞刀，飞剑，闪电，和真的一样。台下不停地鼓掌，那掌声，叫人心醉……”

“飞，我看是假的，当时台上一定是暗的，飞的是一个影子。”

“一下子，灯光全暗了。”

“这就对了。”

“你想起来了？”

“回去试试。就是闪电，不知道怎么搞的。”

“今天得认真看。听说李铁拐的葫芦会吐烟、吐火，神了。这一招听说是草仔师在台湾学的，就是不说，也难怪，说了，大家都会谁还看他的？”

戏已经开场了。

街口，有几个戴着袖章的解放军战士在巡逻。人们用奇怪的目光看着他们。人们还不大习惯这些脸带微笑的大兵，心里有点忐忑。刚刚过去的记忆没有完全消逝。溃退的国民党刘兵团可没有给漳州人留下好印象。

“你看，草仔师扮相就是好，扮什么成什么。我就不行。”笑三春对自己的徒弟说。

“师傅可别长他人志气，灭自己威风。”

正说着，突然听得一声巨响。只见台上浓烟滚滚，台下一片惊叫，秩序顿时大乱。台下半圆形的人墙像突然断了桶匝的桶墙，向四边倒去。人们一边叫着，一边向外挤去，人挤人，人推人，人压人。有的人被挤倒，哭爸叫母的。摆摊设点的还没回过神来，摊子担子便被挤倒了。许多人挤进路边的草花店里，挤坏了好几座“大厝”。有人匆忙地关上自家的大门。一个从里边挤出来的少年家说，爆炸了。

人们以更快的速度向外散去。

那几个巡逻的战士手按着腰间的匣子枪，往里挤，一边喊着，“让开让开。”笑三春愣了一下子，立即跟着几个战士往里挤。

原来，为了取得惊奇的效果，李铁拐的葫芦里装了爆药。八仙过海，惊动龙宫，龙王不许，一场大战迫在眉间。李铁拐从容应战，一声“看我的”，拉开机关，轰隆一声，李铁拐拦腰爆开，肠肚翻花，血溅戏台。何仙姑的脸上也被铁片划破，血泪横流。

不是敌特破坏，几个解放军战士松了一口气。

几个大胆的观众跑了一半又折回来，围着戏台看热闹。

笑三春喊道：快，救人要紧。

几个战士跳上台。他们发现，已无人可救，李铁拐早已一命归西。

顿时，台前台后，一片哭声。

这是一座红砖小楼，两层，窗落地，有壁炉。这是帝国主义侵略者的罪证。听说，这里原来是医院。医院也是侵略，文化侵略。谁让他们来办医院？难道中国自己没有医生？

然而这里现在是专员公署，革命的指挥部。门口站着两个持枪的解放军战士。这里的环境和枪不大协调。高高的柠檬桉树林，矮矮的冬青树丛，还有一坛坛盛开的牡丹花。一条灰色的鹅卵石小路，弯弯曲曲地穿过树林，把这小楼和其他楼房连接起来。阳光把柠檬桉树干的影子疏疏落落地横在路上，远远看去像一幅横轴上点缀着几株墨竹。

这里静悄悄的。

楼上，军管会文教部兼专署文教科干事高少君刚刚汇报完“草花街爆炸事件”的始末。身着军装的宋专员一边抽烟，一边来回地踱着步。几十年的戎马生涯使他不大习惯安安静静地坐在椅子上思考问题，他的脑子似乎要在动态中才能运转起来。

在窗边的沙发上，坐着黑黑瘦瘦的卢副专员，他原来是闽南游击纵队的政委，漳州人。卢副专员没有穿军装的习惯，只要不是正式场合，他喜欢穿汉衫，黑色的汉衫加上农民似的短发，使他显得有些土气。他不喜欢这房间。帝国主义造不出好房子来，卢副专员心里闪过这样一个念头，家具也是又粗又笨的，窗子开到地上，像什么？

“在调查中有没有发现敌情，也就是说，这里面有没有敌人破坏的可能性？”宋专员说。

“看来没有，”小高说，“李铁拐葫芦里的火药是他自己装的。过去装的量少一些，舞台效果差一些，这一次他对妻子陈月娥说，第一次到漳州演出，要风神一些，这是他的原话，意思是效果要好一些，派头一些，就多装了火药，也是他自己装的。”

“他的妻子……背景材料呢？”

“都不清楚。他们是从台湾来的，在厦门演了半年，在石码演了几个月，刚刚到漳州。火药也调查过了，是炮仔街买的，做鞭炮用的……”

“我想不会有什么政治上的原因，”卢副专员说，“民间艺人为了混口饭吃，什么花样都有。”

宋专员在窗前停留了一会儿，然后转过身来：“这种情况应该结束，民间艺术团体应该纳入人民政府的管理范围。过去在反动派的统治下，他们为了生活是可以理解的，在我们的天下，人民的天下，不行，不能再出现这种悲剧！我们打天下为了什么？还不是为了人民能安居乐业？”

“我说老卢，”宋专员终于坐到他的办公桌后边，这些帝国主义分子，搞这么大的桌子干什么！“得派一个懂行的同志去收拾这个残局。毛主席历来非常重视文艺工作。文艺战线是一条非常重要的战线……”

“倒是有一个合适的，东山县文教科有一位同志，叫赵敏，知识分子，读书的时候就搞过戏，和芗潮剧社有过联系。”卢副专员正了正身子，他对这位专员还不够了解，只知道他是一个师长，论在部队里的职务，没有自己高，当然，人家是正规军。说来也怪，革命在南方发生，如今倒要他们来解放。1933 年你在哪里？那一年我老卢参加了红军，在红三团当侦察员。

“知识分子……是党员吗？”

“好像不是。”

“不是。”高少君在一边插话道，“这个人有些才华，但是……”他看了一眼卢副专员，“人是不是有点傲气……”

“知识分子嘛，”卢副专员说，“难免有些缺点，不是要懂行的吗？”

“我看这样吧，272 团有一个会唱歌的排长，林方正，共产党员，让他去如何？”宋专员说。

“也好。”卢副专员说，显然有些不高兴，但也不多说话。这种事坚持多了有一些嫌疑，仿佛是要安插自己的人似的，其实，赵敏也不是他的什么人，他无非是冲着“懂行”这两个字才想起他的。

“就这样定了。”宋专员从口袋里摸出一包烟，老头牌，向老卢递了递，然后自己抽出一支，点燃。

卢副专员一边向宋专员摇手，一边从自己的口袋里摸出一包烟丝，永定烤烟，卷着。他们相视一笑，他们曾经比过，都说自己的烟好，只好各抽各的。

“小高，到军管会查一查，这个林方正现在在哪里。”

宋专员说。

（三）

剧团在厦门一住住了半年，因为戏演得好，场场满座，戏院的经理一留再留，爸爸便和林工委商量，要不要留。爸爸那时是剧团里的头，阿英姐阿文哥他们有时叫他师傅有时叫他老板，林工委说，要叫团长。妈妈说爸爸的运气好，刚刚把戏班子搭起来，就遇到解放。林工委说留下来，爸爸便决定留下来。于是大家都很高兴。我记得那是一个阳光很好的早晨，阿英姐一听要留下来，便拍着手跳了起来，然后抱着我，在原地转了一个圈，转得我哈哈直笑。她对站在一边的阿文哥说，咱们到南普陀去玩罢，到厦门这么久还没去玩过哩。阿文哥阴着脸说：不去，那儿有什么好玩的？说着，扔下我们走了。我知道他又去他那间工具室，他一生气，就一个人躲在里面做道具，他的手很巧，做什么像什么，剧团里的刀啦剑啦、哪吒的风火轮、李天王的宝塔，全都出自他的手。这几天，阿文哥老是和阿英姐闹别扭，有一次，他牵着我去找阿英姐，走到门口，听到林工委的声音，便不进去了。还有一次，阿文哥对阿英姐说：那姓林的不知安的什么心，让我和我的养父划清界限，说他是地主。地主怎么啦，你知道，没有他，我能有今天吗？阿英姐说：怎么划？“就是不来往。”阿文哥很生气地说。阿英姐不说话。阿文哥说：我想不干了，回家种田去。阿英姐说：你疯了？是疯了。他说：你也走，和我一起回去。阿英姐不理他，转身就走。我知道阿英姐不会走，她喜欢唱戏，有事没事，她总是唱，对着镜子唱，做各种各样的表情。妈妈说她着了魔，爸爸在一边笑。她拉着我的手，说，云弟，别理他，姐不走，哪儿也不去，就和云弟在一起。

阿文哥一走，阿英姐就发愣，连林工委走到她面前也没觉察到，我动了动她的手，她才“啊”的一声，回过神来，脸一下子变得绯红。林工委说，阿英同志，去南普陀吗？我们去，我也没去过哩。我说我也去。于是我们便雇了一辆三轮车，一起到南普陀。

三轮车摇摇晃晃，我坐在他们两个人中间，一会儿歪向林工委，一会儿歪向阿英姐，林工委的身上有一种陌生的味道，不知怎的，这种味道使我想起一棵很大的树和一条在街上懒洋洋地跑动的狗。我极力地避免往他身上靠，紧紧地抓着阿英姐的手臂，还是没办法，我很想趴在阿英姐的腿上，又舍不得路上的风光，厦门的街道，比漳州热闹得多，房子也高得多。我突然发现一栋很高的房子，想数一数几层，可还没数清楚，车子就过去了。我发现，要数清楚房子有几层是一件不容易的事，我们住的思明影剧院，我数的是 8 层，母亲却说是 7 层，我说明明有 8 个窗子，母亲说，那最上面的一个窗子不能算。然而我很喜欢数楼房的层数，这种习惯一直延续至今，我总是希望楼房高一些，再高一些，为什么这样，我也说不清楚。

一路上，林工委总是说个没完。他先说我，说我聪明，然后说我应该去读书，上幼儿园。阿英姐便问什么是幼儿园，他便说起苏联，说在苏联，那是孩子们的天堂，孩子们在幼儿园里学文化，唱歌，跳舞，做游戏，郊游，坐汽车到森林里去采果子，到小河里去划船……阿英姐说：不回家吗？一星期回去一次。阿英姐说：不习惯。我说：我习惯，我去苏联。他们都笑了。然后林工委便说：苏联，那是我们的明天，楼上楼下，电灯电话。还说，剧团很快就要办扫盲班，识字学文化。他说，阿英同志，你可要带头参加。“我行吗？”“你行，学文化并不难。”“真的？”

我正看阿英姐那兴奋得发红的脸，就听到踩三轮车的师傅说，“到了”。

下了车，我才发现，前面是一座巨大的寺庙，原来南普陀和南山寺一样，是座庙。我们下车的地方正是放生池，一池荷花，有许多金鱼在荷叶下窜来窜去。南普陀和南山寺差不多，弥勒，韦驮，四大金刚，十八罗汉，过去现在未来三世佛，我一进大雄宝殿就想起广定师的禅房，就有一种昏昏欲睡的感觉。站在释迦牟尼前面，阿英姐突然说起阿文哥的事情，她说阿文哥的养父虽然是地主，但他是好人，他收养了阿文哥，待他如亲生儿子。林工委笑着说，他是用什么东西来养活他的呢？用剥削农民得来的不义之财，他不劳而获，不是吗？

我发现院子里有一只乌龟，这个发现使我很兴奋。我挣脱阿英姐的手，跑到院子里，我动了一下它的背，它并不把头缩进去，它见的世面太多，油得很。我突然十分想念外祖母，想起她在院子里浇花的情形。外祖母浇花很专注，很慈祥，微笑着，仿佛在跟花说，下雨了，多舒服啊。而这时，那龟总是在院子里，抬着头，看着外祖母。我说，阿姆，龟看着你哩。她便回过头来，对着龟，很慈祥地点点头。

阿英姐突然惊叫了一声，我说：我在这里。她跑过来拉住我的手。她把我的手紧紧地攥着，边走边和林工委说着阿文哥的事情。“一定要不来往吗？”她说。“这是一个立场的问题，原则的问题。”他说。阿英姐不说话，默默地走着，低着头，看着她自己的脚。我们走过许多台阶，我在树丛中看到一块巨大的石头，许多光斑在石头上跳荡，我抬起头来，看到被树叶切成碎片的太阳光，花花点点。石头上有一个巨大的“佛”字，描着很鲜艳的红色。我们在一条长石板上坐了下来，他们还在没完没了地说着阿文哥。

太没动静了。我想和阿英姐说话，又不敢，我有点怕林工委。我只好一个人待着，看天，看树，看人。风吹过来，有些凉。我突然想：风是一个，还是一群呢？如果是一个，那一定和我一样，很孤单。一定是自己一个，走着走着，没有动静，便把那树叶扯得沙沙响。

有人从我的前面走过，踩着一叶刚刚落下来的树叶，那被踩过的树叶可怜巴巴地卷曲着，几乎是同时，有一片叶子落在我的头上。我想，那叶子一定不想掉下来，在树上多美好，多自在，可它没办法，风把它扯下来了，可风也没办法，它没动静啊，这么想着，便有一种冷凄凄的东西从心底泛起，耳边不知怎的便响起外祖母的诵经声，南无阿弥陀佛。

他们还在说阿文哥。她说，他想走。“走”，林工委的声音大了起来，“回到那地主老财的身边去？没出息的家伙！”

我们回到思明剧场时，人们都在午休，静悄悄的。他们还在说阿文哥，我挣脱阿英姐的手，便往宿舍跑。爸爸不在，妈妈躺在床上睡觉，我摇了摇她的手臂，她微微睁开眼睛，说，找你爸去。说着又闭上眼睛睡着了。我走到爸爸的办公室，我看到冷水的母亲正伏在爸爸的怀里哭，爸爸说，快别这样，快别这样。我不知道冷水的母亲为什么哭，为什么要伏在爸爸的怀里哭？我说：爸爸，我回来了。他推开冷水的母亲说，去找你妈妈。我转身想走，却被冷水的母亲拉住，她在我的口袋里塞了一把软糖。

我剥了一颗糖，一边吃，一边去找冷水，冷水不在，找石花，石花也不在，我便下楼，想到楼下的票房里找水月。水月是我到厦门新交的朋友，她的母亲是一个公认的美人，他们都说，比剧团里的小旦还好看。我们刚到厦门的时候，有一次，又来了国民党的飞机，我一听到飞机声，便拉着水月往床下钻，过后她拉着我的手说，这孩子挺机灵的，还在我的脸上轻轻地吻了一下。她的吻和妈妈的不同，和阿英姐的也不一样，显得很文雅，而且她的身上有一种与妈妈和阿英姐完全不同的香味。票房的门关着，我推了推，没人应，实在扫兴。

我去哪里呢？我突然有一种被这世界抛弃的感觉。我在大剧院的门槛上坐了好一会儿，看过往的行人，看他们的脚和鞋子。我决定和他们一样，也出去走一走。我站起来，漫无目的地跟着人们走了。

我走了很久很久，我逛了一个大市场，在肉摊上看到卖肉的用一把光闪闪的刀剁骨头，有一块骨头碎片溅到我的脸上，我的心里一阵发麻，仿佛我身上的某一个部位挨了一刀。有一次，母亲杀鸡的时候，鸡脖子上的血喷到她的脸上，她一边用手背擦着自己的脸，一边叫我走开，说，小孩子不能看杀生。我看着在地上挣扎的鸡，心里也是一阵发麻，那只鸡怎么说我也不吃一口。我走到菜摊上，我看到许多青菜，我分不清那是些什么菜，我只是想起外祖母家里的那片菜园子，想起表哥，他现在不知在做什么，也许正在浇菜。我想在菜架上找到和我们的菜园子里一样的空心菜，却怎么也找不到。后来我又看到了许多鱼，它们在一个浅浅的池子里自由自在地游着，你窜过来，我窜过去，我偷偷地伸出手去，想摸一摸它们，我的手刚刚触到水面，便听到一声吆喝，“干什么？”我连忙走开。我的心怦怦地跳，脸也一阵阵地发热。我怎么啦，我又不是小偷。我回过头去狠狠地瞪了那卖鱼的一眼。我在市场里转了一圈，拣了许多咸草，我想把咸草一根根地接起来，可以从 7 楼一直放到 1 楼，把我折的纸鹰放到水月的窗前，那一定很有意思，我甚至想象得到水月看到纸鹰在她的窗前抖动时惊喜的样子。她的母亲一定也会因此再给我一个轻轻的、文雅的吻。

我拖着一捆咸草摇摇晃晃地往回走，我认准思明影剧院的尖尖的楼顶，我很自信不会迷失自己。当我走到剧院门口的时候，我发现一大群人全站在门口，我听到林工委说，来了来了。我看见妈妈和阿英姐一起朝我奔过来，妈妈的手上拿着一根长长的竹子，阿英姐一下子将我抱住，而妈妈的竹子却打在阿英姐的手臂上。林工委走过来抓住妈妈的手，说，回来就好回来就好。爸爸说：去哪里？我说：我到第 7 菜市场拣咸草。大家都笑了，妈妈丢掉竹子，在我的屁股上打了一下，说，害得全团人找了一个下午。这时，阿文哥从对面走来，走得满头是汗，阿英姐冲着他说：笨人回来了。

（3）

林方正接到命令的时候是黄昏。那时他坐在土楼黑溜溜的窗口，这窗子实在小，小得看不全窗外的一棵树，而这土楼的墙也实在厚，厚得那窗子像个洞。林方正把脖子伸向窗口，他看到一阵乌鸦在对面的树上盘旋。乌鸦呱呱呱地叫着，叫得他心烦意乱。实际上叫他心烦意乱的不是那阵乌鸦，而是他刚刚做出的一个决定。他决定今天晚上去找秋月，动员她参加业余剧团。这是一件正正当当的工作，而他却感到莫名的烦躁。他的内心深处有一种欲望，这种欲望那么原始、那么强烈，却又那么隐蔽，与他所受的教育又那么格格不入，以致他连想都没有想到。他甚至漠视它的存在，他只是感到烦躁而已。

但是，他的烦躁并没有持续多久，他毕竟是一个共产党人，他认为应该做的他会坚决去做。他缩回脑袋，正了正衣领，从容地走出大门。他在门口碰到一个人，这个人一个箭步蹿过来，当胸给他一拳："我说歌手，这地方可真难找。"

"风景很好，不是吗？"

"要不是团长下了死命令，我才不来哩。"

"怎么回事？"

"你自己看吧。"

林方正接过信。这是县委转来的军管会的命令："由肖木同志接任林方正同志的工作，林方正同志立即回军管会报到。"

"叫我回去做什么？"

"搞剧团。"

"什么？"

林方正没有听明白，或许太突然、太巧合了，以致使他感到不可思议。

"搞剧团。"

这次，肖木倒是说清楚了的，只是说得太清楚，这剧团两个字便有了一种意味。

林方正终于没有去找秋月。那天晚上，他和肖木交接了工作，第二天便坐船离开了良村。到渡口送他的只有村长和肖木。肖木是他们272团政治处的干事，他说他可能在这里待下去。几年后，当林方正找到他的时候，他已经是这个区的区委书记了。

林方正跳上小船的时候，心里有一种惆怅。他举目四望，似乎在寻找什么。他看到的是一片他已经十分熟悉了的树林，在那里的一棵树下，曾经躺着一个被他打死的土匪。他还看到那座高高的土楼，他在那里住了好几个月，他闻到了那土楼古老的气息。他不知道这土楼是建筑史上的奇观，几十年后要名扬海内外。然后，他的目光落到身边这两个人的身上，他看到村长脸上依依不舍的表情，这使他很感动。而他的老战友肖木临别时给予他的却是一种调皮的目光，这目光使他想起昨天他那过于清楚的“剧团”这两个字，他似乎一下子悟到这两个字的含意，似乎又有些暧昧。他以后的生活道路由于这两个字而变得多姿多彩、多灾多难，剧团像一个大染缸，把他染成了另一个林方正。而开头竟是这样的自然、这样的平淡，就像这绿莹莹、缓缓流动的溪水。

林方正顺流而下，过了九个滩，九个濑，九道湾。当他走进军管会的时候，他知道他被提升了一级，由排长晋升为连长。文教干事高少君告诉他：“组织上决定你以军管会代表的身份到几个戏班作调查，提出处理意见。看来，你得做长期蹲下去的思想准备。”

排长到连长，这是一个进步。这个进步是对他过去工作的肯定，同时也显示了他今后工作的重要性。这双重意义是林方正走出军管会大门时才悟出来的，他很为自己感到自豪。十年前，那个文工团团长对他一边微笑一边摇头的时候，他绝没有想到自己有朝一日也会领导一个剧团！

（四）

母亲是标准的随团家属，白天没事，晚上看戏，戏她是每晚必看的，百看不厌。她能讲出每一出戏的戏文，能背出每一句台词和唱词，能道出每一个演员的风格，要是哪个演员没演好，她便会对父亲说，某某晚上“没出戏”，演员们，特别是那些叫她师娘的哥哥姐姐们很怕母亲说他们“没出戏”，每当散戏，他们总是怀着惴惴不安的心情问：师娘，我晚上出不出戏？得到母亲的肯定后，他们便会十分高兴。有一次，母亲对阿英姐说，你那“苦啊”没道好，阿英姐就在房子里练了一个早上的“苦啊”。母亲其实没有多大本事，她的评论完全是出自“熟能生巧”，要是一出新戏，她就说不出来，人们问她，她就说：等等，等我看熟了再说。

白天，母亲没事，这里坐坐，那里聊聊，到厦门之后，她和石花的母亲成了亲密的朋友，她给石花做了一件连衣裙，而石花的母亲则送给她一件罩衣，怀孕的母亲穿起罩衣显得雍容华贵，她总是对着镜子走来走去，这对于她可能是一种全新的感觉，她对父亲说，厦门人就是精，同样一块布在他们的手中就是不一样。她们总是亲姐妹似的窃窃私语，她们说得最多的是冷水的母亲，说她媚，说她一脸苦相，谁讨了她谁倒霉。还说她嫁给大利实际上是做小，大利在台湾还有一个老婆。还说大利原来可不是现在这个样子，是一个清清爽爽的人，娶了她之后才犯喝酒的毛病，喝醉了就哭，就笑，就要疯。中秋的那一天，石花的母亲邀请母亲到她家里去做客，母亲爽爽快快地答应了。我因为刚刚和石花吵了嘴，不去，母亲便把我交给阿英姐，高高兴兴地走了。

母亲一走，我便有一种解放的感觉，我对阿英姐说了声“我到票房去”，就溜下楼来找水月。票房的门还没开，大厅里冷冷清清的。我叫了声水月，推开她家的门。房间里很暗，一时看不清里面的东西，我只听得一个幽幽的声音说，把门关上。我站在门边好一会儿，才看清水月的母亲还躺在床上，用一种非常亲切的眼光看着我。蚊帐斜挂着，钩子上有一串长长的穗子。我闻到一阵幽幽的香气。我走到床前，说：水月呢？她说，上她舅舅家去了。说着，便从被子里伸出手来，抚摸着我的脸颊。她的手又暖又白又柔，我轻轻地笑了。她也笑了，说：来，坐到姨的床上来。

她的头发散在浅绿色的枕头上。我说，姨，你的头发真漂亮。她突然坐了起来，把我搂在怀里，在我的脸上狠狠地亲了起来。我闻到她身上一股很浓很浓的乳香味，我情不自禁地抱着她，头在她的怀里转动着，仿佛在寻找母亲的奶头，同时有一种从来没有过的奇妙的感觉在我的心中腾起。她把我紧紧地抱着，我感觉到她的心跳，听到她的喘气声。我抬起头来，轻轻地叫了一声：姨。

她突然长叹一声，说，姨是一个苦命人。说着，便有几滴眼泪从她美丽的睫毛上掉了下来，落在我的脸上。我说，不，姨是一个好人。

她凄凉地笑了笑，跳下床，说，姨给你做好吃的。她穿着粉红的内衣内裤，在阴暗的房间里走来走去，好看极了。一会儿，她变戏法似的做出两碗精肉面线汤来。她做的精肉好吃极了，又粉又嫩，不像母亲做的，总是粘牙。

吃过饭，她便开窗卖票。我坐在她的旁边，帮她卖票。

不一会儿，阿英姐急匆匆地跑下来，铁青着脸说：云弟，你看见阿文哥了吗？我说没有。“真的没有？”“真的没有。”

阿英姐愣愣地站在门口，好一会儿，才自言自语地说：他真的走了。

“谁？”水月的母亲问。

“阿文哥。”说着，阿英姐便蹲下去哭了起来。

水月的母亲走过去扶起她，说：进来进来，慢慢说。

阿英姐坐在床沿，边哭边说：几天前，他就一直说要走，我没当真，还骂他没出息。是我把他气走的，是我。我真不该骂他，我明明知道他和他养父感情很深。他不该不说一声就走。他说过，他今生今世都不离开我，他还说过，他要唱红整个漳州，整个厦门，整个世界，像梅兰芳那样……

水月的母亲站在一边，听着听着，也落起眼泪来了。

这时，父亲和林工委走了进来，父亲说，算了算了，人各有志，不能勉强。阿英姐说，不，不，他是……她看了林工委一眼，“他是不愿意走的。”

“但是他走了，”林工委说，“在重大的问题上，他妥协了，他向地主阶级的养父投降了。真叫人失望，他本来可以成为一个优秀演员的。”

父亲愤愤地说，“没出息。”

阿英姐整个上午都在票房里哭泣。我知道她很伤心。她和阿文哥是一起来的，那时，父亲的戏班子到他们桃花村唱戏，唱完戏，他们就跟着来了。父亲说：你们怎么来的？他们说，是踏着桃花来的。那正是春天，满山遍野的桃花。母亲说：你怎么就轻易地把他们收下了？父亲说：我就冲着他们的那句话，是踏着桃花来的，多美啊。大家都说，父亲的眼睛利，会看人。他们跟父亲学戏，不到三年就能唱主角，一个演梁山伯，一个演祝英台。

“你不能试着去叫他回来吗？”水月的母亲说。

阿英姐摇摇头，“他这个人，一旦拿定主意，十头水牛也拉不回来。”

“那么你呢？”

“我不走，我要唱戏，唱一辈子戏。”

“悲剧。”水月的母亲说着，叹了一口气，然后便静静地看着窗外的行人。

我不知道“悲剧”是什么意思。但我对阿文哥的走感到一点凄凉。我仿佛看到他独自一人走在铺满桃花的小路上，孤零零的，听不到阿英姐的哭声。

我并不知道这个中秋对于我来说是那么重要，几十年后，当我回顾我的生活道路的时候，我才发现，这一天，对于我来说，几乎是一个小小的转折。而这个转折却又是那么平淡无奇。

吃午饭的时候，冷水的母亲来到我们宿舍，她对爸爸说，那个死鬼一早就喝，醉到现在，晚上怕又是醒不来了，怕又是要误戏了。我一听大利叔又醉酒了，便拔腿往外跑，我最喜欢他喝醉时唱戏。我跑到冷水的宿舍里，冷水正在吃饭，我说，叫你爸爸唱戏。他说，醉得泥一样，唱什么。我爬到床上，摇他的手臂，说：大利叔，唱《台湾大哭调》，一段也行。大利叔喝完酒之后唱《台湾大哭调》，会把我的心唱得酸溜溜的，舒服极了。可他实在醉得不行，怎么摇也摇不动。冷水放下碗说：我们吹肥皂泡吧。于是，我们便站在窗口往下吹，透明的肥皂泡，带着红的蓝的黄的绿的闪光，带着我们的笑声，飘落在大街上。

我们的背后，响着大利叔的鼾声，整个中午，安静极了。

我突然感到一阵骚动，这种骚动使我心绪不宁。我的肥皂泡总是一吹就破。几十年后，我一直还记得当时的感受，那是一种十分倒霉的令人懊丧的感受。人们对于发生与自己有关的某件事情往往有一种感应，这是没办法说清楚的。我当时的确感觉到一种骚动，不是听到，是感觉到，我的耳朵只是一阵嗡嗡作响。我扔下瓶子跑出门来。我看见许多人站在自己的宿舍门口向外张望，那神情有些古怪，有的甚至朝着我怪模怪样地笑了笑。

我发现人们的眼光正对着我们家的宿舍，我跑到门口的时候听到母亲的声音，母亲的声音从来没有这么尖厉：“这妖精，我一走她就来。”

父亲坐在床上，慢悠悠地说：“看你说些什么，弟妹有难处，找我说说，这又有什么。”

我知道父亲说的弟妹是冷水的母亲，大利叔论辈分是爸爸的师弟，平时母亲也是这么叫她的。

“你这没良心的，还帮她说话，她为什么不找别人？为什么还掩着门？”母亲大声嚷着。

阿英姐在一边劝道："师娘，师娘，师傅不是那种人。"

母亲看到我，指着我的额头说："你死到哪里去了，连个家也不会看！"

我感到一种莫名的耻辱，说："我找冷水玩去了。"

"以后不许和他玩。"

这时，我看到冷水的母亲在一边无声地哭泣，石花的母亲站在一边安慰她。

母亲用恶狠狠的眼光剜了她们一下。

林工委悄悄地走了进来，朝父亲眨了眨眼睛，父亲便跟着他出去了。

晚上，母亲破天荒第一次没有去看戏，也不让我去看。她流着泪，给我讲了很多父亲的事情。天上的月亮很圆很亮。从楼下传来一阵阵锣鼓声。水月的母亲说好了的，晚上要带我和水月到七楼看月亮，我不敢去。我记不清母亲到底说了一些什么，她说得没有一点连贯性，她或许根本就不是要说给我听的，她只是自己对自己说。她最后决定，我们要马上回漳州，回到外祖母那里去。她说：你的父亲靠不住，弄不好我们会被他害死，奸夫淫妇什么事情都做得出来。她从皮箱里拿出那件罩衣，拉着我走到石花家的宿舍，石花的母亲今晚没戏。母亲把罩衣放在床上，说，这衣服还你，洗净了，折好了。石花的母亲显然没有想到母亲会这样，慌里慌张地，说不出话来。母亲又说：我给石花的裙子也请你还给我。石花的母亲又慌里慌张地拿出那件连衣裙。母亲拿起裙子拉着我说走。我不敢回头看石花的母亲，我想她那胖乎乎的脸上一定很滑稽。我们走到拐弯的地方，母亲把裙子扔到墙角的垃圾桶里。

回来的时候我们经过冷水家的宿舍，母亲站在门口往里看。大利叔这时已经醒了酒，他走到门口，怯生生地叫了一声：嫂子。呸！母亲在地上吐了一口痰，拉着我走了。我回过头去，想看看躲在屋里的冷水，却看到大利叔的一张苦笑的脸。

第二天，母亲便带着我离开厦门。我想去和水月告别，母亲不让去，说，这里没有一个好东西。

一回到漳州，母亲便向外祖母告状，说父亲的不是，一边哭，一边说。外祖母不说话，只是微笑着。外祖母的微笑具有神奇的魅力，在我几十年的生活中，每当我遇到不顺心的事情，我都会想起她的微笑，她的微笑不管在什么时候，都会使我的心感到宁静平和。不知道为什么，母亲没有继承外祖母的微笑。母亲甚至没有把外祖母的微笑当一回事，她没完没了地说着、哭着。她还说，你总是向着他，总是向着他！外祖母说：我带你上山吧。

我说：我也去。外祖母摸摸我的头，说，“当然。”

我们当天下午便到林前岩，母亲的姐姐在那里出家当尼姑。

（4）

“九龙饭店”是漳州最高级的饭店，当时没有评星级，但凡漳州有头有面的人物过生日请客，迎来送往，都在这里办宴席。当然，这里不是样样都高级，这里办宴席，也卖大众饭菜，这里有相当舒适的单间，也有统铺。这足见老板是很会经营的。当你沿着走廊拾级而上，走过层层房间的时候，你会突然发现，这饭店实际上是建在老城墙上的，那中间的大厅，正是城楼，当初，是将军们登城瞭望，观察敌情，指挥作战的所在。城下，当初想必是一条深深的护城河，如今，河是早已被填成一条路，城墙也大都拆毁了。1918 年陈炯明奉孙中山之命进军闽南，建设“护法区”，拆除旧城墙，拓宽旧街道，用拆下的墙石在南门溪筑堤建码头。但不知为什么，却留下这一段城墙。剩下这段城墙，倒成了漳州的一段风景。大厅向东的窗门有一种居高临下的气势，你站在窗前，便可以稍微领略一下当年守城将领的感觉。

林方正站在这里，可他一点感觉也没有，他匆匆瞥了一下窗下的风景，便把目光转向大厅，这里全套红木家具，古香古色，使他仿佛到了一个大地主的庭院，那大理石的桌面透着一种冷冰冰的气息。他对坐在斜对面的老板说：我到这里，是想打听一下台湾戏班“艺光班”的艺人们的住处。老板啊哈一声，说，在华清池的走廊里。说着，老板便叫一个伙计带他去。老板见过世面，不怎么把连长之类的小角色放在眼里。

那伙计是个年轻人，看起来有点文化，长衫上别了一支自来水笔。他倒想巴结一下这位新式军人。他说：华清池，这个名字是很好听的，您一定知道这名字的来历，唐朝大诗人白居易《长恨歌》：“春寒赐浴华清池，温泉水滑洗凝脂。”嘻嘻。林方正根本就不知道他说的是什么，他只是很有礼貌地点着头。他们在走廊的拐弯处碰到一位穿黑汉衫的中年人，伙计立即站在一边向他点头哈腰，那神态令林方正很反感，他也就没有注意到那个穿黑汉衫的人，他从他的身边走过，视而不见，他以为是老板的朋友，地主资产阶级之流。

华清池实际上是一个臭水塘，绕着水塘的走廊里打着许多地铺，这就是艺人们的驻地。

班主刚刚去世，这里笼罩着一片凄凉。一个老头坐在水塘边的一块石头上吹箫，凄凄楚楚的调子叫人耳不忍闻。那石头倒是光滑水亮的，还有很好看的纹路。石头边是一丛美人蕉。如果是在月夜，坐在石头上的是个美女，吹的是另一首曲子，那是很有诗意的。林方正小时候在地主家里看过这样一幅仕女图。他的这种联想很合传统。但他立即谴责自己，地主资产阶级的东西就是怪，你一不小心它就跑了出来。

林方正对伙计说：你忙你的去吧，我在这里和他们聊一聊。

林方正碰到的是一个小孩，他是那个吹箫人的小孩，叫冷水，三四岁光景，他正吵着要他母亲买发糕，他说：我饿得肚子咕咕叫，像拉风箱似的。他的母亲打了他一个耳光，“吃什么发糕，吃粪去吧。”冷水不哭，摸了摸自己的脸颊，向走廊对面走去，那里摆着一个发糕担子，卖发糕的老头正笑眯眯地看着他。刚才，他用手摸过他的黄澄澄、甜丝丝的发糕。那老头对他说，拿钱去，一块两百。那个时候一分叫一百，一元叫一万。如今，他想去告诉他：我没有拿到钱。没有钱，闻一闻，摸一摸，也好。如果那老头不注意，就偷偷地咬一口。他的野心不大，只想咬一口。他满脑子发糕，根本没有看到迎面走来的林方正，他的头撞到林方正的裤头上。

林方正早就注意到他了，他灵机一动，牵着他的手，走到发糕担前。“来两块。一块多少？”“200。”“那就来 5 块吧。”他放下 1000，拿起两块发糕放在小孩的手上。冷水睁大眼睛看着这个陌生的大兵不敢要。但那发糕的诱惑力太大了，他只是偷偷地朝母亲的方向瞥了一眼，便迅速地把发糕塞到嘴里。看到这孩子的馋状，林方正的心里一阵发酸，他牵着孩子来到母亲的身边。

这时，箫声中断，吹箫人走过来，冲着林方正说："你能给孩子买发糕，你能给全班人买发糕吗？多管闲事！"

说着，他抢过小孩手中的发糕，塞到林方正的手里。这时，林方正发现，他并不老。

"大利，你疯了？"他的女人说，用惊恐的目光看着当兵的，"老总，不，同志，您别见怪，他是急疯了，他脾气不好，他这个人就是这样……"

林方正笑了笑，说："我就是来找你们商量的，我是军管会派来的。"

"军管会管唱戏的吃饭？"

"管，人民政府嘛，为什么不管？"

在走廊的另一边，笑三春坐在陈月娥的地铺边。陈月娥是草仔师的妻子，论师承辈分，草仔师是笑三春的师兄，他们的师傅是师兄弟。

"嫂子，水仙班的兄弟们凑了一点钱，不多，50万，杯水车薪，救不了什么急，只是我们的一点心意。"

三春把钱放在她的手上。

陈月娥默默无言，只是任两行清泪顺着脸颊滚落。

"嫂子，哀能伤身。人死不能复生，自己身体要紧。"

"人说戏头乞丐尾，不信也得信。"

"总会有办法的。"

笑三春说，他觉得自己说得很空洞，有什么办法呢？不用说"艺光班"如今没了当家人，就是他们"水仙班"，也是困难重重，有时连买胭脂水粉的钱都没有。

"我一个女流之辈……"陈月娥喃喃自语，她感到担子沉重，一筹莫展。叫一个刚刚失去亲人的弱女子来承担这几十口人的生活重担，实在是有点过分。她除了哭，愁，她还能做什么呢？

"大利师弟……"

"别提他，他只会喝酒，发牢骚，想他的台湾女人。是啊，台湾，如今怎能回得去？就是回去也没用，当初要是在台湾有出路，我们也不会来大陆……"

"是啊，是啊……"

林方正向一个女子走去，她正对着镜子上口红。他想，那粉红的胭脂掩盖着的一定是一张菜色的脸，连吃饭都成问题了，还……这么妖里妖气的，这些艺人啊，什么时候才能改掉这小姐作风？林方正走到她的身边，站着，不知道第一句话说什么好。你忙啊，你真好看，你吃了吗，你要出去吗，你……好像说什么都不合适。

那女人瞥了他一眼，依然上她的口红，双唇一张一合，又一含，不满意，笑一笑，更不满意。

这时，林方正想起军区文工团的那个白毛女，她的妆化得可真好！他甚至能记起她唱《北风吹》的时候，那个“吹”字，那嘴形真迷人！是的，她也上口红。但林方正立即又谴责自己，你在苦难深重的白毛女身上居然只记得嘴唇，像什么话！

他还是没有找到合适的话题。他和年轻的女士、小姐，或同志打交道还没有经验，而这方面的经验对于他今后的工作是非常重要的。他对自己非常恼火。在敌人的枪林弹雨中他胆怯过吗？没有。现在，居然有些胆怯，甚至不知所措！

倒是那女人先开了口：“同志，您有事？”

声音很甜，而且懂得称同志。

“是的是的，”林方正如获大赦，坐在她的对面，“你出去？”还是一句不得体的话，但接在她后面，显得自然一些。

她摇摇头。

“不出去，可你……很好看。”

又是一句不得体的话，而且还是他刚才自己否定过的，真没办法。

“是吗？”那女子神经质地笑了起来，“好看，是啊，好看。”

“戏班子，今后……你是演什么角色的？”

“什么都演，什么都不演，还演什么？你……”

“我是军管会的。”

那女子摇摇头，表示她不知道军管会是什么。林方正也不想解释，他急于了解情况，寻找拯救这个戏班子的办法。

“你们，或者说你，有什么打算吗？”

“打算？”那女子用十分轻佻的目光看了他一下，“我想嫁人，你要吗？”

说着，那女子又神经质地大笑起来。搞得林方正很窘，脸发烧，张开嘴，却说不出话来。

“凤仙，正经点。”

大利走过来，说。

“正经？等你不喝酒的时候，就正经了。”

“我喝酒关你什么事？”

“我不正经关你什么事？”

“我就管你。”说着，大利扬起手中的箫，朝凤仙打去。

林方正一手拦住，说：“同志同志，有话慢慢说。”

而凤仙却不依不饶，挺起胸昂起头，“你打你打，反正是打惯了，打死了少操心。”

“我就打死你。师兄刚刚去世，你就无法无天。你烦，你走。”

“走就走，你以为这里是天堂？”

凤仙站起来就往外冲。林方正想拉，又不好出手，他似乎没有拉过这么娇嫩的小姐。匆忙中，他一个箭步跳过去挡住了她的去路。凤仙没有准备，一个惯性，便撞到他的身上。他受到一次从来没有过的冲击，这冲击来自她柔软的胸部，他的脸霎时变得通红。

忙乱中，他拉住她的手：“别走，同志，咱们慢慢商量。”

凤仙没有真走的意思，但她必须做出真走的样子，她摔掉林方正的手：“我不相信离了这戏班子就没有活路。”

这时，陈月娥和笑三春走过来。月娥喊了一声：“凤仙！”凤仙便蹲下去呜呜地哭了起来。

“哭什么？哭什么？”月娥说着，自己的眼泪也跟着簌簌地掉了下来。

大利走过去摸了摸凤仙的头发：“是师叔不好。”说着，长叹一声，泪水无声地落在她的头上。

林方正一时不知所措。

笑三春走上一步，说：“同志，真是对不起。他们全是无意的。”

“您是？”

“我是水仙班的，敝姓朱，小名进，艺名笑三春。”

笑三春拱手道。

（五）

我到很久以后才知道在那里当尼姑的是母亲的姐姐，因为那时我只叫她青莲姑，出家人不喜欢人家叫姨。而当时也分不清姑和姨有什么区别。但青莲姑和我母亲长得非常像，特别是那眼睛和嘴角，简直是一个模子印出来的，甚至连走路的姿势也一模一样，有几次我差一点把穿长衫的她当成穿旗袍的母亲了。

然而，青莲姑给予我的永远是外祖母一样的微笑。这是一种永恒的微笑，这微笑是对世界的宽容，这微笑是平静的心湖在春风中的涟漪。可惜我的母亲没有这种微笑，她不说话的时候，总是给人一种生气的印象，她喜欢喃喃自语，起初我不明白她到底在说些什么，后来我才听清她是在骂人，但不知骂谁。我先是吃惊，后是觉得好笑，当我年龄稍长之后，便感到十分震惊。母亲总是在假想一个敌人，她无时无刻地在和她的敌人做不懈的斗争，她有时沉浸在胜利的欢乐之中，但更多的时候是处在紧张的戒备状态。青莲姑用“业”这个字来概括母亲的这种心理状态。

我不知道青莲姑为什么要出家，我只知道她从小送给人家当童养媳，后来回来了，出家了。她说：我们家原来是很有钱的，在漳州东闸口开瓷器店，店号“成得成”，后来在新桥头开布店，叫“东德和”。我知道东闸口和新桥头都是当初漳州繁华之地，商贾云集。我曾到这两个地方，想寻找一点灵感，但一无所获。我的外祖父是一个不安分的人，他把店里的生意交给伙计，自己挑着一担货郎担，摇着拨浪鼓四处游荡，后来在一个海岛上结识了一个小脚寡妇，便在那里落了脚。从此家道中落，厄运横生。我舅舅的死，被说成是一种报应。

青莲姑出家之后经历了一场磨难，她说这是佛祖对她的考验。她到林前岩的时候，人们不相信她，这么年轻，又没有什么不幸，为什么就看破风尘？为什么要出家？她说不清她为什么要出家，她就是想出家。人们不给她住的不给她吃的，她便在山上搭了一个草寮，开荒种地念佛。有一次，她病倒在山上，按时间推算，那时正是战乱与饥荒的年代，一个好心的老尼姑将她背了回来，她当时已经奄奄一息，人们惊慌失措地找来了她的母亲，我的外祖母。我的外祖母坐在她的身边，非常平静地对人们说，她不会死的，她当不成尼姑她是不会走的。

青莲姑的确没有死，她只是到了一个她感到十分陌生而又十分亲切的地方，她后来对我说，那显然是一户大户人家，深深的庭院，明明朗朗的房子，人们不管是走路还是说话，都是轻声细语的，而穿戴却又是那么的讲究，单是那静静地站在一边的丫鬟便是一身月白的丝绸。到处都是花香。她正犹豫着，有一个丫鬟走到她的面前，说，娘娘请你哩。那声音又极为好听。她极为吃惊又十分忐忑，她小心翼翼地问：你们家娘娘是谁？那丫鬟向她微微一笑，便朝走廊走去。她着急地说：等等。这时，她听到人们说：醒了醒了。她睁开眼睛，她又回到了人间。

山上的生活是十分清静的。风声，鸟声，泉水声，还有青莲姑和外祖母的诵经声。除此之外，没有其他的杂音。所有的人走路说话都是轻声细语的，而且都带着一种醉人的微笑。我很久以后才读到“鸟鸣山更幽”的诗句，但是这种幽，这种宁静，这种清纯，却早已注入我的心田，深深地影响着我的思维，以致在我以后几十年的生活中，总是有一种渴望清静回归自然的心态。这种心态有时模糊不清，有时无端地化为一幅山水画，有时却简单明了，成了一句“不如归去”的感叹。我不知道这是好事还是坏事。其实这世间也无所谓好，无所谓坏，一切都是有得有失的。

有一天夜里，当我睁开眼睛的时候，我看到床顶上一团黑乎乎的东西。我要起夜。我听到松涛声，听到猫头鹰的叫声。我有点儿害怕，却又不怎么害怕。我悄悄地爬起来，绕过外祖母的脚尾，跳下床，地上很冷，我似乎有点发抖，但我知道，这不是因为冷，也不是因为怕，而是有点兴奋，为我自己一个人偷偷地爬起来而兴奋。我听到一阵叮叮咚咚的声音，闻到一阵臭味。当我重新躺在床上的时候，我又看到那团黑乎乎的东西，似乎在什么地方，还有青幽幽的两点光。我闭上眼睛，很快又进入梦乡。

清晨，我在青莲姑的木鱼声中醒来，我又看到那团黑乎乎的东西，我定睛一看，那是一条大蛇，大蟒蛇。我吓得连气都不敢喘。不知道为什么那天外祖母会睡得那么沉，她平时总是醒得很早，大概是太累了吧。因为那几天母亲总哭，吵着要回去，要去找那个不要脸的妖精算账。外祖母总是说个不停，劝个不停，昨天，母亲甚至不辞而别，下了山，外祖母一直追到山下，才把母亲拉了上来。母亲还是哭，又是哭又是闹，一直到很晚很晚的时候。我推了外祖母一下，外祖母立即睁开眼睛。我指了指床顶，不敢出声。外祖母先是一惊，然后便微微地笑了。她轻轻地动了一下床杆，说：去，去，别吓着孩子。那蛇先是睁开那绿幽幽的眼睛，然后便慢慢地顺着床杆爬了下去。我爬起来，看着它爬到墙角，消逝在一个黑飕飕的洞里。

我说：阿姆，蛇听你的话吗？

外祖母轻轻一笑，说了一句不着边际的话：你们该下山了。

外祖母问过菩萨，我们决定三天后下山。这三天，外祖母天天早晚都带着我去拜佛，这山拜完拜那山。这时我才知道，这山上，每个山头都有一座庙。这都是一些非常简单的庙，没人看管，也没有门，土龛上供着一尊慈眉善眼的老者，那五绺长长的黑色的胡须给我留下很深的印象，但我至今还弄不清楚这是一尊什么佛、什么神，没有弥勒的富态，没有关公的洒脱，也没有土地的憨厚。每天早晨，天还没亮，外祖母便把我叫起来，她一手捏着一把香，一手牵着我，我们在弯弯曲曲的山路上行走。天上的星很亮，地上的路却还十分朦胧。不时有什么小动物在我们前面的路面窜过，撞得路边的小草窸窸窣窣地叫了起来。外祖母一路小声地念着“南无阿弥陀佛”。她不让我出声，只是用她瘦瘦的爬满青筋的手紧紧地捏着我的手，仿佛怕我像那些不知名的小动物，突然在那清晨的草丛中消逝。奇怪的是，我的确想过这种消逝，我想，我要是像那些小动物一样，一眨眼就变没了，那多有意思啊！我甚至感觉到草丛中的清凉。我们就这样一山走过一山，一直走到天亮。晚上，我们则点燃一支火把，当我们绕完一圈，回到我们住的草庵时，火把正好烧完。每当我们走进一座小庙的时候，火把便显得特别红、特别亮，把整个庙宇照得暖烘烘的，我甚至可以看清那菩萨微笑的眼睛。这时，不知道为什么，我会觉得很自得，我想，是我和外祖母给菩萨带来了光明和温暖。然而每次离去，我都不敢回头，我害怕看到那黑暗中孤零零的一星红光。我知道，那星红光是我们留下来的香头，过不了一会儿，那红光便会消逝。当我想到那星红光在夜风中熄灭的时候，我的心中充满凄凉。有一次，我问外祖母："他们，不孤单吗？"

"他们？哦，他们一点也不孤单，所有的一切，树、草、风、泉，还有鸟，还有蛇，还有猫头鹰，还有许多，许许多多，都是他们的朋友，他们可热闹了。"

第三天早上，当外祖母和青莲姑做好了一切准备，要送我们下山的时候，母亲却又突然决定不走了。

"我不走，我要在这里当尼姑。"

外祖母和青莲姑，你看我一眼，我看你一眼，什么也没说。

"我就是要当尼姑。我为什么要回去？我偏不！"

母亲夺过青莲姑手上的包袱，解开："让他们去乐吧。我倒要看看，瞒妻骗子的人有什么好下场！"

"住下就住下，可千万别诅咒，他可是你的丈夫，孩子的父亲。"青莲姑说。

"我没有这个丈夫，他死他活，与我无干。"母亲恶狠狠地说。

这时，我看到外祖母点燃一炷香，默默地朝着南天跪拜着。

吃过早饭，母亲便要青莲姑教她念经。青莲姑说：

"经，不是说念就能念，关键是要清心。"

"我知道，你们嫌我烦，要赶我走……"

说着，母亲便哭了起来。

"你啊，谁也拿你没有办法。"

青莲姑拿过一本经书，坐下来，说：那么，来吧，先坐好。

"红尘白浪两茫茫，忍辱柔和是妙方；到处随缘延岁月，终身安分度时光。休将自己心田昧，莫将他人过失扬……"

青莲姑念一句，母亲跟一句。念了一会儿，母亲说："算了算了，明天再来吧，烦死人了。"

那天上午，母亲和青莲姑上山挖笋，我和外祖母在院子里晒香菇。

太阳暖洋洋的。外祖母教我把香菇在地上摆成几个大大的字：阿弥陀佛。我们正摆得有滋有味时，看见一个黑影，抬起头来，却是父亲。

"爸爸！"

我跳了起来。

父亲给我们带来许多好吃的东西。花生，花生油，面粉，腐竹，豆干，还有厦门的绿豆沙。

“刚从厦门回来，就上山。她呢？”父亲说。

“挖笋去了。等下来，你可要让着她点。”外祖母说。

母亲回来的时候，看见父亲，“啊”的一声，我以为她会很高兴的，没想到她立即就臭了脸，说：“你来干什么？”

父亲笑嘻嘻地说：“来接你们回去啊。”

“你还记得有老婆孩子？怕是被那妖精甩了吧！”

父亲只是笑，不说话。“哼。”母亲把父亲晾在一边，便去洗笋。外祖母朝父亲使了一个眼色，父亲便跟着她到了泉边。青莲姑对我小声说，“去，你也去。”

我蹲在远远的地方看泉，看小水潭里的鱼。几十年后，我读到柳宗元的这段文字的时候，我一下子便把它记住了，因为我早就见过了的：“潭中鱼可百许头，皆若空游无所依。日光下澈，影布石上，怡然不动；俶尔远逝，往来翕忽，似与游者相乐。”

我一边看鱼，一边听父亲说话。

“剧团回来了，我在东闸口租了一间厝，很大，有厅，有房，有厨房，还有一个天井，一口井……阿文回来了，是被他的养父骂回来的，说他没出息，还说他不该甩下阿英一个人……”

“你怎么不说说那个妖精？”

“看你，人家又没惹你，平时还叫人家弟妹！”

母亲不理他，提着洗好了的竹笋，往回走，父亲跟在后面，想帮她提笋，被母亲一手甩了，还说，“帮你那妖精弟妹去吧。”

吃过饭，外祖母对母亲说：“收拾一下，下山去吧。”

“不行，没那么便宜。”母亲说，“他得发誓，对菩萨发誓，今后不跟那妖精来往。”

“本来就没有的事嘛。”父亲说。

“没有也得发誓。”

“太过分了。”外祖母拉着我往外走，“走，别理她。”

我不知道父亲最后有没有发誓，不过，那天下午，我们是下了山了。

（5）

林方正坐在落地窗边上的椅子上，显得有些拘谨。他在汇报他的调查，尽管他花了3天时间写了详细的汇报提纲，说起来还是疙疙瘩瘩的。他从来没有面对这么大的首长汇报过工作，好在他事前做了充分准备，占有相当充足的第一手资料。闽南的初夏显得十分燥热，汗水顺着他的背脊流下来，他明显地感到汗水的流动，却不敢有所动作。

“把外衣脱了。”

这时，从阴暗的角落里，从埋没在深深的沙发中传来一句略带沙哑的话，这是一句很不标准的普通话，闽南官话，林方正吃了一惊。他这才发现，在他的斜对面坐着另一位首长，他奇怪他刚才怎么没有注意到，或许他是刚刚进来的。他在匆忙中瞥了他一眼，这人仿佛在哪里见过。

“就是，怎么不把外衣脱了。”

这回发话的是宋专员，也就是他们的师长。他见过师长几回，有一次师长还对他说：你就是那个会唱歌的林方正吗？弄得他脸红了好一阵子。他腼腆地笑了笑，把笔记本放在腿上，然后脱下外衣。说来奇怪，脱了外衣，他的汇报就顺当得多了，有时还离开提纲，做一些即兴的补充。

“很好嘛。调查很充分，汇报也有条理，重要的是能提出问题而且能提出解决问题的方法。老卢，你看呢？”

“是的，不错。由政府出面买下黄金大戏院，然后把两个戏班子合成一个剧团。这个点子好。你调查过吗，黄金大戏院要卖多少钱？”

卢副专员站了起来。这不是在九龙饭店看到的那个人吗？他是开明绅士，还是地下党的领导同志？林方正这么想着，竟忘了回答问题。

“小林，卢副专员问你哩。”

“卢副专员！”林方正又是一惊。他看到卢副专员正微笑地看着他，仿佛对他说：我们是见过的，不是吗？

“1200 万元，包括房子和设备。”林方正说。

宋专员用赞许的目光看着他。他和卢副专员交换了一下眼神，说：“这样吧，你把刚才的汇报整理一下，正式形成一个报告，我们来批。”

“首长，还有一个问题。”

“说。”

“如果成立一个剧团，我们需要一个编导，一个会写剧本的。”

“那就把你上次提的那个赵敏给他吧。”宋专员看着卢副专员说。

卢副专员点了点头，事情就这么定了下来。

海涛声声。海浪打在礁石上，溅出雪白的浪花，很快就消逝了。可是旧的消逝，新的又来，这样反复无穷。“你不累吗？”赵敏对大海说。

大海有大海的乐趣，永不停息地拍打着岸边无数的礁石，不累。

这可以说是一个风平浪静的日子。

赵敏坐在滴水洞的石头上。这里的一切都是阴凉、潮湿的。大海把太阳沉没在深深的海底。太阳只剩下光，没有热。赵敏突然感到静得出奇。海就在眼前，就在离他不到 5 尺远的地方，海浪却显得疲乏无力，海的涛声消逝了。赵敏听到从石壁上渗出来的泉水声，“叮咚”，清脆，透明，美得叫人心疼。他伏下去，在那小小的水汪中吮一口水。泉水滴在他的脖子上，凉得透心。

这时，他听到脚步声，他知道，她来了，他没有抬起头，他再吮一口清冽的泉水，想冷却一下自己的心。

他约她来，是想向她告别的。昨天，他接到漳州军管会的通知，他必须在三天内，也就是明天，赶到漳州报到。他知道和她的告别不是暂时的，而是永远，是心灵上的诀别。他一直想离开她，只是他自己不敢承认而已。昨天，当他接到通知的一刹那，从他的心底腾地冒出一个声音：是时候了。

他渴望新生活，他以极大的热情迎接解放。当他还是个 14 岁的中学生时，他就盼望着这一天。那时，他在漳州读书。他哥哥送他到漳州读书时对他说：你要有出息，你应该读书，中学大学，留洋，为我们赵家争气。万般皆下品，唯有读书高，永远如此。那时哥哥在县里当教育局长。他到漳州，他没有想到会认识柯明，他更没有想到他是共产党员。他从他那里学演戏、话剧、易卜生、田汉。他知道了阶级、斗争、自由和解放。然而不久，柯明失踪了。人们说，他是被害死的，死在北郊的一片竹林里，先是用刀捅，然后是用枪打。后来，他到永安上了音专。他没有听哥哥的话，没有去留洋，他一直在寻找，寻找第二个柯明，一直到有一天，解放军开进他的家乡。这时，他的哥哥却逃走了，逃到台湾去了。他是县长，不走，等待他的，将是人民的审判。

他的心里从此有了阴影。他总是想表现自己对新社会的真诚，但他总是得不到信任。他的自传写得详之又详，但越详细问题就越多，无休无止的问号一直跟着他。有一次，人家问他：柯明烈士牺牲的时候，你在哪里？他想了想，说在家里。是的，他是在家里，那时，他正好病了，他的哥哥把他接到家里来休养。他得的是痢疾。一个月后，他回到漳州才听说柯明遇害了。这有什么问题吗？难道……他不敢往深处去想。他没有向任何人谈起他和柯明的关系，上帝做证。然而上帝是不存在的，共产党不相信上帝。

他唯有努力工作，用工作上的成绩来赢得信任。在短短的几个月里，他改编了几个剧本，其中《白毛女》得到县委领导的肯定，剧团演出，场场爆满。他受到上级的表扬、剧团的拥护。也就是在这个时候，他发现一双总是跟着他的眼睛。这双眼睛是那么特别，它发出来的光，让你感觉得到，有时在脸上，有时在手上，有时在后脑勺上。当他感觉到后脑勺上发热的时候，他回转头去，百分之百，他会看到那双又大又圆的眼睛，看到那长长的睫毛，看到眼睛下面的两片红潮。

她是铜陵小学的一个教师，她指导着一个小小的宣传队，这是一群快乐的无忧无虑的小鸟。她到剧团来取经，认识了这位大名鼎鼎的编导。她没想到他还这么年轻，而且风度翩翩，她从此把业余时间交给剧团。

她叫沈萍。他很快就被她的那双眼睛搅得心绪不宁。他曾告诫过自己，现在不是谈情说爱的时候，不是搞小资产阶级情调的时候，不是。他想方设法逃避那双眼睛。然而，有一天，她站在他的前面说：赵老师，我家就在对面，进去坐坐好吗？

这时，他正在街上走着，他刚刚从县文教科出来。他对自己说，不行，不行。而他的脚却跟着她的眼光迈了出去。

她家里只有母亲。她的母亲显得那么温文尔雅，一眼便看出是一个知识女性。他们谈得很投机。和她们谈话，仿佛是走进一间书房，慢条斯理地在翻阅着他喜爱的书。可是，一开始他就觉得这家庭里缺少一点什么，她们总是在小心翼翼地回避着什么。是什么呢？他终于明白了，是一个男人。男人的气息。在这个家里，找不到一张男人的照片。于是，一个疑问升上心头：她的父亲呢？

他很快就弄清了这个问题，她的父亲在台湾，系去台人员，或逃台人员。他是国民党的一个上校，不带枪的上校，戴眼镜的上校，工程师。

不行，他对自己说，不行。他身上的阴影还没有驱散，怎么能再罩上一层？他懂得阶级斗争的理论，是的，他不能被划入阶级敌人的行列。新社会对于人民是天堂，对于敌人却是地狱。这是明摆着的。他的哥哥是敌人，她的父亲也是敌人，敌人的弟弟和敌人的女儿，天啊，这简直是一种结盟！不行，他反复地叮嘱自己。

然而，他没有办法拒绝她的诱惑，包括她和她母亲所营造的那间温馨雅致的房间的诱惑。他一次又一次地警告自己，却又一次一次地走进那个房间。他恨自己没有决心，没有能耐，没有出息。他自己一个独处时，便心里有气，也不知道是对谁，想想，像是对她，但想想，又像不是，与她何干？原来是对她的父亲，那个没有见过面的戴眼镜的上校。你干吗跑到台湾去？真是的，跟反动派跑有什么好？没良心的家伙！要走就带着老婆女儿一起走，扔下老婆女儿，自己一个人走了，走了还不算，还给她们扔下一个大包袱，无形的大包袱。如今，这个大包袱也要让他来背！再想想，难道是他的错？他不走，也许早给毙了，上校是上线的，毙了和走了都一样，都是一个大包袱。这怪谁，怪她母亲，当初为什么要嫁给这样一个倒霉上校？

“我的父亲并不坏，他是爱国的，清华毕业，抗战一开始，他就从军，他是为了抗战打日本鬼子的……”有一次，沈萍这么说。

赵敏沉吟不语。爱国？国民党也爱国？爱国为什么要跑，要与人民为敌？

“我知道你不信，但你看看我们家的书，除了专业书，全是爱国的，陆放翁、辛弃疾、文天祥……”

“书能说明什么？”

“能，就是能。”

能，赵敏相信，又不相信。他一直处在矛盾当中。为自己的前途计，他的直觉告诉他，必须离开她，离得越远越好。但他没有勇气开口。

如今这调令，给了他一个机会。

沈萍看到赵敏趴在那里，吃了一惊。赵敏也不说话，也不动作，慌得沈萍跑过去一边拉他，一边说：你怎么啦！连声音都变了。

这发颤的声音像一把小铜锤在赵敏的心弦上狠狠地敲了一下。赵敏觉得心里阵阵发酸。她真心实意地爱我，为我担心！他站起来，对着她笑，一脸清凉的泉水。

“好爽。”

“你坏！”

沈萍打了他一下，自己也趴下去喝水。喝了水，站起来，对着他，甜甜地笑。

他突然将她拉过来，紧紧地拥抱着，亲吻着。

这个动作有点唐突，连他自己都感到意外。这是爱，还是对爱的告别和背叛？吻着吻着，他的眼泪便簌簌地落了下来。

沈萍非常幸福地闭上眼睛。这是第一次，有生以来的第一次。她没有反抗，或者说，她早就盼望着这一瞬间。她的心软酥酥的，她的脚软酥酥的。身子软了，整个人就挂在他的身上。

海浪在离他们不到5尺的地方疲乏地叫唤着，哗——哗——催眠似的。在远远的海面上，有一只海鸥掠过水面。在蓝天与大海之间，海鸥显得那么孤单与凄凉。

她感到什么流进她的嘴里，咸咸的，睁开眼睛，看到他的泪，大吃一惊：“你怎么啦？”

“我要走了。”

“走，哪里？”

“调到漳州去，昨天的通知。”

她“扑哧”一笑。那有什么，不就是在漳州吗？但她立即又体会到另一层意义，“他舍不得离开我，居然掉了泪。”她的心尖一跳，“啊，他是多么地爱我！”平时在她的心中隐隐约约地掠过的阴影即刻消散，她感到自己是世界上最幸福的人。

“你走吧，走到哪里，我都等你。”

赵敏一时无言。他没有勇气说出分手的话。他恨自己，也恨她，为什么，为什么要把你的阴影强加给我？

（六）

父亲租的房子实在好，是东闸口最好的房子。东闸口的房子全都是“竹竿厝”，一竿子插到底，三进四进甚至五进，前门在街面，后门对着南门溪，足足有七八丈长，里面阴森森的。而我们的房子则不同，正如爸爸说的，有房有厅有天井，还有一点最有趣，爸爸没说，就是我们的房子抱着一棵大榕树，我们厨房屋顶的瓦片就是从榕树的树干上斜插过来的，下大雨的时候，清溜溜的雨水顺着树干流下来，灌满了我们的小院子，我们，我和小琳，就在院子里放纸船。小琳家有许多牛皮纸，用牛皮纸折的小船可以在水里转很久，等它吃足了水，才会慢慢地沉没。

小琳是我的好朋友，她家就在楼上。在童年的朋友中，小琳给我的印象最深。不是因为她长得漂亮，不，她一点也不漂亮，她只是有点可爱，我母亲说她是一颗“就核仔荔枝”，眼睛很小，却给人一种总是笑的感觉，又白又胖，白里透红。她给人总体的印象是没有骨头，浑身上下都是肉，就像一颗核子很小而肉很多的荔枝。现在想起来，不得不佩服母亲的观察和表达能力，可惜母亲常常把这种能力使用在骂人方面。

小琳之所以给我留下很深的印象还因为我们常常做一种游戏，叫“煮粥煮菜”。她有一个很大的布娃娃，她叫它“囡仔”，然后让我当这个囡仔的爸爸。她有时掀开自己的衣服，把“囡仔”贴在自己的胸口，说是让它吃奶，她把这一切做得很仔细、很认真。有时会突然大叫一声，说囡仔撒尿了，要我赶快把尿布拿来，我于是赶快把她的小手巾递了过去。我不知道她从哪里学来的这一套，但我被指挥得团团转。她喜欢把我叫到楼上，在她们家的厅里做这些游戏，她并不怕她母亲看见，有时做到得意处，还会偷偷地看她母亲一眼，这一眼，很有一些自得和炫耀，而她母亲总是回给她一个微笑，表示赞许。我弄不清楚她到底有没有父亲，我从来没有见过她的父亲，也从来没有听她提起过她的父亲，我也弄不清楚她们母女俩何以为生。我只记得她母亲总是在看书，看一本黄黄的直排本的书。她对我的来来往往从不当回事，好像我就是她们家的一个成员。有一次，我和小琳在她的床上睡着了，我们并排躺着，布娃娃躺在我们的中间。她把我叫醒的时候在我的脸上轻轻地一吻，说：我的小女婿，快起来吧，你妈妈叫你了。我揉了揉眼睛，连忙跑下楼。

我母亲认认真真地把我看了一下，说：你睡着了？我点点头。“在她们床上？”我又点了点头。她突然大声说道：“以后不许你再上楼！”我的脸发烧，我想小琳和她母亲一定听到母亲的话了，我觉得对不起她们，也为母亲感到不好意思。

然而母亲的许多不许都是不能实行的，我现在明白，凡事一到极端，便不可能持久。我还是上去了，还是小琳叫我，还是那句话，“快来，小囡仔想爸爸了”。她的母亲还是不把我的来来往往当回事，只看她的书。有几回，她还对我微微一笑，说，“我们的小女婿来了。”

有一次，我们抱着布娃娃在窗口看街上的风景，看到对面一个人对着我们的房子画画，他的身后围着一堆人。我说：我们下去看看。果然，那人画的正是我们的房子。我们的房子在他的画里变得十分有趣，那榕树，从我们的房子里长出来，郁郁葱葱。我们很高兴地跑回来，对我母亲说，有人画我们的房子哩。我母亲显得很紧张，她跑到楼上，对小琳母亲说，房子是不能被人随便乱画的，就像人一样，随随便便地被人画了，魂就没有了。她说：我们应该去制止他。小琳母亲说：不，我还想坐在窗前让他画哩。我母亲张大嘴巴，好久说不出话来。从那以后，她便开始和父亲吵架，说他不安好心，故意找了一间这样的房子和一个这样的厝主。

很久以后，我在一个不知名的画家家里看到那张画，我还知道那画画的是岭南画派的著名画家黎雄才。那窗口依稀可见一个小男孩。我的童年被嵌入画中，成为永恒，这是我万万没有想到的。

这是一段相对平静的日子，母亲又开始看戏了。每天吃过晚饭，她便挺着大肚子到黄金大戏院去。黄金大戏院离我们家很近，用母亲的话说，“五伐脚”就到了。有几次，我起夜的时候，还听到戏园子里传来的锣鼓声。我甚至能听出这是县太爷快出场时的锣鼓，在不紧不慢，近乎滑稽的鼓点声中，留着两撇山羊胡子的县太爷三步进两步退，先把背给观众，然后再转过身来，眨眨眼睛，撇撇嘴巴。这多半是一个贪官，即母亲所说的“吃钱仔老爹”。当然，这大多是石花的父亲罗仔演的。他不是演花花公子，就是演“吃钱仔老爹”。我还想，今晚是演《窦娥冤》吧，桃杌想让张驴儿打赢官司，自己好赚100两银子，惊堂木一拍，“人是贱虫，不打不招！来人呀，给我用大棍子打！”演窦娥的阿英姐这下可惨了，哎呀一声，屈打成招，被押进死牢。第一次看这出戏的时候，我对石花说：你爸是个害人虫。她说，这是演戏！我说，演戏也不能太认真，阿英姐都哭了。我听锣鼓就能猜出戏文，母亲很为我自豪，逢人就说：我们阿云多聪明，听锣鼓就能断出戏文。每每又当着我的面，说得我脸发烫。每天晚上，母亲看完戏，和父亲一起回来，一路上有说有笑，有时开门进来，还笑。我便假装睡觉。我懒得去看戏，因为母亲不许我和冷水石花他们玩，戏又有什么看头？

有一次，母亲自己一个先回来，一回来就把我叫醒，怒气冲冲，说：阿云，我看你父亲又要“变鬼”了。我睁开惺忪的眼睛，说：几点了？母亲说，刚刚散戏，一散戏就不见他的鬼影子。刚好几天又要变鬼了。过了好一会儿父亲才回来了，不是一个人回来，是和林工委一起回来。母亲一见林工委，脸上便堆出笑容，说了许多客气话，一定要留他吃点心。母亲刚才一边骂，一边在炉子里煮点心、面线、精肉。

林工委笑着对父亲说：你看，嫂子还是通情达理的嘛。

父亲笑了笑，笑得很难看。父亲常常这样笑。好几年以后我才懂得，这就叫苦笑。

有一天，母亲突然对我说：怎么不叫冷水石花他们来玩？我说：是你不让我和他们玩的。母亲说：谁说的？叫他们来玩。我说：我现在不喜欢和他们玩，我要和小琳玩。母亲说，不许再上去。那东西不是好货。我那时搞不清楚那东西是什么，后来才明白，“那东西”是指小琳母亲。我不知道她为什么不是好货。但我不得不佩服母亲的洞察力。几年后，我听说小琳的母亲被划了右派，听说街道里有任务，还听说，右派一般是有文化的。还听说，她的丈夫在香港，她是她的丈夫的三姨太。母亲往往能歪打正着。

母亲开始对父亲宽容起来，说：怎么不叫弟妹来玩？

于是，在一个阳光明媚的早晨，冷水和他的父母亲来了，还带了一盒我十分喜欢吃的“豆苏饼”。父亲说：林工委找我有点事，走了。

一见面，母亲便拉着冷水的母亲说，“弟妹怎么这么瘦”，说着，便掉下了眼泪。然后就数落大利叔，说他就懂得喝酒，不懂得疼惜自己的老婆。还说，以后不能再没完没了地喝，台湾那边也不要想得太多，想也没有用。还说了许多许多。我不爱听，拉着冷水上楼和小琳玩。这种时候，母亲对我的行动一般是很宽容的，在我们走到楼梯口的时候，她还说了一句：“不要打破人家的东西。”口气之温和，使我们备受鼓舞。我们三步两步，便跳到楼上。

我不知道母亲他们说了些什么，也不知道他们为什么有那么多话好说，当母亲叫我们下来吃饭的时候，他们的眼眶都红红的。她们像亲姐妹一样地让座。这时，父亲也回来了。小琳在楼梯口偷偷地探了一下头，母亲便高声喊道：小琳，你也下来一起吃。楼上没有动静。母亲便叫我上去叫。我拉着小琳的手，小琳看着她的母亲，她母亲对她微微一笑，她便很高兴地和我一起下楼来。

这餐饭吃得很香。只有一点小小的不愉快，就是小琳把雌鸡头当成是雄鸡头，用筷子指着那鸡头说：我要吃鸡公头，我妈说，小孩吃头才会聪明。我母亲脸一沉，说：不是公鸡是雌鸡。我们家不吃公鸡，也不吃狗肉。以前，我们家里供着相公爷，相公爷的脚下就有一鸡一犬。每天早晨，母亲都要给相公爷烧香敬茶。母亲还教我说，这不叫“犬”，叫大点。有一次，林工委到我们家，对着相公爷看了半天，说，这是哪路天神？父亲说，这是梨园神，听说是唐明皇时的状元，又入翰林，擅长音律，常常在宫里为明皇编剧作曲，教梨园子弟。他有两个部下很想见皇帝，但因为是布衣，不能面君，便苦求相公爷把他们变成一只鸡一只狗，放在袖子里，带进宫去，不想他们面君心切，不小心从袖子里掉了下来，皇帝看了，很高兴，说，好个金鸡玉犬。这算是敕封，不能再变人了，他们就永远站在相公爷的脚边。林工委听了，笑了笑，又摇摇头，说，这是迷信。说得爸爸的脸都红了。过后，爸爸便叫母亲把相公爷收了起来。虽说是迷信，我们家还是不吃公鸡和狗肉。当然，这一点林工委是不知道的。

我记得我们家的那张相公爷的画像一直收藏到“文化大革命”才偷偷地烧掉。那是一位相当富态而慈祥的老人，手上还拿着笏，状元嘛，翰林嘛。任何实际上被视为低下的职业，都要寻找文化人或当权者作为保护神，这或许是一种文化情结。娼妓的保护神是管仲，纪昀说：“倡族祀管仲，以女闾三百也。”烧相公爷是在一个风雨交加的夜晚，那时，父亲被关在剧团里反省执行修正主义文艺黑线的问题，我站在门边望风，尽管大门早已闩上，我还是有一些紧张，怕突然响起敲门声。和相公爷一起烧掉的还有父亲多年收藏的各种剧种的剧本和我的一本刚刚从同学那里借来的《青春之歌》。

剧团来了一个新小旦。

这个新闻是阿英姐告诉母亲的，还说，她是林工委的“牵手的”。爸爸听了，把眼睛一瞪，“不许乱说。”阿英姐转过头来，指着我的头，不许乱说。爸爸笑了，说，人家是领导，说了，影响不好。再说，八字还没一撇哩。阿英姐便不说话，愣愣地看着窗外出神。远远的地方，在一堆乱石中，有一棵香蕉树，一只小燕子飞过香蕉树，好像是要飞到对面的墙头，却又绕了回来，飞到我们的窗前。一棵香蕉，一只燕子，孤零零的。

母亲说：这事情我怎么不知道？父亲说，这有什么好说的。母亲说，你就是什么都不让我知道，好在外面搞鬼。父亲说，那是林工委在华安剿匪时认识的，叫秋月，倒是戏骨结成的，就是做死戏。雨伞班，农闲结班演出，农忙散伙，能这样就不错了。

阿英姐轻轻一笑，说：“人家可要演白毛女哩。”

父亲说：“你也不要吃戏醋，让她试试，不行，你再上。林工委不是常常说，要讲一点风格。”

阿英姐笑了笑，转而对我说：“你阿义哥没来吗？”

我说没有。母亲说：“很久没有看到他，这死孩子鬼怎么不来？是生你师娘的气？”

“他最近可派头了，连我都爱理不理的。”阿英姐说。

“这孩子这次回来以后就有些变了，不说话，总是一个人待着。”爸爸说，“阿英你要多劝劝他，林工委是一片好心，划清界限对他将来的发展有好处。”

“师傅，我可不敢提林工委，一提他就来气。”

爸爸叹了一口气。母亲说：“林工委倒是一个好人。我看，他对阿英还很有意思的。”

“师娘，人家‘牵手的’都来了，你还瞎说！”

阿英姐的脸一下子变得通红，拉着我的手，说：云弟，走，姐给你买面煎粿去。我们走出门。东闸口是漳州最热闹的地方，什么小吃都有，单我喜欢吃的，就有面煎粿、北仔饼、五香、蚵仔煎。小琳在楼上的窗口叫我，阿英姐抬起头说，小琳，你也来吧。

阿英姐抬头说话的姿势很好看。

（6）

黄金大戏院的大门面对闹市，南去东闸口，有码头，有市场，北去市仔头，有影院，有商店。这是一个温泉区，前后左右，有许多家澡堂、旅店。背后是龙溪师范，这是漳州现代教育的发祥地。光绪三十一年（1905年）清政府颁布县办小学堂府办中学堂的规定，漳州的第一所新式学校——汀漳龙传习所就在这里下去不远的地方。两年后，传习所改称汀漳龙师范简易科并附设小学堂。那远远的地方，那露出一个檐角的是半月楼，楼下，有一泓绿莹莹的塘水，塘边，有一座三进的院落，过去的丹霞书院，后来的小学堂，著名诗人杨骚就在那里读的小学。

林方正站在剧院后面的窗前，他没有看到那小学，也不知道那里的历史，难怪，他不是漳州人。他只看到几棵高高的攀枝花树，开着火一样鲜红热烈的攀枝花。这种花也叫英雄花。然而英雄气短，只开那么十来天，便噼噼啪啪地，争先恐后地落到地上去了。

林方正在为一件事烦恼，就是白毛女演员的配搭。他调秋月来是为了饰喜儿的，他认为阿英过娇，不适合演苦大仇深、富有反抗精神的白毛女，而秋月正合适。秋月出身贫农，本人又曾遭土匪的蹂躏，苦大仇深不下于喜儿。但排练的结果却叫人失望。秋月的表演矫揉造作，悲、怨、怒、仇全不见了，只剩下一些机械的动作，毫无感情的台词和唱腔，难怪人家说她是“柴头”。他想把她换下来，却又换不下来。

那天，他在太古桥碰到宋师长，宋专员。师长在部队的时候联系群众是全军有名的，许多下级军官，甚至战士他都可以叫出名字来。到了地方，他又喜欢微服巡访，到处走走看看，高兴起来，就蹲在路边吃点心，他喜欢吃牛肉面，吃多了，便跟太古桥广发牛肉店的老板混熟了。每次从那里经过，老板都要招呼他：老兄弟，进来吃一碗。一碗牛肉面，还是那些钱，但汤头特好，肉也特多，熟客嘛。这些事情林方正并不知道，那天早上，他碰巧从广发店前经过，却被在里面吃牛肉面的一个人叫住，一看是师长，连忙立正，敬礼。行了行了，也进来吃一碗吧。师长说。他这一敬礼把老板敬慌了手脚，我的天，师长，多大的官啊！国民党一个屁大的连长到这里来连吃带拿，一分钱也不给，动作慢一点还要挨一顿臭骂。共产党，好！老板这么想着，给林方正端来一大碗牛肉面。他们一边吃一边聊天，说起白毛女的排练和演员。他告诉师长，饰喜儿的演员是他特地从华安调来的，贫农，受过土匪的欺侮，苦大仇深。师长一拍桌子说：好，我们就要让这样的同志来演。你记得我们军区文工团那个演喜儿的演员吗，她就当过地主的丫头，受过地主的欺凌，这样的同志带着强烈的阶级感情，演起来真切，能感染人，教育人。

林方正当然记得军区文工团的那个白毛女，正是秋月使他想起了她，他才下决心把她从华安调来的。这一点，他没有告诉师长。师长一再鼓励他们一定要把白毛女排好，“到时候”，他说，“我一定来看你们的演出。”

临走时，师长还拍拍他的肩板，很信任，很亲切。那时，牛肉店的老板就站在旁边，说：有这样的首长，是我们的福分。师长付钱的时候，他一定不收。师长说：不收我下一次就不来了。老板只好收下来，他希望师长常常来，这是他的风光。

师长首肯的演员怎么好再换下来？再说，他了解过，阿英同志的家庭成分是中农。中农，毛主席虽然说过“在土地改革斗争中，必须吸引中农参加，并照顾中农利益”，但这是团结的意思，必须团结不等于可以依靠，不，中农绝不是我们的依靠力量。看来，问题的关键在于饰大春的演员，让阿文上，这是万不得已的，实在没有人。让一个地主的养子来演一个觉悟了的贫农，一个人民军队的战士，实在是不合适。而阿文与秋月的配合，又是那样的冷若冰霜，也是“柴头”一个。演古装戏，演才子佳人，他和阿英，演得那么好，活灵活现，演革命戏就不行，这看来不是简单的演技问题，是感情问题、立场问题。我是不是再找他谈谈，不管怎么说，地主的养子不是地主，团结一切可以团结的力量建设我们的新中国，建设我们的新文艺，这是我们的政策，任何时候都不能以感情代替政策。

林方正点燃一支烟，到剧团以来，他的烟是越抽越大了。对面英雄树上的花已落得差不多了，失去花朵，光秃秃的树枝显得那么生硬，别扭。

“林组长……”

林方正转过身，是秋月。她在台下比在台上的时候好得多，你看她那对眼睛，半是哀怨，半是微笑，楚楚动人。

“我不演了，我还是回去吧。”她说，“我们雨伞班的人，上不了大戏台。”

“要有信心，要有信心。”

林方正让她坐下来。这里是他的办公室兼卧室。她就坐到他的床上。床是简单的木板床，两条板凳架上一块木板，木板太薄，她坐下去的时候，木板沉了一下，吱吱响，她挪了挪屁股，坐到床头。

这是一个军人的床铺，草绿色的被子叠得整整齐齐。

“要有信心，”林方正坐在她的对面，避开她的眼光，“多向三春师傅请教，还有赵编剧，阿英同志，他们都是内行。”

“林组长，”秋月喜欢叫他在她们那里剿匪时的职务，这样显得比别人亲切一些，“你的衣服也该换了。”

他没料到她会突然冒出这么一句毫不相干的话来。这句话突然把他们的距离拉得很近，这句话也拨动了他心中的某一根神经，他突然感到很心虚，连忙瞥了一下房门，门是半掩着的，不知是原来如此，还是她刚才搞的鬼？他走过去把门推开，不巧，凤仙正从走廊那头走过来。

“哟，林工委，大白天还关门呀，”凤仙说，“是开秘密会议啊！”

“不，不是关门，是开门，不，本来就是开着的，我……”

他语无伦次地说。关门自然不好，开门也不妥，开门，不正说明你原是关着的吗？大白天把一个女同志关在自己的卧室里，这要传出去还说得清楚吗？

凤仙走过来:“哟，是‘牵手的’在里面啊!”

秋月红着脸，什么也没说。

“什么是‘牵手的’，什么意思?”

林方正问秋月，秋月说，“你问她。”说着便走了出去。

林方正转头看凤仙，凤仙抿着嘴笑，不说。而她的眼神当中却有一种暗示，一种挑逗。林方正的脸唰地一下变得通红。

但林方正很快就镇静了自己，说:“凤仙同志来，一定有什么事情。”

凤仙的目光从床上扫过去，绿色的被子叠得方方正正。她说:“林工委，我是来提一个请求的，你知道，我的戏路比较宽，苦旦花旦刀马旦我都行，我想，我请求，喜儿这个角色让我来锻炼锻炼。”

林方正一时没有话说，他的确没有想到她，完全没有想到她，正在为难的时候，笑三春一脚迈了进来:“林工委，赵敏的这个剧本，我看了，很有戏。”

凤仙一看到三春，叫了声“师叔”，便匆匆地走了出去。

三春看着她出去，眼光中打着问号，林方正正要说什么，突然听到凤仙在外面“哎呀”一声，他连忙走出去，“怎么啦?”凤仙说，“脚扭了。”她瞥了房门一眼，小声说，“别向师叔说我要演喜儿的事。”说着，又看了他一眼。

林方正回来的时候，笑三春也没问凤仙的事情，他关心的是那个新剧本。

这个剧本叫《义偷》，古装，背景是清朝，说的是乾隆年间闽南某地的一个乡间，一个小偷叫阿歹，阿歹不歹，他专门偷富济贫，特别是本村的一个秀才，长年受到他的关照，后来秀才决心和他一起到财主家去偷，却又由于胆小反而被捉，被装在麻袋里，半夜阿歹用调包计，把老财主装进麻袋，老财主的孙子平时常常偷自家银两，为嫁祸秀才杀人灭口，本想打死在麻袋里的秀才，没想到打死的是自己的祖父。告官，败诉。县老爷是一个贪官，收了财主孙子的银两，欲陷害阿歹，与他打赌:要是阿歹能偷到县老爷家千金小姐身边的衣物，老爷输1000两银子，要是偷不到，老爷就要阿歹的人头，并请秀才作保。半夜，阿歹设计偷走小姐的内衣。贪官老爷赔了夫人又折兵。

三春说:“这戏有戏肉，而且很适合我们演，罗仔演阿歹，阿文演秀才，阿英演小姐……对路。”

林方正说：“这戏好是好，可我有一点拿不准，阶级斗争，对地主阶级的反抗，用这样的方式，是不是好？用一个小偷来反抗财主是不是合适？还有，半夜，小偷假装猫小便，打湿了小姐的衣服，诱使小姐脱下内衣，是不是有点低级趣味？……对艺术我是外行，这样吧，我们把剧本送到专署，请文教科的同志看一看，如何？”

“那要不要先跟赵编剧说一说？”笑三春说。

“说一说就说一说吧。”

笑三春想到赵敏，不知怎的，心里很为他感到委屈。他知道，这是他没日没夜地伏在宿舍的那张破桌子上，写了一个礼拜才写出来的，他还清楚地记得，他把剧本拿给他时兴奋的情形，他的眼睛红红的，说话时嘴里散着臭气，这是因为熬夜，火气上升。林工委刚才说的那些话，他觉得好像有道理，又好像没有道理，他自己也说不清。他只是暗暗地为赵敏祝福，希望文教科的同志为他说好话，也希望这个剧本早日付排，他想，这戏一定有人看。

（七）

我还没睁开眼睛就知道今天的天气特别好，因为我听到鸟叫，那榕树上的鸟叽叽喳喳地叫，它们在互相问候、道别，我甚至会认出其中一只小鸟的声音，特别清脆悦耳，我一直认为是常常栖在后面夹竹桃上的那只小鸟，脖子上有一圈白毛，总是盯着我看，我逗它，吓它，它都不逃，每当风和日丽的早晨，它就叫得特别欢，唧唧，唧唧，唧唧，你好，你好，你好。

我睁开眼睛，啊，鸟儿就站在窗台上！我朝它笑了笑，你好！它朝我点了点头，扑的一声飞走了。

我不想起来，闭上眼睛。我听到街上传来的木屐声，吸了吸鼻子，闻一闻有没有油条香，没有。我有些失望，母亲总是说油条火气大，不让我吃，可人家小琳每天吃油条豆浆，也不会长疥子。

我突然听到母亲自言自语地说着什么，母亲常常自己和自己说话，睁开眼，转过头，只见母亲站在临街的窗边，对着她的那枚金戒指说话。这几天，母亲总是把金戒指剥上剥下，心神不宁。我叫了一声“妈”。她说：

“阿云，你说妈这金戒指捐出去好不好？”

我讨厌那金戒指，有一次母亲拨我的时候，那金戒指在我的手上划出一道红道道。母亲不耐烦的时候，就说去去去，一手将我拨开。

我说：“好。”

“那就这样定了。”母亲高高兴兴地说。

吃过早饭，母亲说：我到街政府去一下，你老实在家里待着，不许到楼上去。说着，便挺着大肚子出门去了。

她一出门，我就溜到楼上。

小琳在写字，她母亲每天要她写20个字，天地人头口手。我的云字就是从她那里学来的。她母亲说：你为什么表这个“云”字？我说：我不知道，这是外祖母起的。她笑了笑，或许是五行缺水吧。说着，她便拿一支笔，让我也来学写字。可今天小琳写的字，我一个也认不得，太复杂了。她说，这是“抗美援朝，保家卫国”。这几天，母亲天天到街政府去，回来就说抗美援朝，保家卫国，还教我唱：“雄赳赳，气昂昂，跨过鸭绿江……”

我说：我也来写。说着，便拿起我的笔，我的笔放在小琳的抽屉里，这实际上不是我的，是小琳母亲的，她说，这笔以后就归你用了，这样它便成了我的笔，那是一支红蓝铅笔，我用红的写“抗”，用蓝的写“美”，小琳母亲在一边看，说：我们云弟很聪明。我很得意，又翻过头来写“援”字，可怎么也写不好。小琳母亲说：慢慢来，提手旁和抗字是一样的，这一边，先写一撇，再写三点……正说着，听到街上人声沸腾，我们便都走到窗口。只见三四个人扶着梯子在对面的楼上贴标语，红纸黑字，写的正是“抗美援朝，保家卫国”。

小琳喊道：我们这里也贴一张。

那几个人果真高高兴兴地扶过梯子，一个人爬上来，正好在我们的窗底下。我看不到他的脚的动作，只看到一个黑黑的脑袋向我有节奏地上升，很新鲜很有趣，我正想伸手去摸一摸，听到小琳母亲说，小心，不要探得太深。只好作罢。这一次贴的不是抗美援朝，保家卫国，我们只认得一个“美”字，小琳母亲说，这是“打倒美帝国主义”。

母亲回来的时候，满脸通红，嘴里还哼着那首“雄赳赳，气昂昂……”，一进门就问：小琳的母亲在吗？我说：在，我刚刚从她那里下来。我一说过就后悔，因为她是不许我上去的。可母亲却不计较，哼着歌，自己上楼去了。我觉得奇怪，也跟着上去。

小琳的母亲看到母亲上来有些吃惊，但她还是放下书，微笑着请母亲坐，还给母亲倒了一杯开水。母亲坐下来，拉了拉肚子上的衣襟，说：“街政府叫我来，有一件事情和你商量。”母亲的口气从来没有这么温和、这么亲切，“你知道，美帝国主义欺侮我们，抗美援朝得用飞机大炮不是？我们小组订了爱国公约，大家捐献飞机大炮，一架飞机……不知道多少钱，很贵就是了，有钱的捐钱，没钱的可以捐东西……你看，”母亲伸出手，张开五指，“我把金戒指给捐了。”

小琳的母亲也有一只戒指，戒指上还嵌了一颗红宝石，母亲的话还没有说完，她就张开手，退下戒指，说：“我也捐了吧。”

母亲拿过戒指，说：“哟，真爽快，比我的还重哩。几钱？”

“不知道，是母亲留下来的。”

“像你们这样的世家底子，留下来的钱一定不少……不像我们，捐了戒指就什么也没有了。”

小琳的母亲想了想，走到房里，抱出一个大盒子来，我想那里面一定有许多金首饰，可她一打开，里面却是一部线装书，母亲大失所望：“这旧书值得了多少钱呢？”

“这可比那戒指值钱多了。孤本。”小琳母亲说。

母亲摇摇头，说：“那就算了。”

第二天，街政府敲锣打鼓给我们送来一张大红纸，表扬母亲和小琳母亲，说她们在全街起了带头作用。母亲很高兴，要把红纸贴在大门口，小琳母亲坚决反对。母亲说：人家给我们就是要宣传，要贴，要不，给我们做啥？小琳母亲一时无话，便由着母亲把那张大红纸贴在门口。以后几天，母亲有事没事站在门口，逢人就打招呼，语气非常亲切。家里来了客人，她也一定带他到门口看一看，很自豪。那天冷水的母亲来，母亲带她到门口看大红纸，冷水母亲不识字，母亲便给她解释上面的意思，然后指着自己的名字，说：看，这就是我的名字。母亲是文盲，但她认得自己的名字。冷水的母亲把母亲拉进来，小声说："你真的把金戒指捐了？"

"那还有假？"

"你真傻。以前，抗战的时候，我母亲也是捐金戒指，也说是买飞机，后来听说，都进了那些当官的腰包里。"

母亲睁大眼睛，说："你怎么这么糊涂，旧社会新社会都分不清！"

说得冷水母亲脸红红的。

可是冷水母亲走后，母亲显得有些心绪不宁，有一阵子还看着自己那显得光溜溜的手指头发愣。母亲终于忍不住，拉着我说，"阿云咱们到街政府去看看。"

"我不去。"我甩开她的手。

"不去不去，我也不去，怎么好意思问呢？"

可过一会儿，她又说：我还是去看一看。她走到楼梯口，朝门口走去。

母亲回来的时候显得忧心忡忡，我的肚子都饿得咕咕叫了，她还不做饭。晚上，父亲回来的时候，她便向他发火，说他没有用，不顾家，只知道整天在女人堆里混，全不管她的死活。父亲也不着急，也不回嘴，默默地生火做饭。

"你是死了，怎么不说话？"

"让我说什么，无缘无故的。"

母亲愣了一下，说：我心烦。

第二天一早母亲就到街政府去，回来的时候手里拿着一把三角旗子，说：都捐了都捐了。咱们游行去。

我拿着旗子跑到楼上，说：我妈叫大家都去游行。小琳跳过来接过旗子，她的母亲放下手中的书，想了想，说，好吧。便跟着我下楼来。

太阳很大。游行的队伍很长。

母亲挺着大肚子，一会儿走在队伍里面，一会儿走在队伍旁边，带头喊口号，叫别人排好队，满头是汗，满脸通红。

有一个阿婆走到母亲旁边，小声说：我有点事，先去一步。母亲大声说，“不行。”

那阿婆又回到队伍中，嘴里嘟囔着，风神，骗人没当过组长！说着，又看了我一眼，我连忙把头扭到别处，假装没听见。小琳说：你妈好威风啊。不知怎的，我突然觉得很生气，说：关你什么事。

这时，小琳母亲拉了拉我的手，又摸了摸我的头，我的气便一下子消得无影无踪了。

（7）

高少君一口气看完了《义偷》，他认为这是一出好戏，他甚至有点激动。但是他不急于表态。林方正的看法代表着一种思维方式，不能等闲视之。他一时还理不清楚这两种思维方式有什么不同，或许有一天，他将会理清楚，但是现在，他只是觉得应该慎重，他决定把剧本呈送分管文教的卢副专员审阅。

高少君刚刚提副科长。副科级，相当于部队的副营级。在部队要当副营长，最少也得打几年仗，带几年兵，挂几次彩，而他，参加革命才三年多一点。他中学毕业，家乡便解放了，他先在区里当了两年文书，以后由于总结写得好，受到地委的表扬，被县里调去当秘书。太行区组织干部南下的时候，他跟着县委书记参加了“长江支队”，渡黄河，过长江，从南京到苏州到福州到漳州，他本来要跟书记到县里去的，但专署需要笔杆子，他便留下来。读中学的时候，他就对文学感兴趣，他特别喜欢巴金的《家》，看到鸣凤投水的时候，他还偷偷地掉过眼泪。后来，他在学校里组织了一个文学社，还出了一张小报叫《春蕾》，因为办报，他和一个叫芳芳的女同学建立了某种关系。去年，长江支队派人回老家接家属的时候，他立即想到芳芳，但她不是家属，她只是和他有了某种关系而已。他们通过几封信，以后便没了她的消息，想必是另有所属了。每当想起她，他的心里就会泛起一阵无名的惆怅。这或许就是人们常说的小资产阶级感情吧。

高少君把剧本拿给卢副专员的时候，卢副专员感到有点意外：

“剧团里的剧本我们也要看吗？”

“是他们送上来审查的。”

卢副专员接过剧本，翻了翻：“这不是小赵写的吗？我看就不用审了吧。”

高少君说：“在解放区，领导是要审查节目的。”

卢副专员一听解放区心里就烦，倒不是他对解放区有什么成见，解放区的经验从哪里来的？还不是从苏区来的？而且这领导审查剧本就不怎么高明，既要叫人家当编剧，就要信任人家。人家辛辛苦苦地写出来，你再来审查，说三道四的，这算什么？你会写你写算了。

“我就不用看了吧，用人不疑，疑人不用嘛。”卢副专员说。

高少君站在那里，一时不知该说什么。卢副专员又是一种思维方式，这种方式很朴实，但似乎太简单了一点。可人家是上级，而且不是一般的上级，是副专员，论资格，他还是全漳州地区最老的干部哩。

卢副专员看他站着不动，说：“如果你觉得应该审查，你就看一下吧。”

“不不，我觉得……只是林方正同志，他有点看法……”

“什么看法？”

高少君把林方正的看法说了一下。

“这是演戏，又不是搞土改，定政策，何况又是古装戏。漳州有句话，叫讲古说皇帝，说着玩的嘛。娱乐娱乐，剧团愿意演，群众愿意看，不就行了？”

不过这里是不是有一个引导的问题？高少君这么想着，但没有说出口。

那天赵敏睁开眼睛的时候，窗外的天空一片灰色，赵敏分不清是上午中午还是下午。他只记得他躺下去睡觉的时候是清晨，那时他刚刚写完《义偷》，他把笔一扔，站了起来，长长地舒了一口气，喝了一杯开水，然后昏昏沉沉地睡着了。他听到街上传来的卖豆花的声音，肚子随着这声音“咕噜”一声响，饿了。但他不想起来，懒得起来。

他好像做了一个梦，梦见什么呢？是《义偷》里的情节，可那分明又是阿英。对了，那不是生活中的阿英，那是他的戏里县老爷的千金小姐，那是戏里的阿英。他记得十分清楚，不，他看得十分清楚，不，在梦中，一切都是昏暗的，这正符合当时的情形，那是发生在半夜，义偷从小姐的蚊帐顶倒下一壶冷水，浇湿了睡梦中的小姐，当小姐惊醒的时候，他躲在屏风后面假装猫叫。小姐以为是猫撒尿，便脱下了她的内衣……哦，那不是小姐，是阿英，她还对他微微一笑，是羞涩，是挑逗，还是召唤？她的动作是那样的优美，那样的自然，她的手臂在黑暗中泛着柔和的白光。他从来没见过这么动人心弦的曲线，没有，沈萍也没有！

这个梦有些荒唐，却又不无道理，他正是依照阿英的形象来写那个千金小姐的，她的妩媚，她的善良，她的纯真……不知怎的，他从第一次见到阿英便对她不能忘怀，她的什么地方吸引了他呢？她的眼睛没有沈萍的大，也没有沈萍的亮，她甚至很少和他说话，每次碰到他，她都恭恭敬敬地朝他叫了声“赵编剧”，同时带之一笑，这很平常，她几乎对所有的人都这样。那么，是什么打动了他呢？是她的整个人，她的一切。是的，她没有沈萍的文雅，但她却有一种逼人的纯真之美，纯得叫人心疼，美得叫人透不过气来。他从她的师傅笑三春那里了解到，她家是中农，中农对他正合适，她的身上没有阴影，也没有光圈，他的心为之怦然一动。然而她似乎心有所属，那个阿文，根本配不上她，不管是从素质上，还是从对艺术的感悟上，他和她都不是在一个层次上，再说，阿文这个人，心胸过于狭隘，他总是以阿英的保护者自居，他凭什么呢，无非他们是同乡，他们一起从艺，他们拜的是同一个师傅，如此而已。看得出，林方正对她也有一点意思，这更不能说明什么，这只能说明他，癞蛤蟆想吃天鹅肉。天鹅是自由的。

这么想着，赵敏突然觉得自己有些卑鄙，朝三暮四，见异思迁。他顺手摸了摸枕头，枕头底下还放着沈萍的几封信，这些信都没拆，他不敢看，他怕动摇自己的决心：沈萍啊沈萍，我有什么值得你这么执着、这么热烈地追求呢？你就饶了我吧，一个阴影可以悄悄地融化在光明当中，两个阴影，那就太浓了，太引人注目了。他有一个感觉，凡是引人注目的，便不得安宁。他不想伤害她，他只是隐隐约约地有一种恐惧，从根本上来说，他的回避对于她和他都有好处。但他又不能明说，他只希望时间和空间会使她将他淡忘，却没有想到她三天两头一封信，紧追不舍，他干脆不看也不回。让她死了心，让她说他是坏人好了，不过他知道，她永远也不会把他当坏人。事情坏就坏在这里。

无名的烦躁爬满他的全身。

这时，门吱呀一声，凤仙闪了进来。她朝他轻轻一笑，他的心便怦怦怦地跳了起来。这不是一个女人，这是一个狐狸精。

凤仙的右手端着一个牙杯，左手捏着一封信。

信是赵编剧的情书，这她知道。牙杯里装的却是她专为赵编剧买的点心。她知道赵编剧喜欢吃鼎边滚（锅边糊），而且知道，这鼎边滚上边最好放几段新炸的油条。喜欢吃又清脆又暖和的东西的男人会疼人。

凤仙把信塞在他的枕头下，然后掀开牙杯的盖子，赵敏立即就闻到一阵蒜丁和油条的香味。

“起来，还要我来喂你吗？”凤仙亲昵地说。自从她争演喜儿失败之后，她认定林工委看重的对象是秋月，她便转而把目标对准赵敏。前一阵戏班子的变故使她悟到“戏头乞丐尾”不是一句空话，她必须找一个依靠。赵敏虽不是个领导，但好歹是个干部，而且人又斯斯文文的，讨人喜欢。她才不在乎那些情书哩，人在她的身边，难道一个活生生的大活人还斗不过那几封信？

赵敏懒洋洋地爬起来。

不知怎的，他讨厌这个女人，却又没有办法拒绝她的诱惑。她的诱惑总是那么充满人情味，让你不得不束手就擒。

赵敏吃鼎边滚的时候，凤仙在一边唱歌：“深夜无伴独怨天，风霜受苦有三年，受苦有三年，可比牛郎织女星，心肝，我苦！”

“你唱的是什么调子？”赵敏问。

“你先说好不好听？”

“好听。什么调子？”

“不告诉你。”

“算我求你了。”

她意味深长地看了他一眼：“台南九字哭。”

赵敏放下牙杯，拿起笔：“你再唱一遍。”

凤仙走到他的身边，一手撑着桌子，一手扶着他的椅背，歌声便在他的耳边轻轻地响来。他的笔迅速地飞动着，她唱完他也基本记完了。

“我哼一遍，你听听看是不是这调子。”

赵敏哼起来，居然和她刚才唱的一模一样。凤仙拿过他手中的简谱，就这几行豆芽钩子，这人真能！是的，就找他。男才女貌，他才我貌，天生一对，地配一双。她这么想着，就拿眼睛直勾勾地看着他。赵敏被她看得脸热起来，端起牙杯，吃，吃得滋滋响。

（八）

我在楼上写字。小琳坐在我的对面，也写字。“抗美援朝保家卫国，雄赳赳气昂昂”我们已经会写会念会认了。小琳母亲说，我们来写古诗吧。于是她教我们写“白日依山尽，黄河入海流。欲穷千里目，更上一层楼。”她一边念一边写，“白——日——”她的声音很好听，像唱歌一样，甜美、柔和、亲切，就在这歌一样动听的声音中，白白的纸上，出现了一个个清秀的文字，就像在清幽幽的泉水中流出一朵朵小兰花。她说，来，先写白，看谁写得好。

不管我怎么努力，还是小琳写得好。可小琳母亲却总是夸我写得快，机灵。我说，还是小琳写得好。她说，不，你的好，小琳的字太死板。

我写着写着，脑海里突然出现一幅壮丽的画面，我说：阿姨，我见过白日依山尽，见过的。她吃惊说，你说说看。我说，一轮好大好大的太阳，在山的那边，慢慢地，慢慢地，就没有了。她看着我：你在哪里见到的呢？我说：在林前岩，我外祖母那边。她对我微微一笑，然后对小琳说：你见过太阳下山吗？小琳说，见过。可你没想到，对吗？小琳点点头。小琳的母亲摸摸我的头，说，还是你聪明。小琳看着我笑，没有一点忌妒。

这时，我听到母亲在楼下喊我，连忙丢下笔，跑下楼。

母亲扶着门框，脸色青白，一见到我就骂：“整天死在楼上。我欠你们朱家的债，老的没出息，小的也不是好东西！”

我不知道我做错了什么事，站在那里，不知所措。

母亲喊道："还不快去拿包包和草纸。"

这一下我明白了，母亲快生小弟弟或小妹妹了。

那天，父亲高高兴兴地对母亲说：告诉你一个好消息，林工委让我上福州开会。母亲把脸一沉，说：我还以为是什么好消息哩，原来是要到福州去看女人。听说福州的女孩子水得很。父亲连忙赔笑道，你看你看，又说到哪里去了，人家林工委……父亲还没说完，母亲就抢过去说：林工委林工委，林工委是你的祖宗？你这没良心的，明明知道我快生了，你却要到福州去死，好，要去你去，去了就别回来，一辈子都不要回来。父亲说：这不是和你商量吗？我下午上林前岩，请你母亲下山来。

"不，不要叫她，她要念经，让她去念好了。"母亲说。

"那怎么办呢？告诉林工委，不去算了。"

"不去让谁去？"

父亲一时无话。

母亲说："去，不让你去你心也不在家里。我也不知道人家领导看上你什么。到福州，记得给我买两三把福州雨伞，我要送人。"

"那你怎么办？"

"这不用你管。没有你难道我就活不成？"

父亲走后，母亲买了红糖、姜、麻油、龙眼干。她把姜捣烂，拧出汁，放进麻油、龙眼干和红糖，熬出一锅香喷喷的姜汁，冷却后，用两个大玻璃瓶装起来。母亲说，有这两瓶姜汁，坐月子就什么都不怕了。然后，母亲从箱子里找出我小时候穿的衣服和一些破布，洗干净，用一条花帕子包好，把花包包放在她前不久买的一刀草纸上面，说，妈妈快生了，要是妈妈肚子痛，你就帮助妈拿着这两样东西，咱们一起到卫生院去。你会吗？我说，会。母亲又说，半夜也得去，敢吗？我说，敢。

我连忙跑到房子里，一手抱过花包包，一手挟起草纸。母亲说：包我拿吧。她接过包，跨出门槛。我挟着草纸跟在她后面。

母亲走走停停，停停走走。我也跟着走走停停，停停走走。有人问：三春嫂，去哪里？母亲说，随便走走。

在十字路口，母亲看到一个小孩蹲在对面的榕树下拉大便，走过去，大声喊道：这是谁的孩子？

没人应。母亲又喊了一声，还是没人应。那孩子被母亲一喊，吓得哭了起来。母亲说不哭不哭，一边说，一边从我的手上扯下一块草纸，给那个小孩擦屁股。擦完屁股，又扯下一块草纸，把他拉在地上的大便裹起来，扔到对面的垃圾堆里。然后，她又拉着那小孩的手，大声喊叫：这是谁的孩子？

这时，从我们身后走过来一个阿婶，那样子使我想起冷水的母亲。她怯生生地说：是我的孩子。母亲转过身去，说："你这个人，一点觉悟都没有。全国都在开展爱国卫生运动，你却让小孩在大街上拉大便，你是没有觉悟，还是存心想破坏。你是哪里的？"

那人又怯生生地说："诗浦。"

"难怪，乡下人，一点觉悟都没有。以后可不许这样。"

那人带着小孩走后，母亲还不住地念叨：诗浦诗浦，吃稀粥配菜脯。漳州人谁不知道诗浦？难怪，一点觉悟也没有，连爱国卫生运动也不知道，难怪。母亲这么念叨着，突然双手按着自己的肚子：唉，我的肚子怎么不痛了？奇怪。

我们到卫生院，卫生院正在大扫除，一个医生爬在梯子上洗窗板，母亲连忙过去扶住梯子，说："你们啊，也不叫一个人扶住，滑下来怎么办？"

那医生回过头来，说："你走吧，摔了我只摔一个，撞了你可要赔两个！"

"什么赔两个？你以为我撞得倒？你倒撞撞看。"母亲说。

那医生赔笑道："撞不倒，撞不倒。"说着，他从梯子上下来，"同志，你是街政府来检查卫生的吧。"

母亲说："检查什么卫生，我是来生的。"

"什么，你是来分娩的！我的天啊，快，到里面躺着，我来给你检查一下。"

"我现在已经不痛了。"

"不痛也得检查。"

母亲跟着那个医生走进里面的房间。出来的时候，医生说，还是住在这里吧，方便一些。母亲说：不，等痛了再来。我刚才不是自己走来的吗？

出门的时候，母亲说："今天不检查卫生，是明天。明天可是大检查，市里要来人，‘三除’‘四干净’一条一条对着来，你们卫生院可不能含糊。”

“当然，当然。”

母亲又转过身去，指着屋顶，那上面的蜘蛛网可不能留着。说着，母亲抓过一把扫帚，就想爬到椅子上去。那医生连忙说：我来我来。

我们刚走出卫生院，就碰到阿英姐和冷水的母亲，她们一看到我们，奔过来，一个叫师母，一个叫阿嫂，亲热得像好几年没有见面，说．把我们找死了，吓死了。说着，一个接过母亲的包包，一个接过我的草纸。

母亲说：谁叫你们来的？她们一个说是师傅，一个说是师兄。

母亲说：“谁让他多管闲事，这没良心的！”

说这话的时候，母亲的眉宇间放射出一种特殊的光彩。我知道母亲心里高兴。母亲嘴里说的和心里想的总是不一样。小时候，我以为，这是母亲的一个毛病。后来，我才渐渐地明白，几乎所有的人都口心不一。大利叔喝酒的时候喜欢把心里想的事情说出来，人们便说他，醉了醉了，又喝醉了。

我说：冷水呢？冷水的母亲说，回乡下放牛去了。在这里总是惹事。

不知为什么，我突然想起母亲说过的一句话，他不是你大利叔亲生的，是她带来的，称锤子。我仿佛看到他一个人孤零零地走在草地上，只有一头瘦瘦的黄牛和他在一起。我的心中顿时弥漫起说不出的凄凉。

当时，我被我的凄凉深深地感动。几十年后，当社会上刮起西北风时，我从“黄土高坡”的旋律和歌词中体味到的悲怆和凄凉要比儿时的凄凉更广阔得多、深刻得多。可惜这种感悟对于我来说，已经太晚了。

（8）

林方正在学习语言方面表现出相当出色的才能，不到半年，他便把宋师长认为比外国话还难学的漳州话说得很顺口。宋师长对此很赞赏，认为这是作风深入，联系群众，和群众打成一片的结果，而且上升到阶级感情的高度，他说，只有带着深厚的阶级感情才能和群众真正打成一片，和他们同呼吸共命运，了解他们的思想感情，学习使用他们的语言。

在宋师长的鼓励下，林方正学习语言的劲头更大了，他甚至还学会了一些俗语。有一次，他听笑三春说了一句“草枝仔拨直才走路”，便不放过，硬问是什么意思。三春：我也说不准，大约是正直，按规矩，把道理说清了再办事的意思吧。林方正想了想说：有道理。便常常运用，并加以引申，说：我们做人办事，就是要像你们漳州人说的“草枝仔拨直才走路”，不要歪歪曲曲地，更不要嘴里说的一套，实际上做的又是一套。三春听了，觉得他有点曲解了这话的意思，又不好说破。

林方正顺着自己的思路来理解这句话时，突然发现自己其实并没有做到“草枝仔拨直才走路”，自己其实是踩着草梗子，乱七八糟地走过来的。他感到很不安、很羞愧，想到他和秋月的事情，更觉得脸发烧，心里很不自在。

《白毛女》的演出是相当成功的。第一场演出结束时，宋师长紧紧握着他的手说：小林，你为漳州人民办了一件好事，大好事！师长在和演员们合影时，特地把秋月拉到身边，说：秋月苦大仇深，她是带着深厚的阶级感情上台的，这是演出成功的基础。

秋月在剧团里的地位有了很大的提高，从此人们再也不敢说她是“雨伞班”的，看不起她，她一跃成了与阿英相匹敌的女主角。只有一个凤仙看不惯她，说，那不是她演得好，是剧本好。剧本好加上有人惜（疼）。她有什么本事？这种话，她就是当着林工委的面也敢说，而且说得酸溜溜的，让人听了牙齿发软。林方正不计较，也不好计较。他知道不止凤仙一个人这么看，而且，这种看法当中，也有某种合理性。

最叫他感到难办的是，宋师长对他说过这样的话：小林啊，像秋月这样的同志，我们要好好地培养，多上戏，多演主角，我们过去的文工团员不就是这样培养起来的吗？偏偏秋月又没有自知之明，什么戏都要上主角，《梁祝》她要演祝英台，《吕蒙正》她要演刘月娥，《柳毅传书》她要演龙女三娘，搞得林方正很为难。

更叫他为难的是，秋月几乎天天到他的宿舍里，一坐就是半天，搞得其他同志都不敢来，她无形中把他和群众割裂开来。他不久就弄清了“牵手的”的意思，那就是对象，他想澄清这个问题，却又在不知不觉当中上了她的圈套。她先是未经他的同意，把他的被子蚊帐拿去洗了，然后，是当着别人的面抢着为他洗衣服。她造成一种事实，让他无法否认她是他的“牵手的”。

是的，秋月曾经吸引过他，早在华安剿匪时，他就为她心神不宁过。可是到了剧团以后，他就断了这方面的心思，一方面，他还不想太早考虑个人问题；另一方面，他的眼界开阔了，秋月对他的吸引力大大地减弱了，最少，在他的眼里，她就大大地不如阿英。而现在，当她越是对他表现出亲近的时候，他便越发觉得她不可爱，那个遥远的曾经使他对她产生过极大同情的画面便越来越清晰，越来越不能容忍了。

这是一个土匪强奸少女的画面，这是秋月苦大仇深的证明。土楼里阴暗的房间。被撕破的裤子，血。女人的哭泣，男人的狞笑。阶级斗争，是的。然而，这个画面最近不断地在林方正的脑海出现，每出现一次，就把他和她的距离拉开一次。林方正终于明白，他是不能娶秋月当老婆的。那么现在的问题是如何才能在全团的同志面前洗去她是他的“牵手的”的印象？

疏远她，却又不能不培养她，因为宋师长已经有话在先。这对于林方正是一个大难题。在这个难题面前，林方正没办法做到“草枝仔拨直才走路”。

林方正对笑三春说：三春同志，我很为难，我也知道秋月同志不行，但是，我还得建议，让她试一试主角。这绝不是因为个人的原因，我不喜欢她，你可能不相信，但我的确不喜欢她。

三春点点头，他相信。有一次，他在这里坐着，秋月走进来，她的手里拿着为他洗好了的衣服，她总是这样，在井边大大咧咧地为他洗衣服，大大咧咧地在她的宿舍门前晒他的衣服，大大咧咧地提着他的衣服从众人的眼前走过。她跟着别人叫了他一声师傅，便坐在林工委的床上折衣服。就是在这时，他在林工委的脸上看到了讨厌，不是尴尬，是讨厌。他明白了，所谓“牵手的”只是一厢情愿。他感到秋月有些可怜，她并没有什么错，爱难道是错的？林工委也没有错，不爱也不是罪过。

看到三春点头微笑，林方正突然感到一股暖流传遍全身。自从到这个剧团以来，他一直给人以力量、鼓励和支持。他第一次感到自己也需要别人的鼓励、支持和理解，第一次感到这种支持和理解的重要性。他说：“你能理解，这太好了。其实，让她当主角，是上级领导……宋师长，宋专员的意见。”

三春有点吃惊。旧社会，当官的点戏，点主角是常有的事，新社会怎么也……但他立即批评自己：怎么能把共产党的干部和旧社会当官的相提并论，完全不是那么回事嘛，难怪林工委要我加强学习，提高觉悟，这不，一滑就滑到那不该想的地方去了。

林方正见三春不说话，又说：“当然，这只对你一个人说，对外，我们还是以我们的意见出现。”

“当然当然，宋专员的指示一定有他的道理。说不定秋月将来会有很大的发展和进步，过去讲戏骨结成，这是说演戏主要是靠天生的，其实，现在我也懂了，什么都可以学习，可以改造，可以变化。林工委过去是放牛囝仔，现在是我们剧团的领导，将来说不定还能当上局长……”

林方正笑了。三春同志的确有很大的进步，从思想到行动。他没看错，他已经向文教支部作了汇报，要培养他入党，从他开始，在剧团建立一个党支部。

林方正说：“让她演主角，原来的主角会不会有意见，阿英同志是演得很好的，还有阿文同志，他会不会很好地配合？”

“先上‘梁祝’试试，阿英阿文那里我去说，我的话他们没有不听的。”

“也好。上次说的入党的事，你考虑得怎么样了？”

“我想我是不够格的。我这种人怎么能当共产党员，我做梦都不敢想！”

“共产党员也是人嘛，我过去也不敢想，可我还是入了。”

“你参加革命，出生入死，枪林弹雨……”

“当然条件不一样了。但是，毛主席说，进城以后，工作更艰巨更伟大。许多事情是没法相比的，比如今天，你就帮我解决了大问题。”

“真的？”

笑三春的眼睛里放射出异样的光彩。

笑三春没想到阿英会不听话。

“不，我不让。我为什么要让？我演得比她好。”阿英说。

“这是领导的决定。”

“师傅为什么要怕他？大家都听你的，你说了算。”

“放肆！他是谁？是党派来的领导。没有共产党能有我们的今天？我们还能在这大戏院里演戏？”

“可他也不能老护着他的‘牵手的’。”阿英委屈地说。

“根本就不是什么‘牵手的’，你难道还看不出来？她要给他洗衣服，那是她的事。”

“我有一次看到她躺在他的床上……门掩着。”

“乱说。她躺是她不要脸。林工委不是那种人。我倒觉得林工委更喜欢你……”

“师傅！”

阿英的脸霎时红了起来。不知为什么，她总是记得林工委那炯炯有神的目光，记得他做报告时的手势，一挥一收，很果断，很威武，很有领导的风度。但是，她不知道她是不是喜欢他，她只是敬重他。她喜欢的是阿文哥，他们共同拥有许多美好的回忆。她还喜欢那个新来的赵编剧，他温文尔雅，很像戏文里的秀才。但是从师傅的嘴里说出他喜欢她，这还是第一次，说不定林工委和师傅说过什么。这么想着，阿英的心就狂跳起来。被领导喜欢毕竟是一件不平常的事情。

“好了，不说这些。阿文这个人，我看有点没出息，因为一点小小的事情就生气、赌气、闹情绪……”

“也不怪他。怎么好叫他和养父断绝来往呢？再说，让秋月演祝英台本来就不合适，阿文他当然就会不高兴……”

三春不说话，他觉得她说得有道理。

“师傅……她没有‘棚脚缘’……要不了几天，观众都会跑光的。”

“试试再说吧。”三春说。

阿英嘟着嘴，不说话。

三春找阿文的时候，他正在削剑。他说：“师傅说怎么办就怎么办吧。”

三春知道，阿文除了与阿英配戏，他是演不好的。这他能理解。演戏和做人一样，是勉强不得的。人生大舞台，舞台小人生。台下是人，台上也是人，无非“故事”不同。是人就有情，不出情，何出戏？三春微微地叹了一口气。他对自己没有把握，他这样做究竟对不对。在演员的问题上，他过去从来没有勉强过，就是在没有饭吃的时候，他也不将就。随随便便地换下配合默契的演员，等于毁了一台戏，毁了戏无异于砸自己的饭碗。

阿文一肚子气，但他不想说什么，说了也没用。他知道，这个剧团里，一切都是那个姓林的说了算，师傅只不过是一个傀儡。他算把那个姓林的看透了：说得好听，什么为人民服务，什么没有个人目的，而做的呢，全是不仁不义的勾当。唆使人忘恩负义，不是吗，我的养父辛辛苦苦把我拉扯大，他却千方百计要我和他划清什么界限，划界限就是不来往，一刀两断，果真如此，天地难容！还有，夺人之美，别看他成天和那个秋月泡在一起，他的眼睛却死盯着阿英，他看阿英的那种眼光，比黄世仁的还贪！他骗得了别人骗不了我！他换主角，也是一种手段，他明明知道我和别人出不了戏，他这明里是栽培秋月，暗里却是拿机会整我！我不怕，最多不上台，做道具，扛戏笼，只要和阿英在一起……

“阿英阿英，我前世欠了你的债，我怎么就离不开你？”是的，阿文曾经离开过，上次，他赌气回到故乡，他本来以为回到故乡，回到他们小时候生活的那片桃树林，一切便会回到他的身边。可是他错了。在剧团时，他总是想起那片桃树林，听到阿英从那粉红的桃林深处传出来的笑声，他像小时候那样摇动桃树，那桃花便撒落在她的头上、肩上、胸上，有一次，一片桃花沾在她的嘴唇上，她没有吐出来，而是用她的舌头把它卷进去，一边嚼着，一边对着他微笑。可是当他回到这片桃树林的时候，这一切都消逝了，而出现在他眼前的却是林工委的眼睛！这眼睛像一把刀，剜得他心里发疼。养父看他心神不宁，说：你还是回去吧。人要往前看，人，是为了将来。过去在草寮里收养你，也是为了将来。我老了，土都埋到胸口上了，跟着我有什么用？我是地主，我没有想到地主就是坏人。如今政府说我是坏人就是坏人，土改了，我没了土地，我或许会变成好人，你也不用挂念我，我终有一死，好人坏人都一样，只是，等那一天，我死了，你记得把我埋在那片桃树林里……

他回来了。林工委算什么？他原先不也是一个放牛的吗？他不仁不义，他能有好日子过？我等着。

阿文做好了不上台的思想准备，好在他的手巧，木匠活一学就会，还学会了油漆。赵编剧不动脑筋的时候喜欢站在他的旁边看他干活，他说：看你干活是一种艺术享受。他很感激。赵编剧是一个有文化受人尊敬的人，他不但欣赏他的表演，还欣赏他的手艺。他是一个难得的好人。

他突然看到阿英走进林工委的房间，一走神，刀尖割破了手指头，赵编剧“哎呀”一声，掏出手巾，包住他的手指。

“我自己来，你的手巾……”

“手比手巾要紧。”

赵编剧说。血不停地涌出来，渗出手巾。赵编剧说，捏紧点，再捏紧点。正好，大利走过来，他掏出烟丝，敷上，捏紧，血便止住了。血冒出来的时候，不知为什么，阿文朝林工委的房间狠狠地瞪了一眼，这一眼，充满仇恨，连他自己都感到吃惊。他不安地朝赵编剧和大利看了一眼，好在他们什么也没觉察到。

笑三春还想说什么，想想，又觉得没什么好说的，就走了。

（九）

我在手忙脚乱中当了哥哥。

那天，我一清早就躲到楼上去了。现在想起来，这个“躲”字是用得很准确的。我在逃避母亲的声音。现代社会对环境的要求就有噪声一条，声音不得超过多少多少分贝。母亲的自言自语，声音并不高，但绝对属于噪声的范畴，且不说毫无节奏旋律之美，那种自言自语式的唠叨所组成的冲击波，叫人心烦意乱。那是毫无逻辑的，强词夺理的，自以为是的一堆颠来倒去的词语的堆砌。那天早晨，她是这样开始的：“这没良心的。我欠了你们朱家八辈子的债。坐船跑马三分命。不是坐车死，就是翻船死。福州的查某（女人）好玩，是啊，怎么不好玩呢？细腰肢，大屁股，胭脂水粉贴满脸。咬眉毛，点唇红。妲己狐狸精。那个挨枪子的林工委。你们是套好了的，专门蒙骗我一个人。啊，姓朱的，你蒙妻骗子有什么好结果。你们想让我死，我偏不死，佛祖有眼，我偏生一个胖团仔，让你们看看，气死你们。假的做得和真的一样，叫那个狐狸精来糊弄我，你们也想得太天真了吧……天公啊，佛祖啊，你睁开眼睛来看看吧，看看这虚伪、龌龊的人间吧。那个妖精，这几天怎么不来，装也要装得像一点啊，哦，也上福州了吧。没一个好人啊，好人哪里去了，让美国飞机炸死了，为什么不呢，飞机飞到福州，那是极容易的事。他可不一定在福州，他一定在漳州，躲在什么地方和那个妖精鬼混……我是欠了你们朱家的债啊……十八辈子的债啊……”

我悄悄地爬起来，悄悄地溜到楼上。

母亲一直沉浸在自己的臆想之中。现在想起来，母亲的想象力是极为丰富的，时空观念的交错运用也是极为现代派的。如果把母亲的自言自语记录起来，一定是一部很好的意识流小说。

然而，我只有逃避。十几年以后，我的弟妹们也只有逃避。惹不起还躲不起吗？这是中国最常用的手法，我想也是最好的办法。躲是对矛盾的回避，躲更是一种自然的化解，不了了之，有等于没有。多好。

楼上静悄悄的。小琳伏在桌上看一本相册。小琳的母亲坐在窗边看书。她看我上来，向我微微一笑。这个微笑使我想起我的外祖母和青莲姑，我仿佛听到林前岩上的钟磬声，闻到山上特有的香气。一种宁静注入了我的心田。

小琳看到我，无声地向我招招手，我走到她的身边，闻到她身上的一种说不出的香味。她指着一张光着身子的小孩的相片，朝我微微一笑。“是你吗？”我小声说。她点点头。我看到她母亲的一张相片，漂亮极了。只是有点怪，头上戴着一顶黑色的平顶帽，不知为什么？我指了指那顶帽子。她说，“那是博士帽，妈妈在美国照的。”我吓了一跳，美国，不就是美帝国主义吗，不就是大坏蛋吗？她摇了摇头，说，“那是很久很久以前的事情了。”后来，我们翻到一张照片，这张照片和我们家的一张一模一样。这是一张剧照，是我爸爸在《孟丽君》中饰皇甫少华时的剧照。这照片怎么会跑到这里来呢？我正疑惑着，突然听到小琳母亲的声音，她不知道什么时候已经站在我们背后了。

“这是你爸爸的照片。”她说。

我惊讶地抬起头。

我看见一张非常美丽动人的脸。我竟不知道该说什么。

爸爸的照片放在中间，他的四周，摆着小琳母亲的各种姿势的照片。那相册的底是淡蓝的，淡蓝的底色上，星星点点地点缀着几朵白色的兰花。我想爸爸的照片躺在这里，一定很安详、很舒适。

爸爸的另一张照片放在我们家的一个纸盒子里。我以前喜欢玩那些照片，喜欢问：这是谁？这是谁？母亲被问得不耐烦了，说：谁谁，还不都是你父亲的照片，也不知道是哪个妖精照的，宝贝似的藏着。看它干什么？然而，她高兴的时候，又会拿起其中的几张，仔细地端详着，说：你看，你爸爸年轻的时候多好看，那时，他的身边可围着一大堆妖精哩。有一次，母亲发现父亲在看那些照片，便说：你是在看照片呢，还是在想人，我早晚把它们全烧了。父亲说，烧就烧吧。但母亲终于没有烧。偶尔心血来潮，还挑几张镶在镜框里，可是没有挑过这一张皇甫少华的照片。

“阿云，”小琳母亲摸着我的头说，“你会告诉你母亲吗？”

我摇摇头，我不会说，我真的不会说。

她低下头来，吻了吻我的前额：“你果真是一个懂事的孩子。”

突然，我们听到从楼下传来一声清脆的声响，像是摔破了一只碗。

我跑下楼，看到母亲坐在桌子旁边。她喘着粗气，冒着汗，脸色纸一样的白。她的一只手放在桌上，原来放在桌上的那只冷水壶摔在地上，碎了。显然，这是母亲刚刚扫下去的。

母亲有气无力地说：“快快……”

我立即明白，我们必须到卫生院去。我冲进房里，要去拿那个花包包和草纸。这时，小琳母亲已经跟下来了。她说：来不及了，快快，到床上躺着。说着，便扶着母亲，艰难地朝房里走去，一边对我说：“阿云，快去请医生，你会吗？”

我说了声“会”，飞也似的冲出去。

我跑到卫生院，在第一张桌子后边找到那天爬在梯子上的那个医生：“快快，我妈快生了。”

医生朝我看了看，“哦，”他说，“是那个街政府检查卫生的。走。”

他一手提着箱子，一手拉着我，飞快地走出大门。

我们进门时，母亲已经生了。小琳母亲抱着一个大声哭叫的湿淋淋的小孩说，“是个妹妹。”我一点也不喜欢这个妹妹，红红的一个小肉团子，看不见眼睛，只听到哭声，奇丑无比。

“多漂亮的小妹妹啊。”小琳母亲说。

我把头扭到一边，她却开心地笑了。小琳在一边说，“让我看看，让我看看。”

医生说：你怎么也会？小琳母亲说：我以前当过看护。

我走到母亲的床边，我非常抱歉我跑得不够快，而母亲却微微地笑着。她从来没有笑得像现在这么好看，这么安详。她说：你的外祖母也该来了。

果然，我从房间里走出来的时候，就看到外祖母站在厅里，抱着妹妹，慈祥地笑着，和小琳的母亲说着话。

我说：阿妈，是谁叫你的，你怎么会知道？

她微微地笑着。

不一会儿，阿英姐和冷水母亲也来了。小小的房子一下子热闹起来。

母亲看到外祖母，突然就哭了：“那个没良心的……”

外祖母把小妹妹放在她的身边，说：“这不是好好的吗？”

“他回来，我跟他没完。”

“人出门在外，我们得为他说好话。”

“他不怕我死，我还怕他死？”

“南无阿弥陀佛！你再乱说，我就走了。”

母亲却笑了，说：“我就知道，你总是护着他，他再坏，你也说他好。”

“他坏在哪里了？”

“他好就不会走，不会在我快要生小孩的时候走。”

“你要不答应，他哪敢走？”

“我不答应，他的心走了又有什么用？”

“都是你对。”外祖母说，“怎么办？还是跟我回去吧，那里方便一些。”

“不，我要等他回来。我不能便宜了他，让他当一个现成的爸爸。”

几天后，爸爸回来了。他抱起小妹妹，亲了亲。然后就在母亲的床头展示他为她买回来的福州雨伞，一把一把地展开来，说：“好看吗？喜欢吗？我专门去买的，跑了好几条街哩。”

“是哪个福州查某帮你挑的吧。”母亲笑着说。

父亲说：“你去问问，开会的全是人家领导，哪来的女同志？”

“我问谁？你们还不都是套好了的？这次饶了你，也不和你计较，等我满月了再说。”

母亲笑着说，父亲也笑着，没事一般。

母亲坐月子的时候总是躺在床上，在床上指挥一切，吃什么，做什么，要什么，不要什么。她就在床上喊着，把我们指挥得团团转。我们，就是爸爸、我、阿英姐、冷水母亲，还有外祖母。

有一天，母亲对外祖母说：“别再叫她来了，我看了心烦。”

“人家可是好心来帮忙的。”外祖母说，“里里外外买的洗的都是她一个。”

母亲想了想，对阿英姐说：“你可要帮我把你师傅看紧一点，别跟她眉来眼去的。”

阿英姐明知故问：“谁呀？”

母亲笑着说：“还会有谁。”

这时，冷水母亲端着一碗红糖鸡汤走进来，说：“快，趁热吃下。”

阿英姐朝母亲挤了挤眼睛，笑着走了出去。

（9）

这天傍晚，凤仙洗完头发，在窗口用扇子扇头发，扇着扇，她突然想起中午给赵敏端去的莲子汤不知吃了没有，他最近心情不好，虚火大。她把半干不干的头发往后一拢，用一根红绸子随随便便地一束，便来到赵敏的宿舍。

她看到他坐在桌头发愣。他发愣有一种特有的忧伤和文静，叫人看了心疼。夕阳在他的脸上跌宕起伏，很好看。她看了看她拿过来的牙杯，莲子汤一动也没有动。她有些心疼。他最近总是闷闷不乐的，问他，不说，问多了，他便烦，不理你。现在，他看了她一眼，也不说话，也不哼声。

她赔笑道：“是不是太淡了，我再放点糖。”

他摇了摇头。

“要不，我再去热一热。”

“你让我清静一下好不好。”

她的心里一阵阵发酸，脸上却还是挂着笑容。她在床头坐下来，不说话。不知为什么，她起先是为了寻找依靠，看上了他的干部身份，可后来，不知不觉地就爱上了他。他越是冷淡，她越是觉得他可爱。她记得母亲以前说过，相爱着的两个人是互相欠债，你欠我的债我欠你的债。而她，不知是哪一辈子欠了他的债。

他脸上的阳光不知什么时候消逝了。几只乌鸦从窗前掠过，向对面的树丛飞去。树丛上面的天空变得很亮。凤仙的心里充满凄凉。

几年前，也是这样的黄昏，她也是这样坐在一个男人的对面，不说话。

那是在台湾，在家乡台南的一间老房子里。从窗口看去总是看到街对面威惠庙的檐角。卖豆花的老头有气无力地叫卖着。从几天前她告诉他她要和师傅一起到漳州演出的时候起，他就这么一言不发地坐着。他似乎有一种预感，而她却浑然不觉。谁知道会有解放，谁知道蒋介石会逃到台湾，谁知道，谁知道呢？现在，她甚至连他的样子都记不清了。一个模模糊糊的过去离她越来越远，最后，只剩下一丝似有似无的忧伤。

她的手无意中触到了什么，一看，是信角。这些信全是她从门房老头那里拿来的，前一段几乎一天一封，最近少了，几天一封。他从来不看，接到信，就往枕头下塞，把枕头塞满了，鼓起来，滑出来了。她突然心血来潮，掀开枕头，把那些信一封一封地检好，叠起来，然后解下头上的红绸子，将它捆好。这信，一封一封地拿着，不觉得有分量，捆在一起，便觉得沉甸甸的。一支很久以前唱过的小曲突然就顺口溜了出来：“欲写情书将郎问，未曾提笔泪先流。下书人，千万莫说我容颜瘦。他要问，只说奴家还依旧。你说我瘦，他反添愁。他愁我瘦，我瘦他愁，反把他愁瘦。”

赵敏站起来，接过她手中的信，放进抽屉里，说：“谢谢。”

她说：“你就不给她回一封？”

他摇摇头。

他在她的身边坐了下来，看着她，看着看着，突然在她的脸上轻轻地一吻，吻得她满脸是泪。

赵敏不知道自己为什么要吻她，为了那红绸子，为了那些信，还是为了她刚刚唱过的忧伤的小曲？他对未来，有一种恐惧。哥哥去了台湾，沈萍的父亲也去了台湾，而眼前的这个女人，又是从台湾来的。

学习运动刚刚开始的时候，越敏的心情是好的。那些十几年前在柯明那里听到的道理，现在学起来觉得格外亲切。在谈体会的时候，他谈到了这一点。他没有想到，林方正听了他的发言之后说了这样的话："这么说，十几年前，你就懂得这些革命道理了？"

他不知道该说些什么。显然，说是是不行的。接下去的推理是，这么说，你早就觉悟了，现在的学习对于你来说是没有什么必要了。说不是也不行，接下去的推理是，学习对照不是评功摆好，而是要找出自己的不足，在哪些地方，在哪些方面，表现出非无产阶级思想和感情。

他不说话。不说话也不行。林方正笑着说："赵敏同志刚才的发言，最少表现出一种小资产阶级的情调，小资产阶级的孤芳自赏的情调，总是认为自己行，比别人高明，不但现在行，以前就行，不是吗？"

赵敏觉得很懊丧。在林方正面前，他常常感到无话可说。他的话总是正确得无可挑剔，不容置疑，但听起来又觉得有点别扭，不舒服，这难道就是自己没有改造好，没有无产阶级感情的缘故？

那天，他提起剧本，林方正说："别急，剧本在文教科，他们想看一看。"

他心里一惊，难道剧本也有问题？

林方正很亲切地拉着他坐了下来，很诚恳、很认真地说："赵敏同志，你是一个知识分子，我很尊敬你，我们党是很尊重知识分子的，'争取一切爱国的知识分子为人民服务'这是中央的精神。但是，你的剧本，我看过之后，总觉得不是滋味。农民阶级与地主阶级的矛盾，难道就表现在一个小偷和一个财主之间的矛盾上？打赌，这是不是一种斗争的方式？最少，这是很不严肃的。你死我活的阶级斗争变成了一场打赌的游戏。再说，我还是那个看法，装猫叫、小姐脱内衣的情节，是不是有点低级趣味，我不知道你是怎么想出来的，这种情节叫我们的演员在台上怎么演？毛主席说，我们的文艺是为了教育人民，团结人民的。可这样的一出戏，它要告诉人民什么呢？"

赵敏目瞪口呆。他万万没想到林方正把剧本看得那么仔细，从中提出那么多严肃的问题。他本能地想要分辩，却一个字也说不出来。

这几天，越学习，赵敏越觉得林方正说得有道理，越觉得自己心虚。他感到很有必要检讨一下自己的思想，他很想跟上时代，可他不知道从何说起。而林方正的启发又使他冒出一身冷汗。

“冰冻三尺，非一日之寒。小资产阶级感情的产生也不是一朝一夕的功夫，是不是从阶级根源上找找原因，从小受过什么影响……听说你哥哥当过伪县长，当然，你是你，你哥哥是你哥哥……”

他看着他的眼睛。他不怀疑林方正的真诚，他绝没有恶意，他是真心实意地在帮助他认识问题。

那天学习之后，林方正还把他拉到太古桥广发牛肉店去吃牛肉面。老板一看到林方正，就热情地叫道：“林工委，来啦。”他愣了一下，林方正也愣了一下。他喜欢吃海鲜，这是从小在海边长大的缘故，最适合他口味的是家乡街路边的猫仔粥。到漳州后，他喜欢上鼎边滚，大概是因为便宜和方便的缘故吧。但他没有吃过牛肉面，今天是第一次。

林方正很佩服老板的记忆力，他总共才来过两次，一次宋师长请客，一次是和秋月一起来的，那是她硬拉着他来的。那是一个下午，太阳斜照进来，把整个大厅照得很亮，他一直低着头，怕路过的人看到他和一个女人上馆子，这是违反纪律的。他怕老板提起他和女同志来过的事，老板只是端来两碗分量十足的牛肉面和一碟沙茶酱，顺口说了句，“宋师长昨天还来过哩。”

牛肉面很辣，赵敏吃得满头大汗，而林方正却觉得不够味，把那一碟沙茶酱蘸个精光。林方正来了兴致，一边吃，一边说。他说，思想改造是艰巨的长期的。说，党对知识分子是信任的。说，团结改造，首先是团结。说，不要怕暴露思想问题，党历来是宽大为怀的，就像自己的母亲。

几天后，也就是赵敏突然轻轻地吻了凤仙的那个晚上，赵敏熬了一个通宵，写了一份相当长的学习对照检查。他说，他的哥哥是一个反动派。平时，他总是认为自己已经和他划清了界限，其实，这只不过是自欺欺人。他的思想深处，他的感情深处，有很多地方还和他的这个反动的哥哥藕断丝连。夜深人静的时候，他还常常念及他们的手足之情，想起他给他的好处，小时候，他如何关心他，送他到漳州来读书……他说，他的小资产阶级的感情表现是多方面的，他提到了沈萍，提到了她的父亲，提到了她关于她父亲是爱国的话，提到了她们家的那间充满小资产阶级情调的房子……

人有时候很聪明，有时候很蠢愚，有时候很成熟，有时候很幼稚，有时候很真诚，有时候很虚伪。当赵敏写完这份沉甸甸的检查的时候，他不知道自己处于哪一种状态，他也不知道这一份检查将给他带来什么。只是，当他画上最后一个句号的时候，他的手不知不觉地颤了一下。

他扔下笔，昏昏沉沉地躺在床上睡着了，他太累了。

他做了一个梦，他掉进了一个深不见底的洞里。四周黑黢黢的，阴风阵阵。当他的脚重重地落在床板上的时候，他醒了。

他看到林方正笑眯眯地站在他的床前。

学习的时间又到了。

（十）

小琳的母亲送给妹妹两件连衣裙，一件苹果绿的，一件粉红色的，用非常漂亮的盒子装着。母亲坐在床上，一边嘴里“啧啧”着，一边打开盒子：“啊，啊，这才是正牌的上海货哩，看看，多软，多松爽！”

小琳母亲也笑着，有点不好意思地说：“那是过去在香港给小琳买的，太多了，就没穿，一直留着。”

“你也在香港住过？那可真巧，我哥哥也在香港住过，你可能认识他，不认识也可能见过，他可是个名人，他在海关做事。可派头了。他回漳州的时候，骑一辆红牌自行车，英国红牌自行车！那时候，漳州还没有这种车子，全街道的人都给他让路，都站着看……衣服就更不用说了，印度绸，我，我的嫂子，我的母亲，还有那些亲戚们，姑姨舅妗，每人一件……可惜，他后来得了鼠疫死了……”

小琳母亲摇了摇头，表示很同情。

“可是你们为什么要回来呢？真傻！话说回来，还是我们内地好，那香港话，真是好笑哩，汪梨叫菠萝，那拨该西个……”

我们听着都笑了。母亲也笑，笑得很开心。

小琳母亲走后，母亲反反复复地看那连衣裙。这连衣裙，妹妹现在是不能穿的，太大了点，但以后穿起来一定很好看。我在小琳家的相册里看过小琳小时候的照片，穿的就是这种连衣裙，站在椰树下，好看极了。

中午父亲回来的时候，母亲拿出连衣裙让他看，父亲随随便便地看了一下，母亲问：怎么样？父亲说，不怎么样。母亲说，这么漂亮的衣服你也看不出来，亏得你还是个出门人。父亲说：哪来的？母亲说，楼上小琳母亲送的。父亲哦了一声，表现出很冷淡的样子。母亲生气地说：你这人就是这样，无情无义，人家对我们这么好，我们也该有所表示才是啊。父亲说：你说怎么表示？母亲说：我想把你带回来的福州雨伞送给她一把。

“你说好就好。”父亲还是很冷淡地说。

“那你给人家送上去呀。”

父亲愣了一下，说：“你自己送上去吧。”

“你这个没良心的人，坐月子能爬楼梯吗？叫你送把伞，又不是叫你去死，就这么为难！”

我说：“我送。”

“不，我偏要他去。”

父亲很不情愿地拿起伞，我趁机跟了上来。

小琳母亲看到父亲似乎有点吃惊，她的手甚至还抖了一下，手上的书“刷”的一声落到地上。她要蹲下去拾书，父亲抢先一步，帮她把书捡了起来。不知怎的，小琳母亲的脸便霎时红了起来。

“坐。”她有点慌乱地说。奇怪，她好像有点怕父亲。

“她让我送这伞上来。”爸爸说。

小琳说：“我们也有一把。”说着，就从房子里拿出一把和这一模一样的伞来。我感到很奇怪，说，“你们是从哪里来的？”小琳说，“是妈妈的朋友送的。”

这时，我看到父亲和小琳母亲对看了一下。小琳母亲说：

“告诉她，谢谢。”

“那我就下去了。”父亲说，但没有站起来。

小琳母亲突然大声说：“小琳，给叔叔倒一杯水。”

我说：我来吧。倒水我比小琳倒得好。我像主人一样地给父亲倒了一杯水。父亲喝了一口水，说：“我还是下去吧。”

父亲站了起来。我说我要在这里写字，父亲有些不放心的样子。小琳母亲摸着我的头，向他点点头，他便转身下楼去了。

父亲走后，小琳母亲说：“你们写字吧。”说着，便坐到她喜欢坐的窗边看书。

我已经学会了许多首古诗。我们今天写的是“两个黄鹂鸣翠柳”，那是昨天写一半的。昨天下午，我听到乌鸦呱呱地飞过我们的屋顶，对小琳说：“快叫‘狗咬了狗咬了’。”小琳便跟着我叫，叫完了，她说：为什么叫？我说：我妈说，乌鸦飞过我们头顶，歹运，叫狗咬了，就会变好运。小琳说：我们来写乌鸦。于是拿了笔和纸，叫小琳母亲教我们写乌鸦。小琳母亲说：为什么要写乌鸦呢？乌鸦那么难看。写黄鹂吧。她像以前一样，先给我们写出全诗：“两个黄鹂鸣翠柳，一行白鹭上青天。窗含西岭千秋雪，门泊东吴万里船。”然后让我们挑出原来已经学会了的字，最后再教我们写新字。我写到窗字，抬起头，我是想看看窗子，我看到的却是小琳母亲的微笑，原来她没有看书，她在看我们写字哩。

我说：为什么是万里船？她笑了笑，说：不写字了吧，我们来唱歌。

于是我们便唱歌，唱的是前几天她教我们的歌：“长亭外，古道边，芳草碧连天。问君此去几时来，来时莫徘徊……”

歌很忧伤。我不知道小琳母亲为什么要唱这首歌。

母亲和小琳母亲成了好朋友。一旦被母亲视为朋友，母亲便真诚相待，坦诚相见。她对她无话不说，从小时候说起，说她如何被送去当童养媳，如何童养媳不像童养媳，成了童养媳王，谁也管不了她。说有一次她的养母骂了她一句，她如何出走，如何把全家吓得像无头苍蝇一样在漳州城里到处乱窜，说她后来如何和养母吵架，如何要死要活地跑回娘家，说我的外祖母如何去道歉，说舅舅如何出洋，青莲姑如何出家，外祖母如何念佛，说父亲如何从闽西老家逃荒到漳州，说当时父亲有多瘦多傻多可怜，说他如何在她家当伙计学唱戏，说她如何偷东西给他吃，如何用自己的私己钱给他做衣服，又说他们如何相爱，如何出走……

母亲说起来没完没了，而且绘声绘色，比手画脚，十分生动，我听得津津有味，我甚至可以想象出父亲当时的样子，发出会心的微笑。小琳母亲也听得十分认真，不住地点头微笑。

有一次，母亲说："男人都是靠不住的，得有手段，要不，就拴不住他的心。你别看我们三春老实，追他的人可多了，能不多吗？他是漳州有名的小生，也难怪，你说是吗？有一次，我看到他在街上和一个女妖精说话，那亲热的样子叫人呕水。回来的时候，我就审他，那女人是谁，怎么认识的，他不说，好，不说，我让你不说！我就用嘴咬他，把他的手臂咬出血来……"

小琳母亲说："真咬？"

"还有假？"

"他说了？"

"还是不说。我说你不说，好，我成全你。我就去喝碱仔水。"

"真喝？"

"真喝。不真喝压不住他。从那以后，他就怕我了，服服帖帖的。"

母亲说着就笑了。

小琳母亲也笑着，但笑得很难看。

母亲也让她说说自己的故事，她说她实在没有什么故事，平淡得很。

"再平淡也有故事，你得说说，不说不行。"母亲说。

小琳母亲只好说："我和她爸爸是同学，结婚了，有了小琳，才知道他家里原来是有妻子的……"

"这没良心的骗子！"母亲愤懑地叫了起来。

"先是住在上海，以后去香港，后来，我就带着小琳回来了。"

"就这些？"

"就这些。"

"你也别难过，"母亲说，"没有男人倒省了一份心思。你看我，整天提防着，也很苦。"

父亲回来的时候，母亲便把小琳母亲的故事讲给他听，说："这女人也怪可怜的，我们要待她好一些。"

父亲笑了笑，摇摇头，什么也没说。

母亲待小琳像亲女儿，有什么好吃的，不是叫我送上去就是叫她下来吃，还教会她我们家的许多规矩，有一次还把我们家的相公爷拿出来，让她跪拜，磕头。又有一次，当着她母亲的面，抱她的头，摸她的脸吻她的额，说，“就核子荔枝，真是就核子荔枝啊，给我当儿媳好了。”

小琳母亲说：“只要你看得上，我没意见。”

小琳大声嚷道：“不，阿云要的是阿英姐。”

小琳一着急，便把我的秘密捅了出去，弄得我很不好意思。

一天下午，妹妹吃过奶便睡着了，睡得很沉，母亲拉着我上楼。天很热，小琳躺在竹躺椅上睡觉，嘴巴张得开开的，像个大傻瓜。我要弄醒她，母亲不让。小琳母亲也像是刚刚睡起来，睡眼惺忪地，不自觉地在我们的面前打了一个哈欠。她打哈欠的样子很优雅，很好看，一只手挡住张开的嘴巴，另一只手向外舒展，那天麻雀在窗台上刚刚起飞的时候，就是这个样子。她说，刚刚起来，脸都没洗，真对不起。母亲说：我也没洗，在家里，洗什么脸。她让母亲坐下来，给母亲倒一杯水，还是去洗脸了。母亲说，有文化的人，就是不肯随便。

我用一张纸卷成一根小棍子，走到小琳身边，我想给她搔耳朵。可我刚刚伸出手，她就睁开眼睛，我说：原来你是装的。她笑着说：我就知道你没安好心。

我回过头来，看到母亲正在翻看相册，就是里面有父亲照片的那本相册，她不知道是从哪里拿出来的。母亲一边翻，一边啧啧着，你们到过的地方真多，真是见过大世面的人呀。

小琳母亲笑着，什么也没说。

我非常担心地看着母亲。我还记得那天小琳母亲摸着我的头说“阿云你会去告诉你母亲吗”时的情形，我又看了看小琳母亲，她向我微微地摇了摇头，不知道是什么意思。我又回过来看母亲，她慢慢地翻着，突然，手停了下来，不翻了。让她发现了，让她发现了。我紧张地瞪着母亲的脸，心一直提到喉咙口。

一个影子掠过窗口，我知道那是一只麻雀。我真想像它一样地飞走，或者立即在母亲和小琳母亲的面前消逝。但我什么也做不了，我感到一种孤立无援的悲哀。

这是我一生中非常重要的时刻，在这个时刻里，我同时体验到两种逃避现实的方法，一是飞，一是隐形，消逝自我。后来，我在各种不同的场合反复地体验过这两种欲望。中年以后，飞的欲望渐渐地淡薄了，而隐没的欲望却日益强烈。我终于明白了，飞和隐形是同一回事，只不过是形式不同而已，我注定是没有出息的。可惜明白得太晚了一点。

突然，楼下传来了一声叫喊：三春嫂，开会喽！母亲抬起头来说：你看，刚刚满月就来催开会，好像缺了我就不行似的。说着，走到窗前，向窗下探出头去，说，什么会那么要紧，催命似的。

下面不知道说了句什么，母亲回过身来，朝小琳母亲笑了笑，便下楼去了。

母亲一下楼，我就跳到桌边去翻那本相册。可怎么找也找不到有父亲照片的那一页。

小琳母亲走到我的身边，低下头来，轻轻地在我的脸上吻了吻。

（10）

宋专员看完赵敏检查的第一个感觉是，我们的党太伟大了。党的号召可以让人们把自己的内心如此坦诚地披露出来，这是一件了不起的事情！党不但可以领导人民，而且可以领导人民的心。他感到无比的自豪。在他的潜意识里，他早就和党融为一体了。然而，他又感到某种担忧，即使像赵敏这样看起来十分老实的年轻人，都存在这么严重的思想问题，对知识分子思想改造的艰巨性的确不容低估。如何才能把这场运动引向深入，让更多的同志像赵敏一样地向党袒露心扉？

宋专员决定在全区范围内树立赵敏为榜样。开一个全区知识分子学习心得交流会，让赵敏发言，他相信，赵敏的发言一定会引起强烈的反响，他的发言真诚，有说服力，一定会使更多的知识分子检讨自己的思想，提高觉悟，和党同心同德，建设新中国的新文化。

宋专员把自己的想法告诉卢副专员，当然是征求意见的意思，毕竟，赵敏是他推荐来的。不打招呼是对他的不尊重，这样就会影响南下干部和地方干部之间的关系。这一点他是十分注意的。

卢副专员说："学习运动是你亲自抓的，你认为怎么好就怎么办。"

卢副专员看过赵敏的材料，他觉得这年轻人太直了。学习学习文件，提高提高觉悟，是好的，但没有必要把大家心里面想的东西全挖出来。谁心里没有个小九九，如果人人都挖出来，上纲上线，都和阶级感情阶级立场联系在一起，人与人之间如何相处？现在，他把什么都说了，以后谁还信任他、重用他？他算是完了。

不过卢副专员只是这么想，没说。

过后，他对高少君说："你把小赵的剧本拿来，我看看。"

沈萍接到上漳州开会的通知真是喜出望外。最近县里组织政治学习，她因为学得认真，发言真诚，受到领导几次表扬，地区召开知识分子学习心得交流报告会，县里便要她去参加，这是一种荣誉，全县才三个，她是三个之一。然而更使她高兴的是，她可以见到赵敏了。半年了，她给他写了一封又一封信，却没有收到他的一封回信。她设想过种种可能，就是不相信他会抛弃她。她认为最大的可能是他想考验她。临别的时候，他落了泪，她对他说，她会等他，永远等他。他却什么也没说。是的，他是在考验她，不给你回信，看你还是不是那么"永远"。她微微地一笑，你想错了，经不起这样的考验，那还叫爱情吗？

出发的那天早晨，她一边哼着歌，一边试着衣服。她先试那件紫色的旗袍，对着镜子一照，十分满意，但母亲说不行，去开会，而且不是一般的会，思想改造，不能让人有一种小资产阶级的印象。她想想，也是，她只是想给赵敏来个惊喜，赵敏曾经说过她穿这件衣服最好看，飘逸而不失端庄，妩媚中却透着秀气。后来，她还是听了母亲的话，穿上那套灰布干部服。干部服本身并不怎么样，但穿在她的身上，配上她那条又粗又长的辫子，倒显得文静清爽，给人一种"清水出芙蓉"的美感。

母亲把她送到车站，临上车时，母亲说，如果他……她知道母亲要说什么，一下子打断母亲的话头：他不是那种人。你等我们的好消息吧。

她的书包里藏着父亲从香港寄来的信。父亲一到台湾就脱离军界，他本来就不是军人嘛，他是一个知识分子，一个爱国的知识分子。他到了香港一个老同学办的公司里，还是当他的工程师。他来信要她们母女到香港，而她给他回了一封信，要他回来参加新中国的建设，她在信中介绍了解放后的种种叫人激动的新气象，还讲了共产党如何重视知识分子，人尽其才，在信中，她还特别提到了赵敏，讲他如何有才气，如何得到重用，调到漳州等。但是父亲的回信中谈到自己的种种顾虑，他虽然是被迫的，但毕竟去了台湾，而且，不管怎么说，是个上校，这是上了线的反革命分子，说不清楚的。母亲想了再想，觉得父亲的话有一定的道理，“以曾子之贤，曾母之信，而三人疑之，则曾母不信也”。依母亲的意思，还是她们母女俩一起到香港，一家团圆。她却执意要留下，一个热血青年，在祖国最需要的时候离开祖国，这是不可想象的。当然，更主要的是赵敏，她相信他不会跟她走，也不会同意她走。商量的结果是，母亲先走，她留下。这个结果使她感到自己的命运和赵敏贴得更紧了。当然，父亲的意见是连同赵敏一起出去，父亲相信女儿的选择，相信母亲的眼力，他在信上说，女儿相中的一定是一个好青年。她把父亲的信带来，她的本意不是让他一起走，而是让他知道，他们的关系已经得到父亲的认可，更重要的是，让他明白，为了他，她宁可放弃和父亲团圆的机会，让他明白，他的考验完全是多余的。

沈萍第二天上午 10 点多才到漳州，她很快地就找到了黄金大戏院。她看到一个女同志从戏院里走出来，便迎上去：“请问，赵敏同志在吗？”

那女同志从头到脚把她认认真真地看了一遍，看得她很不好意思。

“你是他的什么人？”

“我是他的……朋友。”

沈萍想说爱人，可说出来的却是朋友。在陌生人的前面说爱人毕竟不大习惯，也显得不够稳重。

那位女同志又把她认认真真地看了一遍，说：“他不在，开会去了。”

“哦，”沈萍大失所望，“谢谢。”

她转身向街口走去，她想先找个旅社住下再说。

那个女同志不是别人，正是凤仙。她愣愣地站在那里，看着沈萍向街口渐去渐远，当沈萍快要在街口消逝的时候，她突然叫了一声，“喂”，然后冲过去，拉住她的手说：“你还是在团里等等他，他很快就回来了，他每天中午都回来吃饭的。”

这一下轮到沈萍吃了一惊，说：“你是？”

“我是他的同事，团里的演员，我叫凤仙，他没有向你说过我吗？”

沈萍摇摇头。凤仙笑了笑，把她带到赵敏的房间。

一到赵敏的房间，沈萍便有一种亲切感，她一眼便认出了他的蚊帐和被子，认出他桌子上的那只花瓶，这花瓶是她父亲从江西景德镇买回来的，是父亲给她的生日礼物。如今，这花瓶上插着一束蔷薇花。

“好看吗？这是我买的，早上刚买的。”凤仙看她一直看着那花瓶，说。

沈萍说：“那可真要谢谢你了，他这个人，就是喜欢花。”

凤仙一时无话。显然，这个女人与赵敏的关系的确非同一般。她从看到她第一眼开始，就断定她就是那些信的主人，一看到她，她就有一种自卑感，一种偷了人家什么东西的感觉。她曾经非常自信地认为，一个大活人还斗不过那些信吗？而现在，她明白了，赵敏的心中始终只有她，他不看信，不是不爱，而是另有苦衷。那天，当她把那些信捆起来的时候，他明明白白地对她说了声“谢谢”，她当时还有些纳闷，她为他做了那么多事情，他从来不说“谢谢”，现在她体会到了谢谢的真正含意，体会到了这些信在他心目中的地位。她的心在哭泣。她不明白她为什么这么命苦，是的，她想抗争，她想把他夺过来，她已经这样做了，而且做得很成功，全团上下，没有一个不认为他们是一对。然而，一看到沈萍，她的心就软了。她像一个漂亮的搪瓷人，她怕把她打碎了。

“他在这里习惯吗？”沈萍说。

“习惯。”凤仙说，“就是有时候熬夜，知识分子，写东西，有点不习惯。”凤仙这么说着，心里酸溜溜的。

中午，左等右等，不见赵敏他们回来，凤仙想，总不能让客人挨饿，便让沈萍在宿舍里等着，自己出去买点心。

凤仙走到门口，正好碰到赵敏，她说：“快进去，你的‘牵手的’来了。”

赵敏吃了一惊，他昨天晚上做了个梦，梦见沈萍，先是拉着他的手哭哭啼啼，然后便发疯地向海边跑去。日有所思，夜有所梦，自从他在检查里把他和她的事写进去之后，他便有一种内疚感，对不起她，也对不起她的母亲。没想到她真来了，她来做什么？

“不，”他说，“我不能见她，她在哪里？”

“她在你的宿舍里。你不见她？真的不见她？”

他坚定地点点头。

她说："也好。你去吧，这里，我来应付。"

赵敏在街上漫无目的地走着。

昨天晚上，当林方正告诉他，上级要他在全区知识分子大会上做学习体会报告时，他激动得一夜没有睡好觉，他没有想到上级党组织这么看得起自己，这可不是一般的场合，是全地区！他想，他赵敏从此可以摆脱那一直笼罩在他心中的阴影，他从此可以得到党的信任，有谁能再怀疑他的真诚呢？

然而，天快亮的时候，他却做了那个梦，他是在追赶沈萍的途中被自己的喊声惊醒的。整个早上，他一直在不安当中度过。上午，高少君和他一起，最后润色他的发言稿，加了一些"糖衣炮弹""阶级根源""马列主义""思想战线"之类的话，他心不在焉，高少君说怎么改就怎么改，怎么加就怎么加。他的心里乱糟糟的。他弄不清楚自己是真诚，还是卑鄙，他把这一切的一切都和盘托出，是为了什么？

他有点后悔了。但是，箭在弦上，不得不发。说就说吧，说完了就算，就当自己没有说过，把它忘记，忘得越快越好。

他突然闻到一阵牛肉香。原来，在不知不觉中，他已经走到广发牛肉店门口了。他正想走开，却被老板叫住：那不是赵编剧吗？请进请进。

他只好进去。刚刚跨进门，又听得有人叫他：小赵小赵，这边坐。他一看，竟是宋专员，连忙走了过去。老板很快就给他端来一碗分量十足的牛肉面。宋专员说：老刘啊，辣可不能放太多，你们漳州人吃辣可没有我们的本事。小赵，你说是吗？赵敏连连点头。他对这位大首长突然有了亲切感。

他们一边吃，一边聊。说是聊，当然大部分是宋专员说，他听。

宋专员说：我早就知道你，你的《白毛女》改编得不错，你们剧团演得也很不错。还说，你很有才华，党很需要像你这样的年轻的知识分子。又说，你的对照检查写得相当好，对党说了真心话。一个人的出生不能选择，但革命的道路是可以选择的。你能和你的哥哥从思想到感情上划清界限，这很好。党相信你。

宋专员的话，说得赵敏心里热乎乎的，他为刚才自己的动摇感到羞愧。

"下午发言，会不会有点紧张？"宋专员微笑地问。

赵敏说："有一点。"

"不要紧，这也是一种锻炼。我第一次在大庭广众面前讲话也是有一点慌，何止一点啊，那是吓得手脚都发颤哩。"

说着，宋专员笑了，赵敏也笑了。

吃过牛肉面，赵敏要付钱，宋专员把他的手一拦，说：我来付，我请客。

（十一）

母亲总是开会，不是街政府开，就是居民小组开，有一次还到市里去听报告。她带我去，一路上，她逢人就说：我到市里听报告。回来的时候，又说：我刚从市里听报告回来。一路说，说得我很不好意思。

母亲的会开多了，说起话来全都是新名词，什么思想改造，阶级斗争，马列主义，立场问题，阶级感情，爱国主义，不破不立，批判的武器，资产阶级"夭寿"思想。很久以后，我才弄明白，是资产阶级腐朽思想，漳州话腐朽和夭寿听起来很相像。

母亲的衣着也跟上了时代的潮流，旗袍是早就不穿了，那件她原来十分喜欢穿的浅蓝色的斜襟"大刀衫"也不穿了，改穿灰布干部服，列宁装，两个口袋，可以插自来水笔。生了小妹之后，母亲显得更加干脆利落，风风火火，说话的声音很大，在家里，往往可以听到她吆喝大家开会、打扫卫生的声音。

母亲是我们居民小组的组长。

我们这个居民组长原来是一位先生娘，先生娘文文静静的，她的先生是一个小学教员，也是斯斯文文的，逢人就点头，就说好，说早安，说恭喜，不管你是否有喜。后来听说，那先生很久以前参加过三青团，这是肃反的时候有人揭发出来的。先生娘便到街政府去辞职，这个组长她不能当，问心有愧。街政府也没有强留。于是开会，选举新组长。居民大会是在我们家门口开的。东闸口一带，全都有“五骹距”（骑楼）。大家都带一只矮凳子围坐在“五骹距”下。街长是一个中年人，也穿干部服，不过，他的口袋里插着两根自来水笔，一本本子拿在手上。他先表扬夏莲同志，夏莲同志就是我母亲的大名。说她积极，热情，觉悟高，立场坚定，对敌斗争，抗美援朝，捐献飞机，爱国卫生，扫盲运动，政治学习等，都在全街起了带头作用。说得母亲的头低低的，脸一阵阵地发红。最后，他说：我提议，第六居民组组长由夏莲同志担任，同意，就举手通过。

我看到所有的人都举起手来，有几个举得慢了点。只有母亲不举手，把头埋得更低了。

母亲一忙，妹妹便成了累赘。她总是说，分给人家算了。漳州话分给人家，就是送给人家的意思。外祖母似乎也不反对把妹妹分给人家，因为她是个女孩。但是，青莲姑下山的时候，把妹妹看了很久，看她笑，看她哭，然后说，这孩子有福相，荫父母，还是留着好。但母亲还是不耐烦。有一次抱妹妹去开会，会刚开始，妹妹就哭，使劲地哭，母亲把奶头塞进她的嘴里，她安静了一会儿，把头扭开，又哭，还蹬脚，故意和母亲作对似的，人们都朝我们看，看得母亲的脸一阵红一阵白。

中午，母亲对父亲说：“你这个死囡仔鬼我带不了了。”

父亲说：“开会什么的，不去也罢，又没工钱，整天瞎忙，还得罪人。”

母亲把眼一瞪：“什么？这就是你的觉悟？林工委是瞎了眼睛，才培养你入党。男女平等，你能吃政府的‘头路’（工作），我就不行？我做给你看，我就不相信，没有你姓朱的我就不能活！”

母亲把妹妹往床上一扔：“女儿是你的，你千金你宝贝，你带。”

说着，她便出门去了。

母亲一走，妹妹就大哭，哭得天翻地覆。

小琳的母亲从楼上下来：“这孩子怎么啦？”

父亲无言以对。她走到床前，把妹妹抱起来，摇着，嘴里还说，乖，乖，不哭，不哭。她真行，妹妹一经她的手，就不哭了。我想，妹妹在她的手上一定觉得很清爽。小琳母亲的动作是那么好看，声音是那么轻，妹妹在她的摇晃中很快就安安静静地睡着了。

她看着父亲，轻轻一笑，把妹妹放到床上去。可是，妹妹一离开她的手，就睁开眼睛，张开小嘴，她连忙又将她抱了起来。

父亲说："我下午还得开会，对照检查，不去不行。"

"你放心去吧，我来看。"她说。

"她阿妈上山去了。给她气走的。她这种性子，连亲生母亲都受不了……"

"我知道，那天早上，你刚走，她就骂你，骂得很难听，声音越骂越大，连我楼上都听得很清楚，当时，我真为你感到难受。她母亲听不过去说了她一句，说，他可是你的丈夫。她更不得了了，又是哭，又是摔东西……"

"她要骂人，是不看日子，也不看场合的，想骂就骂……"

"她现在倒对我很好，好得我有点害怕……"

父亲长长地叹了一口气。

这时，小琳在楼上喊我，我便上楼去了。小琳心血来潮，又要我和她玩"煮粥煮菜"，这种游戏我们已经很久没玩了。她把布娃娃向我的怀里一塞，说：抱好了，我来给囡仔做一件跳舞衫。她从床底下拖出一只纸箱子，里面有许多花花绿绿的布头布尾，她在里面挑挑拣拣，找出几块大的布块，在布娃娃的身上比来比去。我又闻到她身上的香粉味。这香粉味和她母亲身上的一样，闻起来很舒服。

下午，母亲带回一个女人。这女人又高又大，眼睛很小，脸上还有一点麻，但是，她有一对很大的奶子。她抱起妹妹，掀起衣襟，抓出奶子，一按，便有一股乳白色的奶水喷了出来。妹妹到了陌生人的手上，刚刚张开嘴要哭，便被她用奶头把嘴塞住。妹妹吸着吸着，笑了，还用一只小手抓她的大奶子。

母亲笑着说："阿嫂，这死囡仔鬼和你有缘哩。"

她是母亲养家的嫂嫂。以前，我听母亲骂过她的这位嫂嫂，说她又贪吃又懒惰，只会吃，只会睡，吃了睡睡了吃，然后就是生孩子，一年一个，像一头大母猪。

妹妹很快就吃饱了，睡着了。那女人说，奶水吃不完，胀得难受，便叫母亲拿一只碗来，把剩下的奶水挤到碗里，要我喝，我才不喝哩。小琳站在一旁，母亲就要她喝，说人奶比牛奶还要补，小琳凑到碗边闻了闻，皱着眉头跑掉了。

母亲留她吃晚饭，她也不推辞。她真能吃，一口气吃了三大碗，一边吃，一边夸母亲的菜做得好，肉也特别香。

说好了，妹妹让“大母猪”带，一个月15万元。

“大母猪”把妹妹带走的时候，母亲站在门口看了很久，直到她走出街口。她家住在过桥，我去过一次，是一所阴森森的大房子，我想象着妹妹在那黑黢黢的大房子里哭，心里十分害怕。我还做过一回梦，梦见一只老鼠在咬妹妹的脚。我告诉母亲，母亲去了一趟她嫂嫂的家，回来的时候，骂了我一句“神经病”。

妹妹一走，母亲更忙了，有时菜也不买，饭也不做，时顿一到，就拿1000元，让我到街口去吃鼎边滚。那个时候，1000元可以吃两碗鼎边滚，这是放三层肉的，如果不放三层肉，只放油条，可以买三碗，还可以剩下100元。那时，一元叫一万，一角叫一千，一分叫一百。

我有时跟母亲去开会，有时不跟，就到楼上玩，或者到剧团找石花玩，冷水已经回漳浦乡下放牛去了。有时，我就和小琳到隔壁潮州阿婶那里，和小弟弟玩，潮州阿婶家的小弟弟刚刚会走路，会叫阿兄阿姐，很好玩。潮州阿婶家里很安静，大厅里阴凉阴凉的，有一个很大的柜台。她家是信耶稣的，有一个很大的银做的十字架，还有一本深蓝色的硬皮书，叫《圣经》。潮州阿婶家常常有潮州咸菜，潮州咸菜又甜又酸又脆，很合我的口味，有时，我端着饭到她家去配潮州咸菜。小琳母亲不让她去，说这样不礼貌，而且，她们家吃饭是从来不离开饭桌的，吃饭前要洗手，吃完饭要擦嘴，吃饭也不能出声，也不能说话。有一次，我告诉潮州阿婶，说小琳也很喜欢吃潮州咸菜。她十分高兴，让我吃完饭带一小碟让小琳尝尝。小琳母亲很感动，让小琳给小弟送去一小碗肉松。我母亲一般不反对我去吃潮州咸菜，因为有咸菜我可以多装一碗饭。有时，父亲从石码带白带鱼回来，母亲便煎好，叫我送过去给小弟吃。

潮州阿婶家吃饭前要做祷告，这一点我觉得很有意思，有时我一路吃过去正碰到他们做祷告，我也把碗放下来，合起掌，念念有词。我不知道他们念的是什么，我念的是外祖母常常念的“南无阿弥陀佛”。

母亲最看不惯这一点，有一次还对小琳母亲说：“哼，那假洋鬼子！”

但是，母亲当上街道干部以后，却常常表扬潮州阿婶，因为她家的卫生搞得最好，六面光，八面光，面面光，用母亲的话说，地板都比人家床铺还干净。我们有时逗小弟玩，逗着逗着就在地板上睡着了。她家的那台大座钟，总是“西刷西刷”地响着，叫人昏昏欲睡。那座钟有一个很大很亮的钟摆，随着钟摆的左右摆动，座钟上小天使的翅膀便上下不停地扇动，仿佛马上就要飞起来似的。小天使是一个很漂亮的外国小孩，小琳有时会情不自禁地伸手去摸一摸。小天使的名字是潮州阿婶说的。母亲却说，那是小妖精，不是妖精为什么不穿衣服，还长翅膀？

那阵子到处都在政治学习，分清是非，提高觉悟，批判资产阶级，批判帝国主义。批判就是说你不行，不好，不对，说你不行就是我行，说你不对就是我对，说你不好就是我好。这很符合母亲的口味。母亲的热情很高。母亲不知道美帝国主义在哪里，但最痛恨的是“美国的月亮比中国的圆”，美国也有月亮，呸！

第一个在中国说美国的月亮比中国圆的不知道是什么人，这实在是一个十足的大傻瓜，月亮是中国文化的骄傲，既然嫦娥已经上了月宫，就不许美国佬染指。说美国月亮多圆，很伤中国人的感情。我们从小就会唱：“月光光，秀才郎，骑白马，过关东……”中国关于月亮的诗歌堆在一起，足以把三个美国淹没，仅一首“床前明月光”中国人吟诵了1000多年，那个时候，美国在哪里？

母亲从街政府开会回来，愤愤不平，帝国主义不批倒批臭不行。批判要联系实际。她很自然想到潮州阿婶，她开口耶稣，闭口圣母，还有她家的十字架，《圣经》，小妖精，不批她批谁？

先是开居民小组会议，叫潮州阿婶做自我批判，然后是开全街大会。开居民小组大会，我们都去了。阿婶发言的时候，母亲让我看好小弟弟。我和小琳把小弟弟围在中间，小弟弟喜欢热闹，从开始到结束，都嘻嘻地笑着。小琳母亲就坐在我们旁边。以前开会时，她喜欢拿一张报纸看，今天她什么也没拿。潮州阿婶发言的时候，总是看着母亲，母亲点头表示赞同，她便继续说下去。她说她受骗上当，她家原来也是信佛的，出嫁后才信耶稣，因为她的大家信耶稣，嫁鸡随鸡飞，嫁狗随狗叫。听到这里，大家都笑了，她又说，教义也是劝人为善的。她看母亲摇头，便又改口说，当然都是骗人的，帝国主义反动派不骗人就过不了日子，你说是吗。母亲便叫好，大家就都鼓起掌来。阿婶受到鼓励，当场把挂在脖子上的小十字架扯了下来，扔了，同时表示，今后吃饭决不再做祷告。母亲带头鼓掌，全场热烈鼓掌。小琳母亲也跟着鼓掌，但她的动作和别人不一样，十个指头翘着，轻轻地拍着，没有听到什么声音，只是那样子很好看，很文雅。很久以后，我在一部电影里看到同样的拍法，只是那拍手的是一个伟人，脸上带一种永恒的微笑。

潮州阿婶自我批判后是街长讲话，他表扬阿婶的自我批判精神，他说，如果每个人都像她这样，帝国主义思想就休想在我们的祖国生根发芽。母亲激动地站起来，振臂高呼：打倒美帝国主义！街长愣了一下，也举起手来。会议就在口号声中结束了。

大家站起来，拍屁股，拿凳子。小琳母亲把小弟抱起来，送到阿婶跟前。

会后，母亲让阿婶把家里的十字架也拆了，把《圣经》烧了。那小天使拆不下来，阿婶就把那两只翅膀敲了，从此，她再也飞不起来了。

我还是常常到潮州阿婶家里吃潮州咸菜，只是母亲再也没有让我给小弟送白带鱼了。

批判的轮子一旦转起来，就没完没了。这不是，那也不是。母亲是极易接受新生事物的，上面说要批判资产阶级思想，母亲虽然把腐朽说成“夭寿”，但她的理解从根本上来说还是不错的，而且十分通俗。什么是资产阶级思想？有人看着母亲朝楼上努努嘴，母亲“啊”的一声，顿悟。

总是洗脸，不肯随便。抹粉，一身香粉味。喜欢穿旗袍，照镜子。看书。还有那本相册，奇形怪状，还有，香港，上海。母亲越想越像。

母亲批判资产阶级腐朽思想的第一个行动是，给我下了一道死命令：不准再上楼去。

（11）

一场报告下来，赵敏累得快要趴下去，唇焦口燥，虚汗淋淋，目光迷离，他顾不得风度和体面，不断地喝水。听众的掌声，领导的握手和鼓励，他都恍如隔世，恍如梦中。他机械地点头、微笑，他甚至不知道是怎么回到自己的座位上来的。

他付出得太多了，几乎是整个生命。记得在哪个报纸或文件上读过，说思想改造是脱胎换骨的革命。小时候看哪吒闹海，哪吒脱胎换骨，成了神仙，活蹦乱跳的，而他却是整个人虚脱了似的，撑不住了。

他有一种心被掏空了的感觉，不是别人，是他自己把内心的一切都挖了出来，展示在人们面前。而他自己却空了，一无所获。这一切都是为了什么？

进步，是的，表明自己的进步和革命，仅此而已。

他以为他可以摆脱过去的阴影，却没想到自己倒成了影子，轻飘飘的，无着无落。

林方正不断地为他倒水，用十分亲切的兄弟般的目光看着他。本来林方正对于他是存有戒心的。这些知识分子，心里的小九九可多了，高深莫测。在文化人面前，他有一种压迫感，浑身不自在。到剧团之后，他拼命地学习，一刻也不放松自己，看书看报，做笔记，自来水笔从不离身。然而，不管怎么努力，他都有一种天生不如人的自卑感。是的，从理论上讲，工人阶级是领导阶级，共产党是执政党，他林方正是这几十个人的剧团，包括赵敏的领导者，但是，他能真正领导的有几个人？笑三春吗？他平时毕恭毕敬，和和气气，但是一遇到艺术问题，他便显得那么固执己见，他完全没有办法，因为他是内行，他是外行，他说了算，在这里，他的领导地位是空的，形式的。阿英曾笑着对他说：林工委，您在一边看，我们就很受鼓舞了。在一边看看，只能如此。赵敏他领导得了吗？更不行。他和他说话很不自在，总是担心自己说错了什么，让他背后当笑料。是的，他能说出他的不是，一二三四，而他却只听不说，一脸不屑一顾的神色。他心里明白，他有尚方宝剑：你行，你来写写看！他不行，这一点他承认。他能领导的恐怕只有秋月一个人了。她是听他的，跟着他转，但她的目的是再明显不过了，她不是怕你，是想得到你……每当想到这些，林方正的心里便生出阵阵悲哀。他知道这悲哀来自他自身，“我们工农分子”说起来很自豪，然而万般皆下品，唯有读书高，这是几千年的古训，革命的领袖们，无产阶级的革命家们，哪个不是知识分子？“我们大老粗”，唉，林方正从心里自豪不起来。

赵敏给了他一个平衡。赵敏把自己心里的东西掏出来，掏空了的赵编剧和他不相上下，他们扯平了。扯平了，他就略胜一筹，因为他是领导。赵敏眼光中那说不出来的傲气不见了。一个唯唯诺诺的赵编剧显得十分可爱。你好，亲爱的同志！

赵敏是第一个发言的，接下去还有三位，一位是寻源中学的教师，一位是协和医院的医生，一位是府埕凤凰树下的算命先生，听说，他是“易学”专家，早年在上海某大学当过教授。

主席台上坐了好几排人，都是领导和各方面代表人物，赵敏因为是报告人，坐在第一排。开头，他只听到嗡嗡嗡的一片声响，看到朦朦胧胧的一片人头。后来才渐渐地分出了报告人的声音和台下那由无数人的呼吸声汇成的声波，看清了台下那黑压压的一片，其实是黑色与灰色的混合体，中间的黄色却是很不分明的。眼睛，人们的眼睛哪里去了呢?

林方正又给他倒了一杯水。他就坐在他的身边。赵敏突然觉得尿急，端起的杯子又放了下来。林方正说，你刚才的发言很好，比稿子好，你的口才好。赵敏说：我想出去小便一下。林方正觉得为难，主席台上都是领导，走动怕不好。赵敏想，从开始到现在，领导没有一个走动的，个个全神贯注，严肃认真。便忍住。从此不再喝水。

沈萍坐在后座第三排。她的眼睛始终盯着赵敏，有几次，她以为他看见她了，悄悄地把手举到耳朵边，轻轻地摇着，他却毫无反映。坐在她身边的男同志奇怪地看了她好几次，看得她很不自在。

她来得晚了点。凤仙太热情，太古意了。她买了那么多菜，卤鸭卤蛋，一定要她多吃，把肚子撑得要死。她们吃饭的时候，有好几个人来探头，凤仙说，进来一起吃吧。他们都笑着摇摇头，走开了。她想，赵敏在这里的人缘一定不错，他们说不定猜出她是赵敏的什么人了，大家结伴来看看，像农村里看新娘子一般。凤仙这个人看起来很能干，泼泼辣辣，像个大姐，听她口气，赵敏的衣服全是她帮助洗的，也真难为她。听说她演花旦刀马旦，老家在台湾。一听台湾，沈萍就有一种亲切感，虽然那里盘踞着蒋介石反动派，但那毕竟是父亲到过的地方。父亲喜欢听戏，他不知在台湾听过歌仔戏没有。

沈萍坐在台下，不怎的，脑子里就闪过凤仙那会说话的眼睛，她想，这个人什么都好，就是俗气一点，这种人，赵敏是不会喜欢的。

赵敏的报告对她震动很大，听到他讲述他们的关系的那段，她的眼泪不知不觉地就流了下来。当然，只有她知道他是在讲谁，讲哪回事。

她怪自己是一个傻瓜，没有体会到他内心的矛盾和痛苦，她还以为他也和她一样感到无比的幸福。现在好了，他把什么都抖搂出来了，他一定会觉得很轻松、很愉快。

她拭去涌出来的泪花，偷偷地看了看身边的男同志，好在，他正转过头去和另一边的女同志交头接耳，根本就没有注意她。

现在好了，她要告诉他，爸爸已经摆脱了国民党反动派，从台湾到香港，虽然香港还是资产阶级的地方，他毕竟没有跟反动派走，他是一个一般的老百姓了。而她，沈萍，不走，不和母亲到香港去，她要留下来，和他一起留下来，一起革命，一起建设新中国。一想到她的命运就要和他紧紧地连在一起的时候，她的心就一阵阵地痉挛着，这种痉挛分泌出来的那种甜丝丝、酸溜溜的感觉，使她如醉如痴。她软绵绵地靠在靠背上，微微地喘着气。

她突然看到赵敏站起来，匆匆地向后台走去。

她很想也站起来，走出会场，绕到后台去找他，但她不敢，整个会场很少有人走动，有一两个人走动，人们便把所有的目光都对着他。在众目睽睽下走动，一定是非常尴尬的。而且，是不是认真听，这是一个学习的态度问题，她们县里一起来的同志虽然没有坐在一起，人们却是在互相注意着，连听报告都不认真，这回去有多难听啊。然而，她实在是忍不住了，怕什么呢，她对自己说，站起来，一、二、三，她刚刚伸直腰肢就发现前后左右的目光“刷”地一下子都集中到她的身上，这种目光好像是一阵热浪扑过来，让她感到窒息。她挪了挪屁股，又坐了下来，而且装出很认真听报告的样子。

她的目光一刻也没有离开台上的那个空位子。

赵敏实在是忍不住了，他对林方正说了声，“忍不住了”，便站起来，朝后台走去。他根本就没有听到林方正的那句劝告，“还是再忍一忍吧”。按理是应该再忍耐一下，因为最后发言的同志已经讲完了开场白，转入正题。林方正的话是有道理的，再忍一忍才不会给领导留下一个不好的印象，对别人的发言不尊重，不说你骄傲，多少也是个不谦虚的表现。但他实在憋得难受。人干吗活得这么窝囊，连小便都不自由！话说回来，谁叫我不去小便的？林方正吗？他只是为你好，他没有命令你。还是你自己，活得不潇洒，患得患失，资产阶级思想，人家批判得并不过分啊。

赵敏匆匆忙忙转了一圈，终于找到了厕所。

他痛痛快快地撒了一泡尿。

这是他这几天来最畅快的时候，释放也是一种解脱。

从厕所的窗子看去，对面是一个幽静的去处。一泓清水，池边是一丛丛翠竹，竹林深处，依稀可见一栋红砖小楼。风从竹林那边沙沙沙地吹进来，清爽极了。睡意随着清风袭来，眼皮子掉下来，他打了一个寒战。

从厕所里出来，他不想马上进去，坐在通向后台的台阶上。

在外面听报告反而清晰得多。

那算命先生果真不是江湖骗子，是一个很有学问的人，随口便背出《易经》来："天地之大德曰生，圣人之大宝曰位。何以守位曰仁。何以聚人曰财。理财正辞，禁民为非曰义。"当今之世，正是大德之年，共产党行大德于天下，天下归心，万民拥戴。我辈区区小民，生逢盛世，万幸万幸。

赵敏弄不清这与学习有什么关系，或许与他接下去的内容很有关系。报告是不能随便做的。听林方正说，他的讲稿是经过领导审查，原则通过才请高少君做最后的润色的。

他出来得太久了，小便有一个人们大致认同的时间，再长的尿也有拉完的时候，就是大便也该屙完了。但他还是不想进去。

他在不知不觉中竟打起瞌睡来了，他太累了，实在太累了。

当他被一阵掌声惊醒时，会议已经结束了。随着一阵骚动，他看到人们从各个门洞里涌出来，在离他不远的空地上散开，把宁静和安详全都破坏了，也把他的心一下子又搅得很乱很乱。

他怕碰见从台上下来的人，更怕林方正追出来，赶紧站起来，把自己融进人流中。他低着头，怕碰到熟人，也怕听到陌生的听众们对他指手画脚的议论。

林方正左等右等，不见赵敏进来，想出去看看，又觉得不妥，一个地方一下子空出两个位子，太显眼了。他是作为发言单位的领导上主席台的，发言人不辞而别，领导坐在那里是很尴尬的。这小子怎么搞的，就是小一条河的便也该完了，资产阶级知识分子捧不得，一捧尾巴就翘到天上去了，毛主席的论断真是一针见血，入木三分！这不，这样的场合他都敢于擅自离去，不给领导留个面子。首长问起来怎么办？不过，林方正又回过头来想，他或许真的有什么原因，说不定是头晕摔倒在厕所里了，毛主席说，没有调查就没有发言权，我这里就下他个骄傲的结论也是不好的。还是出去看一看吧，再说同志之间应该互相关心、互相爱护、互相帮助，万一他真的摔倒了，这不是没有可能的，他刚才的脸色一阵阵地发白，冒汗，不停地喝水，这是不大正常的，万一真摔倒在厕所里，影响多不好！要真是这样，他作为他的直接领导是有责任的。去看看，还是去看看。林方正刚刚想定，就听到一阵掌声。算命先生的报告完了，接下来是宋师长宋专员讲话，领导的讲话不能不听。他看了看后台，还是没有赵敏的影子，心里七上八下的。

宋师长的讲话言简意赅：新中国把旧社会的知识分子统统包下来，团结一切爱国知识分子，为人民服务。事实证明，党中央毛主席的方针是英明的。旧知识分子只要认真参加学习，学习毛主席指示，联系实际批判自己的旧思想、旧意识，就能跟上时代的步伐。我们的学习运动是对抗美援朝最有力的支持，对美帝国主义最沉重的打击。他号召全体到会同志，向赵敏同志学习，来个彻底的自我革命，脱下裤子，割掉尾巴，不怕痛，不怕丑，真正和人民站在一起，同心同德，投入新中国的建设，为解放全人类做出更大的贡献！

大会在热烈的掌声中结束。

林方正正想出去看看赵敏，却被宋师长叫住。宋师长一手端着杯子喝水，一手拿着一把大扇子，他就是用那把大扇子向他招手的：小林，你来一下。

林方正的心一阵收紧，首长一定注意到赵敏中途离去了，这可是个态度问题啊！他怯生生地走过去。宋师长说："你们的工作做得不错，赵敏同志的报告是很有说服力的。但是，仅仅有一个人还是很不够的。剧团的政治学习还要深入进行，来个洗澡运动，每个人都对照检查一下。像洗澡，这是多么生动的比喻啊！洗了澡，人就轻松愉快，轻装上阵。我想了很久，剧团里那么多从旧社会来的艺人，虽然谈不上什么知识分子，但旧思想、旧意识也是相当浓厚的，他们貌似没有文化，而实际上却是旧文化深重的受害者，哪出戏不是文化的产物？毛主席关于《武训传》的批判是很深刻的。还有，推陈出新，靠谁？靠他们，现在不行，改造好以后呢？也许行。中央关于戏曲改革的指示执行得如何，也要有一个全面的总结。小林啊，你们的担子不轻啊！"

一席话说得林方正连连点头。他对宋师长，真是佩服得五体投地。一个带兵打仗的人，进城才几天，就能对地方工作、对文化工作做出如此深刻的指示，这就是我们党的干部！“我们不但善于破坏一个旧世界，我们还将善于建设一个新世界。”——林方正想起毛主席的话，对于未来，对于党的事业充满信心。

林方正从后台出来，他正好站在刚才赵敏坐的地方，可是现在他所看到的，只是一片陌生的人头。

沈萍被夹在人流中，身不由己地走出会场，她徒劳无功地转动着她的小脑袋，想在人群中找到她的意中人，她所看到的是千篇一律的一张张陌生的脸孔，刚才她死死地盯住那个空位子，有一阵子，好像那位子上有人，定睛一看却又是空的。她相信他不会提早走，他或许是上厕所了，一出去就不好意思进来，然后就一直坐在后台等到会议结束。

沈萍站稳脚跟的时候，她发现自己已经来到了太古桥。怎么办？是先吃饭，还是到剧团里去找他，还有，晚上旅社也还没有找，总不能住在剧团吧。

她正举棋不定的时候，突然眼睛一亮，她看见了赵敏。

“哎……”

她刚张开嘴，又觉得不合适，毕竟是在大街上。她三步并作两步追了上去。

她站在他的面前。

“你……”

赵敏一下子说不出话来。他在街上徘徊，正在为要不要见她展开激烈的思想斗争。

“没想到吧。”她兴奋地说，她不知道他已经知道她来了，更不知道他在有意地回避着她，“我是来听报告的。”

赵敏觉得无地自容。他把她给卖了，当着那么多人卖！他原以为背着她，不至于伤害她，没想到她什么都听到了！

“我，我，我……”赵敏把头埋得很低。

“你说得很好，真的，很好！我理解你的苦衷，我更加……更加……喜欢……你。”

她把“你”字说得很小声。赵敏为这一震。他看着她的眼睛，那是一双像过去一样的，无比清澈透明的目光。

“走，到剧团去。”赵敏拉着她的手，大踏步地向前迈去。

他们回到宿舍的时候，凤仙已经为他们准备好了丰盛的晚餐。赵敏看了一下凤仙，有些不好意思。但他看到凤仙和沈萍亲亲热热的样子，自己也就自然了许多。吃过饭，凤仙收拾了碗筷，说：你们坐。阿萍晚上就到我那里去挤一挤，省得到旅社去。说完，她意味深长地看了赵敏一眼，便走了。她今晚有戏。

凤仙在门口碰到林工委，她说，你找赵敏吗？他有客人。林方正本想和赵敏聊聊，听说他有客，又从门里依稀看到一个女同志的影子，便折了回来。

这是一个十分美好的夜晚。星星在高高的木棉树上闪烁着，仿佛是挂在那枝丫上的灯光。晚风在屋里游荡，把夜的不知名的花香带到各个角落。从前面传来一阵阵锣鼓声和音乐声。屋里显得安静极了。

沈萍到凤仙房间的时候，凤仙已经卸了装，洗了澡，正在和她的师娘聊天。

（十二）

母亲突然决定搬家。

母亲一经决定，谁也改变不了。

父亲说：“住得好好的，怎么说搬就搬。”

“你不搬你住这里好了，楼上那个资产阶级太太正好没伴。”母亲说，一边说一边收拾东西。她干起活来很利索，大箱子小箱子，全都打开来，东西一样一样往里扔。

我说：“我喜欢这里的榕树，还有早晨起来的小麻雀。”

母亲说：“哪里没有树，哪里没有麻雀？你和你爸一样，是个小‘猫’，爱腥，迷上那小妖精了。”

我非常生气，说:“不搬，我就是不搬。”说着，我把我自己的东西，当然只是一些玩具，从箱子里拿出来。

母亲愣了一下，说:“你动，你再动。”

我不理她，还是从箱子里往外拿东西，“啪”的一声，我的后脑勺遭到母亲狠狠的一巴掌，顿时两眼冒出许多火花。

“你的翅膀还没有硬哩，等硬了再说，给我全搬进去。”母亲说。

“我不，就不！”

我坚决地说。

现在想起来，我的脾气很像我的母亲，而不像父亲。父亲的反抗最多是长长地叹一口气，或是扬长而去，好男不和女斗而已。

我和母亲怒目相视。父亲在一边紧张地看着我们。母亲却一下子笑了起来:“这死囝仔鬼，是宠坏了的。”

我胜利了。我赌气跑了出来。在厅里，我回头看了看房子，“滋”地一下，便溜到楼上去了。

小琳母亲坐在窗前发愣。她一手托着腮子，一手垂落在膝上，手里还拿着一本书，不知怎的，我一见到她，眼泪一下子就掉了下来。

她走过来，把我的头揽进她的怀里。

母亲的声音历来是很大的。母亲自己说，她是“大喉咙空”，并以此为荣。想到什么说什么，说什么都不怕人家听见，不像那些资产阶级，虚伪透顶。想一套，说一套，说起话来轻声细语，怕人家听见，怕，有见不得人的事情才怕。我不怕，工农群众，就这样！我们刚才的话，楼上一定听得清清楚楚。

小琳母亲用手拭去我脸上的泪，然后拿一条毛巾，再让我自己擦，她家的毛巾很香。

我说:“母亲要搬走……”

“也好。”她说，“以后，要多写字，你是一个聪明的孩子，将来一定会有出息。但是，要写字要识字，记住。”

她对小琳说:“小琳，你不是有几本本子和几根铅笔要送给阿云吗？”

小琳从房里出来，手里捧着一个饼干盒子。掀开盒子，里面是三本硬皮本子和四根铅笔，其中有一本是我已经写了一半的，说:“给。”

我非常感动。这盒子是小琳心爱之物，是她们从香港带回来的，小琳所有好东西全都装在里面。现在，她把它给了我。

我很羞愧，我没有东西可以送给她的。因为我的脑子转遍了我所有玩具都不合适，都觉得很粗俗。是的，粗俗，这是母亲常常使用的语言，她总是把不好的东西和乡下人叫粗俗。但是，我却是在比较了楼上楼下的所有东西和人之后，才悟到了“粗俗”这两个字的含义。现在想起来，这个感悟是我的一个巨大的进步。在那时，在人们以“粗俗”向“高雅”进攻的时候，我却走了一个反向。现实有时会开强者的玩笑。

突然，我们听到母亲在楼下大声嚷嚷：

“我就是要搬，非搬不可！我不能和资产阶级太太小姐同在一个屋檐下过日子，不能！……什么，小声？我说她你心疼是吗？我偏说，资产阶级太太！哦，你生气了，气得脸都白了，好啊，你与她什么关系……我早就纳闷，这房子是怎么租的，漳州那么多房子你不租，偏租这一间！我不在的时候，我在山上的时候……难怪哩！说，为什么租这房子……我真傻，真傻到底了，被人家抱到锅里去煮都不知道，还感激人家哩，怪不得你对她那么好！……福州雨伞都送上去了。”

“是你让送的。”

“是我，不然为什么说我傻？你们早就准备好了，安好的洞让我去钻，套好了的……”

我真不知道如何是好。母亲骂的分明就是小琳的母亲。我看到她直挺挺地站在那里，脸纸一样的白，两串泪珠子，从她那长长的睫毛上无声地滚落下来。

那天，母亲到街政府开会，会后，街长把母亲留下来，说：

“夏莲同志，你们在批判帝国主义思想方面起了个很好的头，可是在批判资产阶级腐朽思想方面，第七组第八组已经轰轰烈烈地开展起来了，你们却还没有一点动静啊。”

母亲红着脸说：“我们是想开展，可找不到自我批判的对象……”

“听说，你楼上的就……”

“她……她是有一点那个……可是……”

“夏莲同志，”街长严肃地说，“可不能因为和自己关系好就手软，再说，批判也是对她的爱护，也是为了更好地团结嘛。不是吗，潮州阿婶就是一个很好的例子。”

看母亲不说话，街长又说：“全街开展批判比赛，这你是知道的，你们眼看就要落后了，下一次评比，那面红旗就保不住了。”

母亲急了起来，她非常爱惜那面挂在我们家门口的红旗，她说：“输人不输阵，输阵猫仔脸。我夏莲什么时候输给人家了，街长你说说看。”

街长笑了：“我什么时候说过你输了？凭夏莲同志的觉悟和热情，哪会输？”

母亲拉着我，风风火火地走出街政府。走到半路，母亲却越走越慢了。

叫她自我批判，怎么好意思呢？母亲像是对我说，又像是自言自语，再说，她是厝主，讨房子怎么办？不过，话说回来，街长说的也有道理，她实在是太资产阶级了，样子装得那么高贵，叫人恶心！其实也没什么了不起，无非是小老婆的角色……

到了家，母亲径直向楼梯口走去，突然又折了回来，进了我们的房间，叫我把房门关上，然后打开她专门装好衣服的牛皮箱，从里面翻出小琳母亲送给妹妹的那两件连衣裙，说：那两个盒子呢？

当时，我说我喜欢装衣服的盒子，母亲便给了我。我先是用它们装蟋蟀，蟋蟀跑后，我就把那上面的图案剪下来，贴在门上。母亲还说，贴在那里很好看。我指着门上的图案说，在那上面。

母亲立即发火：你这死囝仔鬼，什么好东西一经你的手就破坏了，出世的时候没给你绑手，我要绑，你阿妈说头生男孩金贵不用绑，金贵死人！好好的盒子剪了，怎么还给人家？

我不知道母亲为什么要把她十分喜欢的连衣裙还给人家，虽然她不许我上楼，但我从来没有看过她和小琳母亲吵过架。不过，母亲有个习惯，和谁吵架便要把她过去拿的东西还给人家。当然，也要把给人家的东西讨回来。现在想起来，这和小孩子一样幼稚可笑，我不跟你好，你的东西还我。然而推而广之，这个原则却是很适用于国家关系的。国与国之间交恶，不是也讨东西吗？别的不说，几年之后，苏联老大哥不是也搞撤回专家，逼讨债务的把戏吗？想想，的确不比母亲高明多少。

怎么办呢？母亲说，都让你给搞坏了，去，你去还，把这两件连衣裙拿到楼上去。

我拿着两件连衣裙上楼。开头，小琳母亲没看清我手上的衣服，笑着说：“阿云，好几天没上来了。快去写字，小琳正写哩。”

我说：“我母亲说，这衣服要还给你。”

“什么？”她没听明白我的话。

我把衣服托到她的面前：“母亲说这衣服要还给你。”

她愣愣地盯着我，也不接衣服，也不说话。只是脸色变得十分苍白可怕，嘴唇发抖。

我感到害怕，说：“是我妈说的……盒子我弄坏了……”

她“哦”的一声，像是刚从睡梦中醒来，摸了摸我的脸，说：“不关你的事。”

我说：“我下去了。”

“你等等。”她从房里拿出父亲送上来的福州雨伞，“你把这伞带下去，对你妈说……算了，不说了。”

我下楼时，母亲显得特别高兴，仿佛办了一件大事情。

第二天一早，母亲就上楼去了。

我不知道她到楼上和小琳母亲说了些什么，也不知道小琳母亲和她说了些什么……那时我还躺在床上，我只听到母亲上楼和下楼的楼梯声。

母亲下来的时候很不高兴，她一边摔东西一边骂人。她骂人有时是指名道姓，有时是泛泛而骂的，这很像我们后来报纸上的批判文章。谁都挨不着，谁都可以对号入座，谁看了都不舒服，都心惊肉跳。

不识好歹！抗拒改造！母亲最后把开会用的小凳子的两只脚摔断了。

第六小组批判资产阶级思想运动始终没有搞起来。好强的母亲觉得自己没面子，把红旗给摘了，送到街政府去，并坚决辞去组长的职务。

母亲有好几天一早就往外走。她低着头，绷着脸，匆匆而来，匆匆而去。直到昨天晚上，她的脸上才现出一丝笑容。她说她找到了一所新房子。

母亲历来我行我素，她做什么事情很少想到和父亲商量。

我抱着铁盒子从楼上下来的时候，母亲正站在门口，她指着已经走出去的父亲的背影大声说：没你我也能搬，有本事你就不要回来！

她转过脸看到我，便把怒火向我身上泼来：“谁叫你死到楼上去的，那是什么，给我。”

“本子，小琳给我的。”

我小声说，在母亲的盛怒之下，我觉得有些理亏。她交代过好几次，不准上去，不准拿人家的东西！

“好啊，都反了，都中了糖衣炮弹啦！给我。”她跳过来，伸出她的手。

我死抱着盒子不放。

“你放不放，放不放！”母亲一边抓盒子，一边打我的手。

我就是不放。

母亲突然松开手，朝楼上大喊：“夭寿的资产阶级，你下来，你收买人心，糖衣炮弹，大的要，小的也要，你的心比美国还狠，你不得好死！”

（12）

林方正制订了一个在剧团开展学习运动的方案，这个方案受到宋专员的首肯。宋专员对高少君说：剧团的方案我看很好，在基层文化单位搞学习运动，如何搞，这是一个新课题，搞群众运动和打仗一样，要侦察，要了解敌情。试点就是一种侦察。你要亲自下去指导，总结他们的做法。如果成功，可以向全区推广。

高少君把计划送到剧团，说：宋师长同意这个计划，让我来向你们学习。林方正说，欢迎你来指导。

根据这个计划，学习运动很快在剧团里开展起来。每天早上 8 点开会，11 点散会，下午 2 点开会，4 点散会，因为晚上要演出，提早一个小时，但排戏都暂停，反正，也没有新戏可排。

先是学习文件和报纸，大都由林工委来念，有时也叫赵编剧念一念。但有区别，林工委念文件，赵编剧念报纸。

文件念了三天，林工委便请赵敏把他的学习体会在剧团里报告一次，赵敏很不愿意，又不好推辞，反正大会都讲了，还怕小会。但小会毕竟不一样，都是熟人，面对面，说了难为情。林工委看出他的心思，说：

你的资产阶级爱面子思想还是没有打破，羞羞答答的什么时候才能真正转变立场。志愿军在前线，死都不怕，你还怕丢面子！

赵敏没有退路，硬着头皮上。不知为什么，念那份检查就像剜自己的旧伤疤，心疼得厉害。

剧团里对赵敏报告的反映出乎意料的冷淡，连掌声都是稀稀落落的。

人们感到奇怪：赵编剧聪明人怎么一下子就变傻了，变糊涂了，心里想的事情说出来做什么？

林工委耐心引导启发。他说赵敏的检查是他学习体会深、觉悟高的表现，是真正革命的开始。解放了，我们从旧艺人一下子成了人民的演员，但是，人进了新社会，心却不一定。赵敏同志的报告证明了这一点。只有心跟上新时代，革命才真正开始。他说，衣服脏了，脏了怎么办，要洗。心脏了呢？也一样要洗。只是，衣服脏了，脏了人家看得见，心里的脏东西看不见，这就要挖，要亮，要摆，让人们都看见。

林工委对自己的启发发言很满意，他自己都感觉到自己的进步！他说：比如我自己，参加革命好几年了，身上还挂了几个彩，有一颗蒋介石的子弹还在大腿里，但我的心、我的思想也不全都是革命的，进了城，到地方上来也滋长了享乐思想、肚子一饿，就想到广发的牛肉面……

他说得很诚恳、很风趣。大家都笑了。

阿英说："林工委，你的意思是，大家都要把自己心里想的都说出来？"

林方正说："阿英同志说得对，就是这个意思。叫洗手洗澡，轻装上阵。"

散会之后，人们议论纷纷，都有些紧张，有些恐慌。

赵敏觉得自己抬不起头来，他成什么人了？林工委说向赵编剧学习，而有的人说，赵编剧有文化，想的当然复杂，我们呢？可什么也没想。他客观上成了强迫人家联系思想的工具。林工委是拿着他的这块砖头去敲别人心扉的。他变得很烦躁，动不动就生气。受气的当然是凤仙。

自从沈萍走后，凤仙对赵敏更加关心，甚至百依百顺。她不管沈萍是不是他的爱人，她抓住一条根本，沈萍远在东山，几百里路。她在他的身边。沈萍的出现使她更加坚定自己的目标。像沈萍这样的知识分子都死追着赵编剧不放，证明赵编剧是一个值得追、靠得住的人。她吃醋，但她从不表现出来。她对沈萍很好，她的好很大一部分是好给赵敏看的。说她是个城府很深的女人，心地很坏的女人，也说不上，她就那个样，她有她的近乎愚蠢的执着。

赵敏的脾气有时发得很没道理。凤仙给他端饭，他说：谁叫你端？谁给你这个权利？凤仙给他洗好了的衣服，他就当着她的面扔回水里：我自己会洗！有时，凤仙刚刚走进来，他就把手一挥：走走走，看到你心里就烦。像赶一个要饭的乞丐。

有天晚上，凤仙卸了装，没戏，到街上给他买了一碗干拌面。她推开门的时候，看他趴在桌上，以为他睡着了，轻手轻脚地走到桌边。她刚刚放下碗，他就抬起头来。她吓了一跳，因为她看到他眼眶红红的。她什么也没说，用热水给他拧了一条毛巾。他也不接毛巾，也不说话，却突然抱住她放声大哭，像一个受了很大委屈的孩子。

她紧紧地抱着他的头，任他哭泣。虽然她不知道他为了什么，但是他的哭哭出了她作为女人的千般温柔万般母爱。她被他的痛苦感动得热泪盈眶。

他的眼泪湿透了她的前襟。当她放开他的时候，他依然无声地落泪，她突然发现房门敞开着。

她走过去悄悄地把门关上。

笑三春忧心忡忡地来找林工委。他内心对党一片忠诚，但他知道他有许多旧思想、旧意识，跟不上时代的步伐，他苦思冥想，想出几条，来向林工委请教：

第一条是，封建迷信，信相公爷，家里还敬相公爷，这是林工委知道的。

第二条是，封建家长作风，以前教学徒时，打过人，阿英阿文都被他打过，从小到大都打手心。解放后虽然不打，还是动不动就训人。有一次还说，“你们给我站着”。让人家站着，是不尊重无产阶级的行为——林工委讲过，艺人一无所有，可以算无产阶级，流氓无产阶级。

第三条，思想糊涂，是非不分。批《武训传》时说过，其实武训也不容易，心是好的，还有，对赵编剧的《义偷》也觉得好，看不出问题，对低级趣味的东西没有警觉性。

第四条，划不清新社会旧社会的界限，把党的领导干部和旧社会的官僚相提并论。对领导要让苦大仇深的同志演喜儿的意义认识不足，甚至以为和旧社会当官的点戏点演员一样。这一点，是心里想的，什么人也不知道，这次说出来，是响应林工委的号召，不怕脏，不怕臭，自我批判。

这四点，林工委以为都不错，特别是最后一点，体现了自觉性。

“还有一点。”笑三春嗫嚅着，“本来是应该说的，可是……对领导说说是可以的，可是……”

林方正停下手中的笔，向前倾了倾身子：“什么事情？”

“是这样，我以前，这是资产阶级腐化思想在作怪，以前，我曾经和一个资产阶级的姨太太……那个……她是票友，先是看戏，然后，她来找我，我们就那个……十足的资产阶级腐化思想。现在还瞒着我的妻子，没有坦白……你知道，她知道了，一定会闹个天翻地覆的……”

哦，林方正靠在椅背上。这些个旧艺人！资产阶级腐朽思想是严重的，事实再一次证明，宋师长的估计分析很准确、很深刻、很有预见性。现在的问题是，他是入党培养对象，这件事摊开来，人们会问：你们就是培养这种人入党吗？资产阶级腐化分子也能入党吗？这对党的形象有影响。从另一个角度说，也说明我林方正没有水平，不善于透过现象看本质。对这样一个貌似老实忠厚的旧艺人的内心的复杂性，和旧社会、资产阶级思想对他腐蚀的可能性和严重性估计不足。培养笑三春入党是他工作成绩的一个重要组成部分。他不能否定自己的工作，当然，不仅仅是自己的，是党组织的，从专署文教科到卢副专员、宋专员都是对笑三春的表现充分地肯定过的，否定了他，也是否定了上级的肯定。

笑三春很紧张地盯着林工委的脸，试图从他脸上的变化捕捉他的思想意向。他有些后悔讲了这件事情。但是不讲出别人不知道的事情，又怎么能证明自己改造和革命的真诚愿望呢？

“我看这样吧。”林方正说，“最后一点，领导上掌握，其他几点，在群众中对照，接受群众的批判，嫂子那里，你尽管放心，不说，党为你保这个密。可是说清楚了，不是没有问题，是组织上给你保密，思想上要有深刻的自我批判，资产阶级的思想无孔不入，千万不可掉以轻心。到此为止，下不为例。”

“一定，一定。”

笑三春对党的关怀，感激涕零。

阿文对照检查了三次，林工委都认为不深刻，很不深刻，简直是轻描淡写，更严重的是三次都没有进步，在原地踏步，这就让人不能不想到态度问题。对地主阶级的温情主义就是对人民的无情无义，这又已经不是态度问题，而是一个带根本性的阶级立场问题了。

“请阿文同志认真考虑一下我们的意见，群众的意见，再作一次认真的而不是敷衍的，深刻的而不是表面的检查。我相信阿文同志是可以做到的，以前做不到，现在，在伟大的群众学习运动中，在群众的帮助下，是可以做到的。”

林方正的话还没有说完，阿文就站了起来，他说：“我不会检查，你们批判好了。”

笑三春把眼睛一瞪：“阿文！”

阿文还想说什么，阿英连忙拉了拉他的衣角。他努努嘴，很不情愿地坐下去。

吃过晚饭，阿英去找林方正为阿文求情。

“林工委，你就让他通过吧。他已经没有和他养父来往了，他的心已经很苦了。他……”

“你们好糊涂啊！”林方正打断她的话，“他的养父是什么，是地主阶级，万恶的地主阶级，代表最反动最落后的生产力。是封建主义的阶级基础。我们不是对他个人，不是，绝对不是仅仅对他个人。阿文同志的这种思想是很危险的，你却为他来求情。难道是我不让他通过的？是他自己不想通过的嘛，自己要对抗学习运动，对抗思想改造的嘛。他这种态度，就是我通过了，群众也不会通过的。”

阿英无话可说。

“那么你呢？你的对照检查准备得怎么样了？”

“我。”阿英有些恐慌，“我还没想好哩，林工委，我们没有文化，不会想，你帮我想想，你说什么我认什么。”

林工委笑了：“革命靠自觉。学习改造是自己的事情，你又不是反革命，干吗要别人来革你的命呢？我倒可以帮你提个头，比如，白毛女的事，上级让秋月同志饰喜儿，你不服，这里面是不是有点资产阶级争名夺利的思想在作怪，你看不起苦大仇深的秋月同志，是不是有一点阶级感情不够深厚的表现？又比如，你对阿文同志，是不是过于迁就，用私人的感情代替了原则的斗争……听说，你和阿文演《拾玉镯》，演得活灵活现，是不是有点低级趣味？”

我的天，阿英吓得伸出舌头。

阿英从林方正那里出来，想找师傅求情，想想，觉得师傅也自身难保。不知怎的就想到了赵编剧，她走到赵编剧的房门口，看到凤仙在里面，就不进去了。转来转去，转到宿舍，躲在蚊帐里，痛痛快快地哭了一场。

近来三春总劝大利少喝酒，越劝他就喝得越凶。那天不知怎的，又喝得醉醺醺的，坐在房门口吹洞箫，吹得凄凄惨惨的，很不合时宜。他的女人，冷水的母亲说了句：“要吹进来吹。”他便发作起来：“我怕个吊，人怕，我不怕！老子一身清白！检查？屁。”

“要死啦，要死啦。”

他的女人连拖带拉，硬是把他拖进去，把门关上。

他把女人一推，推到床上去，“欠揍。”他说。他又把门打开，站在门口喊道：“我怕什么？我讨两个老婆，一个在台湾，一个在这里，我有本事资产阶级，我有本事腐朽，关你什么事？狗咬老鼠。干你十八代祖宗。”

他这一骂，把全团人都骂得毛骨悚然。这是不要命了吗？知道的说这个人没正经，不喝酒就没正经，喝了酒更乱来，不知道的还以为故意和政府作对哩。

陈月娥慌慌张张地跑过来，对他女人说：“弟妹，你也是，连个丈夫都管不住，不能让他喝，我早就说过。”

“我有什么办法呢？”

“三春呢？快去叫三春。”

阿英说了声“我去叫”，便跑下楼去。

阿文在一边听得很过瘾，可惜，林工委不在。

月娥拉着大利的手：“大利，嫂子求你了，快给我住嘴吧。”

“闭嘴！不，我要对照检查，我来说，说给你听，我有两个老婆，一个在台湾，一个在这里，资产阶级的腐朽思想，哈哈……”

不一会儿，阿英跑回来说：“师傅不在，楼上的人说，和师母到过桥看小妹去了。”

“怎么办，怎么办？”陈月娥急得哭了起来。

“艺光班”多亏人民政府收留，大家才有一口饭吃。她才对得起死去的丈夫，可要是得罪了林工委，这十几二十个人的饭碗不就全砸了吗？

陈月娥一哭，大利的女人也跟着哭，两个女人抱成一团，哭个没完。

赵敏想出来劝劝大利，却被凤仙拉住了，她说：“师叔是越劝越疯神，没人理他他也就不骂了。”

赵敏说：“这一切都是我引起的，都是因为我。”

凤仙说：“这怎么能怪你呢？上面布置的，要挖就都挖，反正臭，大家一起臭。都臭了，也就无所谓了。我倒想通了，把自己臭骂一顿，也就过关了。”

有人说，把他捆起来，灌尿，看他敢胡说！但是，说归说，却没人动手。

大利就这么骂着，骂完了就哭，哭完了又骂，骂骂哭哭，没完没了。

这时，有人喊道：林工委回来了。

骂累了的大利突然又来了劲：“谁回来都一样，我怕谁了，我讨两个老婆，资产阶级思想。干你老母十八代祖宗！”

林方正从过道那边走来。整个楼道一下子像凝固了似的没有一点声音。林方正军人的脚步声，一下一下地打在凝固了的空气中，显得格外沉重。

陈月娥拦住林工委说：“林工委，他喝醉了乱说话，你千万别放在心上。”

“是吗？”林方正笑了笑，“大利同志总是这样。”

“什么，你说什么？”大利冲着林工委喊道，“我怕什么，我有两个老婆，一个在台湾，一个在这里。”

“你醉了。”

“我没醉。”

“他醉了。”林方正转向陈月娥，“让他睡吧。”

林方正回到房间，秋月在那里等他。

“你来干什么？你得注意影响！你的对照检查准备好了吗？”

“他没醉，他是借酒耍疯，对抗运动，你听听他说什么？连粗话都骂出来了，心里不知道有多恨。”

“别说了，你去吧。”

秋月走后，林方正想了想，秋月的话有道理，刚才在楼下，大利的话他是听得真真切切的，“资产阶级，干你十八代祖宗！”看来假醉真醉都有问题，假醉，是借酒发泄对运动的不满；真醉，是醉后吐真言。这个人可不能小看。

这也许是一种动向。

树欲静而风不止。

（十三）

东西都已经收拾停当，等着父亲回来搬家。可父亲就是不回家。母亲把放进筐里的锅碗勺铲拿出来做饭，一边做一边骂，骂得发狠，煎匙在鼎底一敲，把鼎敲破了，油漏到火里，“轰”的一声，烧着了。母亲敏捷地一跳，跳到一边。

“烧吧烧吧，把这资产阶级土婊的房子烧掉。”

火只在鼎里烧，把鼎里的油烧光就熄了。母亲舀一勺水，倒进鼎里，“滋”的一声，鼎裂了，水跑到灶里，“轰”地冒出一股浓烟。

母亲把煎匙一扔，饭不做了。

“这夭寿仔姓朱的，你足夭寿的，你不得好死，我差一点烫着手，烫着，你就欢喜了，烫死你更欢喜，好去再讨一个资产阶级小姐，细皮嫩肉。我偏不死，偏活着，看你怎么个表演！你肚子里想什么，我全知道，你屁股几根毛我都清楚！你变！你能！孙猴子七十二变，也变不过如来佛的手心，你以为不回来我就搬不了家，你就可以阴谋得逞，休想！帝国主义反动派我都不怕，还怕你姓朱的？阿云，去把你父亲叫回来！”

我坐在那里，实在无聊，楼上上不去，字也写不成，本子和笔早被母亲撕了，折了。一听让我去戏院叫父亲，我立即蹦起来，向门口冲去。

“回来。”母亲叫，“过来。”

“看你像犯人出牢笼似的，这里是牢笼吗？你老母就那么可怕吗？我千辛万苦，还不是为了你们！”母亲拉了拉我的衣服，“叫你老爸回来，搬家总得两个，总得借辆车子。他回不回来你都得给我快去快回，不要死在那里。”

我找到父亲，父亲在开会，在说话。阿英把我拉到她怀里，小声说：“别去，师傅正检讨过关呢。”我说：“妈叫他回去搬家。”她说：“我们谁也走不了，不许请假的，你告诉师母，以后搬吧。”

我非常扫兴，除了阿英，谁都不多看我一眼。林工委坐在台上，一脸凶气。几年以后，我才渐渐地悟到，这就是人们所说的“严肃”。严肃有时是一种态度，有时是一种表情，有时是一种气氛。气氛是由人们的心态构成的无形的网。一进到这网中，便会受到感染而不自在起来。此时，这“严肃”的气氛是从林工委的脸上向我撒开来的。我从阿英的怀里悄悄地站起来，悄悄地，几乎是屏着呼吸地走出来。

路上，卖石花的阿婶向我招呼，我没理她，做糖人的老头向我招呼，我也没有理他。虽然，我非常喜欢他捏的孙悟空，我以最快的速度回到家里。我对母亲说：

“爸爸在开会。”

“我就知道，全是套好了的，迟不开早不开，偏在这时开！姓朱的，这难不倒我，没有你，我照样搬。”

母亲说到做到。她拿了1000元让我去吃点心。她不知道从什么地方拉来了一辆小板车。

母亲把东西一件件地放进车里，拉拉看，太重，拿一两件起来，然后把门锁好，说：阿云，走，妈带你游街去。

她把我抱上车，我坐在一只皮箱上，很舒服。

母亲拉起来，欢快地走着，嘴里还哼着歌。

我抬头，看到小琳和她的母亲在窗口向我招手。我也举起手来，向她们致意。母亲在前面，低头拉车，一点也不知道。

母亲不知道为什么，变得十分开心起来。

“阿云，你老爸以为没有他我搬不了家，他的如意算盘打错了。没有他，日头照出，地球照转！”

我们从东闸口向西，向北转到断蛙池，再向西经过府口街，然后向北，走到东板后，几乎走了半个漳州城。

我们的新家也有“五骹距”（街道两边骑楼下的人行道）。我们的车一停，便有几个小孩围过来。我一看，全是些土里土气的角色。有一个还挂着鼻涕。母亲要抱我下来，我不让她抱，自己爬过栏板，从轮子上跳下来。

这时，从房里走出来一个阿姨，笑着对母亲说了声：来啦！便动手帮助母亲搬东西。我站在车边守着，这是母亲在路上交代好了的，一到地方就看东西，别让人家偷了去。那阿姨一边搬东西一边看着我说：这是你的孩子？真漂亮，叫什么？母亲说，叫阿云。阿云，叫梅姨。我叫了声“梅姨”。她高兴地“哎”了一声，放下手中的东西，在我的脸颊上摸了一下。她的手很细很软，但没有香味，没有小琳母亲的那种香味。

我们的新家在楼上。前窗临街，和小琳家一样，后窗下是一个天井。后楼住着厝主，前后楼各有楼梯。梅姨住在后楼楼下、天井后边。我们的楼下，住着厝主的儿子，是一个肺痨病人，整天缩在厅角黑黢黢的蚊帐里。母亲说，不能到那里去，要绕着走，肺痨病会传染。

搬第二趟时，刚刚装车，阿文哥和阿英姐就来了。母亲说：你们师傅不来叫你们来，不用。

阿英姐笑着说：我们是路过的，顺便帮师娘拉拉车。

母亲笑着说：算你会说话。告诉你师傅，没他，我夏莲照样能搬，搬得比他好，他什么时候要过这个家，关键时刻他都不在！

“就是就是。”阿英、阿文说，“没有师娘，哪有这个家。”

“告诉他，不回来更好，哪里有野女人，尽管去。我们母子自己过。”

“师傅哪里敢！”他们说着，又笑了。

所谓搬家，只拉三板车，东西就都搬完了。最后一板车，拉的是一个水缸、一个米缸、一个泔水缸和一个尿桶。那个时候的家啊，可真简单！

搬完家，母亲说，得买几把椅子，要不，客人来了都没地方坐。

第二天，她便带我到霞芬街，买了一副茶桌子，一张桌子，两把椅子，全是红木家私，一共花了5万元，以后，母亲又下了狠心，买了一个橱子，那橱子好大，我站进去，还可以在里面转个身。

一连几天，母亲都沉浸在对新家的布置中，把床、桌子、橱子挪来挪去，最后，茶桌和椅子放到窗下，床对窗，橱子放在床边，中间还空出很大的空间。我算了算，横六块砖，竖七块砖。母亲把地板洗了又洗，一边洗，一边还唱歌：“雄赳赳，气昂昂，跨过鸭绿江……”楼下梅姨送我们一幅年画，胖娃娃，大鲤鱼。画一贴到墙上，整个屋子都鲜亮起来。

一切都安排就绪了，母亲坐在床上，微笑地欣赏着自己的劳动成果。她把镜框挂在橱子对面的墙上。镜框里的照片是重新换过了的。不知为什么，这次装进了父亲那张皇甫少华的剧照。我看到那照片，就想起小琳和她母亲，她们现在干什么呢？或许，一个在写字，一个在看书，她们会想念我吗？母亲把本子和笔都毁了，这一定很伤她们的心。那时，母亲把撕碎了的本子和折断了的铅笔扔到门口，还朝楼上嚷嚷：夭寿仔挨枪货。糖衣炮弹。我们革命群众不稀罕！

母亲说：“新家好，还是老家好？”

我说：“楼上好。”

母亲很高兴，说：“现在你可以在窗口看光景了。不用老是去人家家里，妈就知道你喜欢楼上，才找了这一家，你知道吗？妈全为你好！”

我于是到窗前看光景。我看到十字路口一座高高的楼房，屋顶圆圆尖尖的。母亲说，那是礼拜堂，吃教仔（信耶稣），帝国主义的地方。我于是又想起潮州阿婶。潮州阿婶在我们搬家的时候，还拿了一坛子潮州咸菜放在我们车上，说，阿云喜欢吃。今后也不知道什么时候才能再看到你们。说着，眼眶便有些红。母亲说：我们会来看你们的。说着便抱过小弟亲了亲，眼眶也有些红。

我说，潮州阿婶也许会到这里来做礼拜。母亲摇了摇头，没说什么。

礼拜天早晨，我听到来自教堂的钟声和歌声。我跑过去。进了大门，里面静悄悄的。我顺着红砖通道上了台阶，才发现，原来人都在里边。有一个人在台上说话，他穿着黑色的长袍，后来，我听说，他是牧师。有两个和我一般大小的小孩在旁边弹琴，一男一女。我从旁边绕过去看那女孩。那女孩也斜过脸来看了我一眼，还微微地一笑，双颊上的酒窝十分明显。琴声从她的手指上流出来，在教堂里回荡着，很好听。有一个人拉住我的手，在我的手上塞了几颗糖果，我吓了一跳，扔了糖果，便往外跑。在回家的路上，我细细地回味着那女孩的笑脸。她只是对我微微地一笑便低下头去专心弹琴。没想到，就因为这一笑使我记着了她，她也记着了我。十几年后，她说我那时的样子很傻、很滑稽。那时，我们同是漳州一中的学生，同班同桌。她是一个医生的女儿，也是第一次让我心跳的姑娘。那年冬天，她穿着一件大红的呢外衣，她的脸因为冷风的吹拂，像一只红苹果一样美丽动人。我看她看出了神，居然没有听到老师在提问我，等我回过神来的时候，全班哄然大笑。而她却给我以柔声的安抚，她小声告诉我答案，让我得以蒙混过关。在史无前例的“文化大革命”当中，我们一起步行到红太阳升起的地方，又一起从长沙乘火车回来。我们坐的是闷罐车。长途旅行使我们疲惫不堪。她抱着我的一只胳膊，头靠在我的肩上睡着了。她的鼻息在我的脖子上轻轻地均匀地吹拂着。我明白无误地闻到她身上的略带汗酸味的体香。我一动不动，毫无睡意。我奇怪我当时居然毫无邪念。我唯一的愿望是让她这样永远地睡下去。遗憾的是，我现在不知道她在哪里。有人说她在北京，有人说她在南京，还有人说她在澳大利亚。生活就是这样。

母亲把家收拾停当之后，外祖母来过一次。她说：“这里好，清爽。住下来，就不要再搬了。左右邻居和睦相处，与人为善。”

母亲笑着说：“别人都好，就你女儿不好。”

外祖母说：“这里有三户人家，比先前还多一户。先前那么好的太太你都容不了，这里就更要小心。”

母亲生气了，不说话。外祖母叹了一口气，饭也不吃，就又上山去了。这一去她再也没有下山，一直到她去世。

搬了新家之后，父亲很少回家。父亲第一次回家的时候，母亲说：“这不是你的家，你回来做什么？快到那个妖精那里去。”

父亲赔笑道：“剧团最近的确忙，这里又远，晚上回来也不方便，我索性住到剧团去算了。”

“那当然好。”母亲说，“可你得当心，别让我抓到什么，要不，就有你好看的。”

父亲也不说什么，匆匆地吃过饭，就到剧团里去了，说是要开会。

搬新家的第三天早上，母亲带着我到街政府，想找点事做。这里的街政府在礼拜堂对面，是一间很深的“竹竿厝”。街长是个老太太，人们都叫她李师娘。李师娘戴着一副金边眼镜，她对母亲的主动精神表现出很冷淡的态度，爱理不理。母亲说：我是下和街的积极分子，不信，你可以去问，问刘街长，他和你一样，有文化，插着一支自来水笔。李师娘说：我们需要的时候会叫你的。母亲很失望，一走出街政府就不住地骂起来：风神。我看你就不是什么好东西，戴眼镜的没有一个好东西。什么李师娘，资产阶级太太！叫我？我才不来哩。

可是第二天早上，街上有人喊开会，母亲便忘记她说过的话，兴冲冲地端起凳子下楼去了。走到楼梯口，回过头来对我说：别乱跑，在家里看着。妈要是中午不回来，你就先吃饼干。我说：不，你给钱，我吃鼎边滚去。母亲想了想，给了我 1000 元。

中午，我看到后楼阿伯阿婶在吃饭，肚子咕噜咕噜地叫起来，母亲还不回来，我便下楼，想到府口吃点心。到十字路口，我看到母亲和几个阿姨在贴标语。母亲刚刚贴上去，一个阿姨说，不行不行，你这人怎么搞的，讲了几次了，老是贴反了。母亲说，怎么是反了，明明是对的嘛。那个阿姨也不和母亲争辩，一伸手，就把母亲贴好了的标语撕下来。母亲一看，火了，冲过去，一把将红纸抢过来，“吱”的一声，撕成两半。那阿姨说，你这人怎么这样，不让你贴你偏来，不识字就不识字，不懂装懂。你看，简直是破坏！母亲的脸被说得一阵红一阵白，拿着撕成两半的红纸，不知如何是好。我叫了一声“妈”，母亲才清醒过来，说：就你们行。我以前在下和街的时候，还当组长哩。说着，扔下红纸，抓起放在一边的矮凳拉起我的手，说：走，这里的事情，我是不管了。

“谁让你来管？”

在我们的背后，传来了一阵笑声。

不久，街政府布置卫生大检查。母亲下了决心，上上下下，里里外外，洗得干干净净。可是，评比的时候，我们家的门口只贴了一张粉红色的“清洁”，而左右邻居，却都贴着大红的“最清洁”。母亲气愤不过，把那张“清洁”撕个粉碎。大骂街长瞎了眼睛，白戴了眼镜。

母亲处处不顺心，又闲得无聊，便整天骂人。骂得最多的当然是父亲，其次是冷水和小琳的母亲。有时，连林工委也骂，骂他不安好心，奸鬼，北仔，皮笑肉不笑。有时也骂我，骂我和父亲一样，没有出息，见了女人就蹲脚，流口水，两眼发呆。

母亲心情不好的时候，是不看戏的。她总是沉浸在自己的天地里。她骂人的时候很生动，有时，我会在恍惚间，以为被骂的对象就站在她的面前。而更多的时候，她只是自言自语，念念有词，弄不清楚她在说些什么。

梅姨上夜班的时候，上午睡觉，下午便来陪母亲说话。于是母亲很快地就和她交上了朋友。她们无话不说，有时让我听，有时不让我听。不让我听时，母亲便拿1000元给我，说，去去，到楼下去玩。

那天下午，我被赶下楼，我用1000元在礼拜堂对面的店里买了一支铅笔和一本本子，我想回去写字。可我刚刚走到楼梯口，就听到母亲和梅姨嘻嘻哈哈地笑着，我感到很没劲，决定到小琳家去写字。

搬家时，我在小板车上往返几趟，把走过的路全都记住了。我顺着府口街往回走，很快就找到了黄金大戏院，一拐弯就到了东闸口。当我远远地看到那棵从小琳家的房子里长出来的大榕树时，我兴奋地跑了起来。

门没关死，这我是知道的，我轻轻地推开大门，走进去转身将门关好。我看了看我们住过的房间，空空的，门上还留着我贴上去的几张画。楼上静悄悄的，我喊了声小琳，便听到小琳叫道：阿云，是阿云。快上来，快上来。

小琳的母亲还像以前一样，坐在窗前看书。她抬起眼睛说：你自己来的？我点点头说：我想写字。

我把新买的铅笔和本子放在桌上。

她放下书，把我搂在怀里，亲了我一下，说，你将来一定会有出息的。

我和小琳一起写字，写了两页，小琳母亲说，该回去了，要不，你母亲会挂念的。

她一直把我送到府口街，才让我一个人走回来。

（13）

笑三春一直想帮助阿文过关，没想到他自己一连检查了三次都没有过关。群众意见不少。封建家长作风，挨过打的当上了主角的人可以理解，比如阿英、阿文，他们以为严师出高徒，打几下算不了什么，相对而言，他们挨打的次数要少得多。挨了打而当不成主角的人，便愤愤不平。他们不怪自己没出息，只说师傅作风封建，过去没有觉悟，现在觉悟了，决不允许轻描淡写地几句话就带过去。还有人提出，笑三春过去对反动派、地主资产阶级老爷们点头哈腰一脸堆笑，一副奴才相，甚至同流合污。有一次，某当官的点某女演员，某女演员生病了，笑三春还劝她上台，说什么得罪不起，分明是不把自己的阶级姐妹当人看，一味地讨好当官的。这是丧失阶级立场的一种表现。还有人提出，笑三春挨打的事情，是不是有比较深刻的背景，为什么人家不打别人要打你？说不知道是谁打的，这是自欺欺人。事出有因，没有无缘无故的恨，也没有无缘无故的爱。又有人提到生活作风的问题，资产阶级腐化思想等。

林方正没想到人们对笑三春会有这么多的意见。他对三春说：看来，你得做一次认真深刻的对照检查，挖一挖思想根源，否则是过不了关的。我也保不了你。

但是，到剧团来指导学习运动的高少君却有他自己的看法。他认为，这样搞下去，势必有许多人过不了关。开头，为了鼓励人们对照检查，拿赵敏当榜样，把自己的内心挖出来，人人自查，后来，为了鼓动开展批判，表扬了几个敢于说话提意见的人。而这些人便成了积极分子，还专门开了积极分子的会，这些积极分子作了象征性的检查之后，便专门来挑别人的毛病，这样下去也就没完没了了。

高少君对罗仔有看法。罗仔是积极分子，可他关于自己谈了多少呢？说他从小吃苦，当过乞丐，还说当学徒时挨打，说他气不顺的时候就不上台，就是达官贵人他也不怕，倒是笑三春几次来劝他，看在师兄的面上才给那些地主老爷们演戏。说自己心肠软，失去了原则性。这哪里是检查，明明是评功摆好嘛。

高少君还对秋月有看法。苦大仇深成了资本，对什么人都不满意，说这个资产阶级意识，那个地主阶级思想，凡是反对她唱主角的人都不行，就她行。她检查什么？她受土匪蹂躏，不错，但是，据他所知（这是 272 团政治处干事肖木告诉他的），她事后与那个强奸她的土匪有来往，这又如何解释，什么感情？什么立场？

高少君和林方正交换了看法，林方正不以为然。他认为：搞群众运动必须有积极分子、骨干队伍，我们必须依靠这支队伍。对积极分子不能求全责备，否则，谁也不会为我们出力。试想想，没有几个积极分子发言，对照检查批判会上冷冷清清，就像开头一样，由我来唱独角戏，这运动还怎么搞？

高少君无言以对。

本来，高少君想找宋师长反映一下情况，汇报一下自己的想法，后来想想，又觉得不妥，自己实际上只是联络员，而且，背后说三道四也不合适。那就等等吧。等等，等等，高少君在无形之中学会了很多处理矛盾的方法，等一等，压一压，不急于求成，不急于求功，不露自己的锋芒。高少君无师自通。

林方正要保笑三春过关，这是他的既定方针。因为保他等于保自己的工作成绩。但，现在不能保，看来群众对他有气，要让群众把气出完，也要让他有一个压力。真正地认识到自己的资产阶级、封建主义思想的影响和危害，真正认识到自己革命的重要性，认识到自己的差距。不要让他以为自己差不多了，来得容易的东西，就不会去珍惜。

林方正还有一个潜在的愿望，就是压一压笑三春的傲气，别看他表面上唯唯诺诺，骨子里却不怎么把外行人当回事，不打掉他的傲气，就不能从根本上把他置于党的领导之下。这一点，林方正或许没有意识到，或许意识到了，不承认。

这几天，苦了笑三春。

许多事情，笑三春都可以坦然承认。因为那是没办法的事，在旧社会，不委曲求全，还能有什么别的办法？当时，也没有一个人来启发他帮助他起来革命，起来造反。当时，就拿批判我的人来说，又能比我好多少呢？深刻地认识这些错误思想意识，给自己扣几顶帽子，这他是办得到的。他是一个聪明人，他从赵敏的检查对照中悟到了一点什么。他虽然没有阶级根源可以查，祖宗三代贫农，自己又是从小逃荒而来，也算是苦大仇深了。但他可以从老婆的家里找点根源。当学徒时，得到老板的千金小姐的暗中帮助，思想上发生了变化，对老板就恨不起来——阶级觉悟低的根源就找到了。如此等等，说下去，便合情合理，让人信服。

只有资产阶级腐化思想这一条必须慎之又慎，当初的女戏迷的确不少，和他有过来往的女人也有两三个，但他真正动心的只有一个，而这个人却是百分之百的资产阶级的姨太太。

他忘不了8年前的那个夜晚，她在公爷街的那棵龙眼树下等他，把他带到她家，他们一前一后，若即若离，她不时地停下来，回过头来看，而他便远远地向她点点头。那晚，皓月当空，他甚至可以看到她脸上的羞涩的微笑。

他没有想到她实际上是单身，姨太太只是她的身份，她的丈夫远在香港。她叫高云，一个美丽而忧伤的名字，高天上的云可望而不可即，望也不能长望，随时可能被风吹去。

她总是坐在台下的正中间，总是用一双灼热的目光对着他。她给他送礼物，那礼物不是花，不是手巾，不是点心，更不是钱，而是一首小诗，一首抄录在小纸片上的古诗。那纸是浅蓝的，字则是深蓝的，娟秀清丽，如一朵朵小花。他记得他收到的第一首诗是陆游的《沈园》："城上斜阳画角哀，沈园非复旧池台。伤心桥下春波绿，曾是惊鸿照影来。"那天晚上，他们正演《钗头凤》，他饰陆游。演《梁祝》时，她给他送的是白乐天的《长恨歌》："在天愿作比翼鸟，在地愿为连理枝。天长地久有时尽，此恨绵绵无尽期。"

是她把他带到她的家。

这是东闸口的一间单门独户的房子，一棵巨大的榕树从房子中间生长出来，冲向天空，然后用它那巨大的树荫把房子紧紧地裹住。是先有房子，还是先有树，谁也说不清。

月光被榕树的叶子挡碎了，星星点点地落在窗台上。她就坐在窗边，用幽幽的眼光看着他。他想冲过去拥抱她，而她却向他摇了摇头。她微笑着摇头，如一阵清凉的风吹过来，把他的欲火浇熄，剩下的是一片清纯美好的渴望。这时，他听到她幽幽地吟出一首诗来：

自恨寻芳到已迟，往年曾见未开时。
如今风摆花狼藉，绿叶成荫子满枝。

这是杜牧的诗。

是的，一切都来得太迟了。

他们不能结合，他们只能苟合。这的确是资产阶级腐化思想的表现。然而，不能怪她，说不上她对他的勾引、拉拢和腐蚀。他是自愿的，主动的。在她那里，他摆脱了尘世的烦恼，忘记了生活和家庭，他得到宁静、安详、温馨和幸福。

他以为他们的来往是秘密的，只有他们自己知道。他向林方正坦白之后，他曾十分后悔过，但是他的坦白是有保留的，没说出她的名字和地址。如今却有人在会上提起，虽然没有指名道姓，但“资产阶级姨太太”却是十分明显的。天下没有不透风的墙。可这风是如何透出去的呢？

是林方正吗？

或许是他想通过别人的口来叫我检查。但他明明说过要替我保密的，他不会违背自己的诺言，不会。他不是以个人，而是以党的名誉许诺的，他说：“党为你保这个密。”人尚且一诺千金，何况党！

会上提出这个问题的是“艺光班”的一个年轻人，叫阿西，他又是怎么知道的呢？

这件事是万万检查不得的，一检查，势必传到妻子的耳朵里，一传到她那里，以后就永远没有安宁的日子。

他找到林工委，说：“这资产阶级腐化思想一条能不能不说。”

林方正有些为难：“群众揭发出来，回避也回避不了，可说了，也不好。”

“那怎么办？”

“不提事情，只挖思想根源。”林方正说。

“群众会不会说我不老实……”

林方正笑了笑说：“群众发动起来，大方向是好的。实际上，这也反映了群众的一种情绪，他们对于你，是既不满又爱护的。”

林工委不作明确的保证，万一群众在会上当场责问起来，怎么办？

万一逼到那个时候，不说行吗？说了，后果不堪设想。

笑三春最担心的不是妻子的吵闹，而是对高云的伤害。她说过，他是她孤独、寂寞生活中的唯一安慰。她还说，他是她茫茫尘海中的唯一知己。而他，却要把本来是属于两个人的世界向世人公布。这叫她何以见人，叫她怎么不伤透心？

然而从目前的形势看，不说似乎过不了关。

笑三春想过，算了，不过关了。为什么自己折磨自己呢？可他又想：

人家赵编剧，知识分子，不是也这样全部抖搂出来吗？领导上信任培养，还送我到福州开会，在这关键时刻怎么能让领导失面子？过去讲知遇之恩当报，林工委对自己也算是有知遇之恩了，他领导的学习运动，我怎么能不带头对照检查，反而起阻碍作用呢？这让他如何向上级交代？这不是明摆着要拆他的台吗？

笑三春左思右想，想得头都痛死了，也想不出一个办法来。

而奇怪的是，此时此刻，他特别想到她那儿去，想在她那里睡一觉，或者安安静静地躺一躺，听她小声地唱歌、吟诗，看她读书。是的，安安静静的小楼上，窗外，是榕树，是小鸟的鸣唱，是时有时无的叫卖声，而这一切，在她的无声的微笑中，显得那么遥远而亲切。她看到他时会怎么说呢？她一定什么也没说，只是用她那特有的微笑来迎接他，默默地为他拧一条热毛巾——她总是那样，从热水瓶里倒出热水，再掺一点冷水，用手指试一试，再把毛巾放进去。这毛巾，永远是香的，芬芳如许。然后问他喝点什么：是茶，还是咖啡？她那里有从香港带回来的美国咖啡……

笑三春立即谴责自己，在批判资产阶级的时候，在检查对照的紧要关头，他居然还留恋资产阶级的温馨，这足见改造的必要性，足见群众的批判是有道理的。

然而，他的确想念她。自从妻子从那里搬走之后，他已经好几天没有看到她了。他最少应该告诉她，在万不得已的情况下，他将出卖他们的爱情，把她卖给群众，供群众批判。他总得让她有一个思想准备。

笑三春吃过午饭就从戏院里溜了出来。这个时候出门最不引起注意，人们吃过午饭之后总是想午睡。他最近连午饭都懒得回去吃，这十年来，他实在听腻了妻子的唠叨和谩骂，他一直弄不清楚妻子为什么有那么多的臆想，那么多骂人的语言，又那么不知疲倦，精力充沛，有时居然可以从半夜一直骂到天亮，而且越骂越有精神，越像是那么回事。有时，你会让她说得好像真有那么回事似的，让她说得你自觉理亏。俗话说“六岁冲”，他们正好相差六岁。“冲”，这是一辈子的事，“恶妻孽子无法可治”，这是命，他认了。认了不等于不反抗。在吵吵闹闹的世界里，在无休无止的家庭噪声中，寻找一片宁静的绿洲，这就是他的反抗。

然而，这反抗是资产阶级的，道德败坏的，见不得人的，害人害己的，不利于新中国建设的，必须加以革命和批判的。

笑三春在十字路口犹豫了一下，往东闸口相反的方向走去，他宁可多走一点弯路，也不愿意在这里遇见熟人。他从断蛙池绕过去，当他绕到溪边时，已用去了宝贵的十分钟。再过一个半小时，学习就要开始，学习是不能迟到的。他加快步伐朝他的目标走去，他已经看到那棵从房子里长出来的高大的大榕树了。她现在做什么呢？她刚刚吃完饭，正在洗脸，是的，正在洗脸，洗完脸，她就坐在窗边看一会儿书，然后，午休。

正午的阳光直射在街道上，把所有的人都逼到“五骹距”上去。笑三春刚刚走上“五骹距”，就看到阿西，他立即闪到一根柱子后边。阿西来干什么？是跟踪，还是巧合？这里离高云的房子不到几丈远，无论如何不能在这里让他看见。三春转身，加快脚步向溪边走去。

笑三春在一棵柳树下停下来，他绕过树，向后偷偷地扫了一眼。阿西没有跟过来。这或许是一种偶然。笑三春安慰自己。然而，中午的时间是完了。

下午是学习。林方正针对全团学习对照出现停滞状态，组织学习新文件，再次提高认识，增强自我批评的自觉性。林方正作再一次对照检查动员，表扬了罗仔、秋月、阿西等同志，表扬他们的热情、主动，敢于斗争。号召大家向他们学习，同时也批评一些同志，不够主动，羞羞答答，躲躲闪闪，对资产阶级思想心慈手软等。他一边说一边用眼睛看阿文。阿文也看他，一脸无所谓的神色。死猪不怕开水烫。以不变应万变，你来吧，最多回家种田。阿英一会儿看看林工委，一会儿看看阿文，心神不定。虽然，她的对照检查没有明白地宣布通过，但也没有对她提出什么尖锐的意见。只有秋月提出争名夺利的意见，没人响应，也就过去了。她现在担心的是，林工委不放过阿文，多批判几句，阿文忍不住火起来，说不定要发生什么想不到的事情。

笑三春坐立不安。他知道林工委批评的不全是他，但包括他。他想站起来，再一次表示一下自己的态度，又怕说不好反而弄巧成拙，只好把头埋下来。但埋下头来又觉得不妥，这不是明摆着对林工委的不尊重吗？他连忙又抬起头来，做出认真听的样子，还不住地点头。

林工委说完就散会，剩下的时间，给大家做准备。

“三春，准备得如何，明天再对照一次如何？”

人们走散后，林方正对三春说。笑三春苦笑了一下，一时答不上来，因为他还没想好。更重要的是，他还没有找到高云，在和高云交底之前，他不会把他们的事情摊出去的。

林方正说："别愁眉苦脸的，对照检查是好事。群众批判也是帮助我们进步的催化剂嘛。"

高少君在一边说："三春师傅，思想负担不要太大，该说的说，不该说的群众也不会强迫你说。革命主要是靠自己的觉悟，克服资产阶级旧思想，旧意识也不是一朝一夕就能解决的，不用搞得太紧张。"

笑三春感激地看了看高科长。他把他的话当成是上级的关怀和安慰，这反而促进笑三春下定决心，反正迟早都得说，明天说了算了。让人家逼着说，不如自己主动说。

笑三春匆匆吃过晚饭，便朝东闸口走去。反正要说，也不怕人家知道，也不用绕道了。

可是，他刚刚走过十字路口，就看到高云牵着他的小孩阿云走过来。

"这是怎么回事？难道妻子找上门来了？"

他连忙闪到"五骹距"的柱子后边。

笑三春断定自己的妻子的确没有在场，正想追上去，却又看到阿西出现在路上，他出了一身冷汗，站在柱子后边，一动不动。

（十四）

我家点灯有个习惯，就是睡觉的时候不熄灯，只把灯旋小一点，小到剩下一星星光亮。原先，这灯一直放在相公爷的供桌上，以后，便放在桌头。母亲说，晚上起来小便的时候才不至于被什么东西绊到，而且，万一有人想偷东西，看到灯光，也就不敢来偷了，因为小偷都是怕光的。搬到新家的时候，却遇到一个难题。因为这里点的是电灯，开头，我和母亲都很高兴，睡觉的时候不关灯，半夜醒来，电灯特别亮，亮得眼睛都睁不开，母亲说，这样，小偷是绝对不敢来的。

可几天后，房东阿婶对母亲说，阿嫂，你们晚上不熄灯，这是很浪费的，电费是好几户分摊的，大家都有意见。

母亲很不高兴，但也不好说什么。

整个下午，母亲都对电灯泡出神。我说，你是想把电灯旋小一点吗？母亲说，傻瓜，电灯不是煤油灯，是旋不得的。电不能乱动，会电死人的。我说，那我们不点电灯了，还是点煤油灯吧。母亲说，傻瓜，不点白不点，大家出钱，你不点，别人不是照点？点，只是不能让人家看见。

我说："这不是很容易吗？用一块布把窗门挡上不就行了吗？"

母亲高兴起来，说："还是我的阿云聪明。"

母亲立即翻箱倒柜，找出几件旧衣裤，有父亲的，也有母亲自己的，全是黑色的，拆了，量窗子的大小，再重新接起来，又在窗上拉一条铁丝，挂上，整整忙了一个下午。

晚上睡觉的时候，母亲把黑窗帘拉上，又在夹缝的地方，用图钉钉上，想想，不放心，又让我到外面去看看，看有没有漏光。

我跑到楼下，站在天井里往上看。梅姨上夜班去了，天井里黑黢黢的，害得我差一点滑倒。窗子是没有漏光，可木屏上却到处漏光，木屏上一条条黄色的光线，像小琳母亲给我在本子上画的一条条格子。

我朝楼上的母亲说："不行，漏光。"

房东阿伯和阿婶从他们的窗子探出头来。

母亲突然大声说："上来，谁叫你到天井上乱跑，摔了怎么办？"

我上楼，母亲把门关上，小声说："傻瓜，谁叫你在楼下嚷，这不等于告诉人家了吗？"

那天晚上，母亲只好把灯关了，怕我半夜起来摔倒，又点上煤油灯。

几天后，母亲看一筒煤油点光了，很心疼，说，又交电费，又买煤油，两头吃亏，不行，得想个办法。

后来，母亲不知从哪里学来一个绝招，用黑布做了一个罩子，要睡觉的时候，就用它把电灯泡罩起来，为了保险起见，这回母亲亲自到楼下的天井里去看。上来时很高兴地说："这回成功了。"

从此，我们每天夜里都用黑罩子把电灯罩住，刚刚罩上的时候，屋里显得很暗，而在半夜醒来时，却可以看见屋里的每样东西，甚至可以在镜子里看到我自己走路的样子，颠颠的，一手还扶着床沿，平时，我没注意到自己的样子，现在看起来，真有点好笑。第二天，我学半夜起来走路的样子给母亲看，母亲笑着说，学得真像。

收电费的时候，大家都叫太贵了，这个月怎么这么贵，以前都没有这么贵的。大家的眼睛都看着母亲。以前，我们还没搬来的时候，没有这么贵，自然都怀疑到我们头了。我立即就心虚起来，拉着母亲的手，躲在母亲的身后。母亲听说一个月要交五六千元的电费，很心疼，便骂道："哪一个没良心的偷了电，还要我们给他付电费！查，查出来。"

阿婶说："或许是算错了，下个月看看再说吧。"

母亲还想说什么，我说："妈，我肚子痛。"

母亲开头没听清我的话，刚想把我推开，回过神来说："怎么，刚才不是好好的？"

我说疼得难受，说着便蹲下去。阿婶说：是不是中暑了，我那里有十滴水。母亲说，这孩子讨厌，没事，走，回去拉拉大便就好了。

上得楼来，母亲拉出便桶："去，去，拉一拉就好了。"

我说："我不痛了。"

母亲看了我许久，什么也没说。我不知道母亲是否已经识破我的花招。我至今还不知道母亲当时可能想些什么。我实在为母亲感到难堪，我不想让她再说下去。她不知道是不是明白，她实际上是在骂自己，明明是我们在浪费电，我们通宵达旦，根本就没有关灯。她为什么要骂，她是在表白自己吗？我为她感到羞愧。

然而，不久以后，我便明白，是我错了。因为，用同样的办法偷用电灯的不止我们一家。最少，梅姨也是这样的。母亲的办法还是跟她学的哩。只是梅姨用这种办法的时候少。她上夜班时就不用。那一天，母亲和梅姨聊天，说起这件事情，还嘻嘻哈哈地笑了一阵子，梅姨说：你那天装得真像，连我都有点糊涂了。母亲说，其实，人家说不定也在偷用，要不，电怎么会跑得那么凶？梅姨想了想，说，有道理，谁那么老实呢？

母亲总是把人们想得很坏。而她想的往往没错。外祖母相信人都是善的，母亲却习惯从恶的一面来揣度别人。小时候，我对母亲的一些想法感到别扭，感到不安，我看到许多美好，我心向美好。但我不能不承认，在许多时候，母亲是正确的。

话虽这么说，母亲还是有所顾虑的。自从那次收电费之后，母亲又恢复夜里点煤油灯的做法，把黑灯罩放在箱子里，锁起来。到第二个月，母亲以为这下电费会降下来的，没想到反而更多。母亲破口大骂，夭寿鬼，没良心，偷了电，省了钱，那些钱就拿去吃药。当天夜里，母亲又把黑罩子从箱子里拿出来。我说，我不喜欢用黑灯罩。母亲狠狠地说，不用白不用。

有一天，居民小组开会，专门谈节约用电的事情，说，节约每一度电，支援国家建设，支援抗美援朝，电能开机器，机器能制造枪炮子弹，节约一度电，等于多制造一颗子弹，等于多消灭一个美国鬼子。并且建议来一个节约用电的比赛。

母亲立即响应，站起来大声说："请组长到各家去检查，半夜里去查，有偷用电的，就抓起来批判，看谁还敢偷。"

组长说："检查是要的，但主要靠自觉。节约用电是一种爱国的行为，光荣的事情，我看大家都会去做的。"

开会回来，母亲就把黑布灯罩拿出来，拆了。

梅姨下班回来，母亲告诉她组里开会的事情，劝她也把灯罩给拆了。梅姨说，难道是厝主告的状？说是这么说，梅姨也把黑灯罩给拆了，还拿来给母亲看，她的灯罩是两层的，她说，不用两层，厝主会发现，他们的楼梯就在我的窗上。

一天夜里，我起来小便时，看到母亲躲在窗边往后楼看。我顿时紧张起来，以为来了小偷。我蹑手蹑脚地走到母亲身边，刚刚碰着母亲的手，母亲叫了一声，我把她吓了一跳，我差一点笑出来。母亲掩住我的嘴说，别出声。我小声说：妈，你看什么？

她说："这些人太奸险了，叫别人不能偷电，她自己却在偷，我在这里站了一顿饭久了，他们的灯还亮着，也不知道已经亮多久了。我明天得告诉组长，到底是谁破坏政府的号召。"

第二天一早，母亲带着我到组长家里。组长是个老阿婆，看样子很随和。她听完母亲的话，把母亲看了很久，说："过去，我们这个组从来没有出过这样的事情，再说，阿路——就是你们厝主，是厚道人家，厝门头尾都公认的，他们不会做这种事的。"

"这么说，你是不相信我，说我说假话？"母亲高声说。

"也不是这么说。如果他们真的半夜开灯，也是有原因的。"

“我过去在下和街，也当过街干部，我怎么连这点觉悟都没有！要是你不信，可以去调查！”

我说：“我妈说的是真的，我也看见过的。”

阿婆说：“让我调查一下再说。”

“还调查！明明是不相信我嘛。”

母亲拉着我，生气地走了。

回到家里，母亲一边上楼一边骂道：“两面派，说一套做一套，还装好人。我就不信正斗不过邪！封建社会还有包公，包青天哩！”

这天夜里，母亲不睡觉，关了灯，坐在窗边打瞌睡，她是说到做到的。

半夜，母亲把我从睡梦中叫醒，说，阿云，你来看，他们又开灯了。我揉揉眼睛，跟母亲来到窗边，果然，后楼的灯又亮着。好几道亮光透过屏缝，示威似的向我们闪烁着。

母亲说：“怎么办？现在去叫组长，他们一听动静就会把灯关上，到时怎么说都说不清，我在这里看着，你偷偷地去，轻手轻脚，打开门，敢吗？”

我说：“不敢，阿婆家隔壁有一条狗。”

“没出息的东西。”母亲说。

她沉默了一会儿，突然探出窗子朝后楼叫道：“阿路嫂，可别忘了关灯。”

后楼打开窗子，一片黄色的光亮跳了出来，我又揉了揉眼睛。

阿婶站在窗口说：“是这样，我们也不想半夜开灯，也不是故意的，我们哪是那种人，你说哩。是这样，阿路他的病，总是半夜里发作。”

母亲说：“真的病了？”

“病还能假，什么不好假，假病也不怕歹运！”

母亲对我说：“你待着，我去看看。”

母亲很快地穿上外衣过去。不一会儿，我听母亲说：“病得这么厉害，不到医院怎么行？看看，又是出汗，又是抽筋的，快快快，救人要紧！我去叫三轮车。”母亲风风火火跑下楼，开门出去。

阿婶追到楼梯口说：不用了，阿路的病，我心中有数……可母亲已经出门了，听不见。阿婶叹了口气：真是的，没见过这种人！

不一会儿，母亲叫来一辆三轮车。

此时，左邻右舍的人都醒了。梅姨下夜班刚刚回来。母亲说：“快快快，阿路病了，我请三轮车来，来，这位师傅，快上来。”

大家七嘴八舌，都说：“快送医院，快送医院。”

阿婶一时失去了主张，任凭母亲指挥。大家七手八脚地把阿路伯抬下楼。

母亲跟阿婶一起护送阿路伯到医院，临走时对我说：“自己在家里睡敢吗？”

我一直站在我们家的楼梯头，我说：“敢。”

梅姨说：“你尽管去吧，我和他睡。”

母亲他们一走，整个屋子一下子变得十分安静。我的确有点害怕。我打开灯，“啪”的一声，我的影子一下子跳到墙上，把我吓了一大跳。我听到许多“窸窸窣窣”的声响，好像是老鼠在咬箱子，母亲说，再厚的箱子，老鼠也会咬破的，老鼠有非常尖利的牙齿。我打了打箱子，拉了拉抽屉，我想把老鼠吓跑，可只一会儿，“窸窸窣窣”的声音又响起来。我突然想起外祖母，她说，一个人在害怕的时候，就念佛，念“南无阿弥陀佛”。我刚念一遍，梅姨就来了。她说：梅姨和你睡。

我躺在床上，可怎么也睡不着，关了电灯，“窸窸窣窣”的声音反而更响。梅姨早就睡着了。她一躺下去就睡着了。她甚至没有听清楚我对她说了些什么。我说，窸窸窣窣。她说，是的，我洗了一下就来了。然后，就睡着了，还打了呼噜。我从来没听见过阿姨打呼噜。以前，在大庙里，许多人睡在一起的时候，阿姨姐姐们从不打呼噜。大利叔打呼噜，从下殿一直响到上殿，穿过一道道布帘子。母亲说，男人喝了酒，或太累了，睡觉才会打呼噜。

我闭上眼，老鼠的声音越来越远，但是，我却听到一声很响很响的鸡啼。

母亲做了一件好事。医生说，要是迟到半个小时，阿路伯就没救了。

居民小组给母亲写了一封大红的表扬信，贴在我们家门口。说她不辞劳苦，半夜救人，体现了新社会新风尚，并号召人们向她学习。母亲非常高兴，常常主动和人家打招呼，熟悉的，半生不熟的，甚至不熟悉的人，只要碰到，都微笑，都问：“吃过了吗？”斜对面有一个阿婶，看到我们家门口贴着一张大红纸，特地过来看，她不识字，只知道，红纸是好事。母亲正好站在门口，便说：那是表扬我的，其实，也是阿路运气好。那阿婶恍然大悟：原来你是三春嫂！难得难得！

不久，母亲便被选为副组长。

有一天，母亲对父亲说："你看，我到哪里都得到群众的拥护。哪像你，整天忧忧愁愁的，像死了三代祖宗。"

父亲笑了笑，什么也没说，他笑得很勉强，我看了很难受。我知道他不想笑，不笑又不行，不笑，母亲会不高兴。

母亲说："我好好争取，说不定还能当上街长呢，你别以为就你行！别以为腌豆子不发芽，我倒要发给你看看！最近舒服了吧？不回家吃饭，也不回家睡觉，弟妹可高兴了吧。"

"你又没完没了了。剧团里搞运动，人人检查过关，烦都叫人烦死了……"父亲哭丧着脸说。

父亲从来都是不着不急的，就是母亲唠叨半天一天，胡搅蛮缠，他都不着急，最多只是叹一口气。这一次的表情，可不一般。

母亲定定地看了父亲一下，说："检什么查，你没日没夜地跟他林工委干，还要检查什么！难道马屁还拍得不够，我去找他，凭什么不让过关。"

父亲说："这种事你不懂……"

"不懂？"母亲说，"我什么没搞过，批判帝国主义思想，资产阶级夭寿思想，我还是领导哩！他林工委要批判你？我倒要问问他，凭什么？他林方正要是没有你笑三春，他能在剧团里站住脚？别以为我是瞎子，我什么都看在眼里。"

"算了，算了，你也别说了，人家是政府派来的，学习运动是上面布置的，他也是一片好心，想尽办法保我过去。"

"你有什么过不了关的？"母亲看着父亲，"你心里有鬼！"

"看你，又乱猜疑了不是。"

母亲摇了摇头，"不，我信不过你，要是心中没鬼，林工委怎么会不让你过关？你说。"

"不关林工委的事，群众运动嘛。"

"群众？群众的眼睛是雪亮的，你怕什么，有就有，没有就没有。为人不做亏心事，三更不怕鬼敲门！"

父亲说："你去你去！"

"你以为我不敢，我就去！"

(14)

高少君突然觉得一点意思也没有。

整天开会，听人检查，会后又开小会，积极分子会，分析研究会，个别帮助会，说一些说过几十遍的话，听一些听过几十遍的话，这一切，都是为了什么呢？人，还都是原来的那些人，原来大家和和睦睦，客客气气，亲亲热热。每次到剧团，人们都围着他，问长问短，问寒问暖，胆大的还和他开玩笑，问他对象在哪里、什么时候请吃糖。如今，个个敬而远之。有的明明看见了，还低着头，装作没有看见，匆匆而去。而主动找上门的，又都是一些过不了关的人，为自己申诉、辩解，同时，也挖别人的底子。人与人的关系，变得十分微妙、复杂。

是本来就如此，还是现在才这样？

高少君有些糊涂，而且越想越糊涂。从理论上，他相信上级党委的绝对正确性，他从不怀疑思想改造的必要性。而在实践中，他却面对着一片混乱。他不知道毛病出在哪里，他甚至对自己产生没意思的思想感到震惊：我对革命的群众运动怎么会有这种可怕的想法？我的小资产阶级思想又冒头了，多可怕呀！

他不敢再往深处想。如果有朝一日也要他对照检查，他怎么办？这么一想，他出了一身冷汗。这不是不可能的，思想改造不只是对一部分人，而是对全部人特别像他这样的人，他在机关里是耍笔杆子的，知识分子，革命知识分子也是知识分子。而知识分子历来是与资产阶级和小资产阶级相联系的。

唉，高少君无意中叹了一口气。

唉，林方正也叹了一口气。

本来，林方正对于在剧团里开展学习运动、创造典型、取得经验是充满信心的。他没想到这些艺人们这么不干脆，这么要面子，各种各样的问题又这么多，而且越挖越多。运动越深入越复杂，他实在是有一点束手无策了。

“老高，你说怎么办？”林方正说。

“我也不知道，群众发动起来，这当然是好事。可引导得不好，怕会出乱子。有些同志思想不通，有些同志精神有负担，萎靡不振……我担心万一个别同志思想不通，出了点什么岔子……”

“不会吧。”

“我想，我们是不是向上级把情况汇报一下。”

“还没有搞出成绩……”

“困难也可以汇报，取得上级的指示和支持嘛。”

“也得准备准备，你说，还是我说？”林方正说。

“当然是你汇报了。”

“也好，我准备一下。”

林方正准备了好几天，一直没有准备出汇报提纲。高少君也不催，也不提醒，当没事一样。

林方正没有马上汇报的意思，他是想搞出点成绩再汇报，他不想给领导留下无能的印象。运动如何深入，他虽然还想不出办法，但他深信，总会有办法的。他像许多部队出身的干部一样，他们总是喜欢把工作与打仗相比。这以后成了一种思维习惯，把做某一件事情比作一个战役或一次战斗，打好这一仗成了做好某件事情的代名词。工作遇到困难就说是遇到了堡垒，没有攻不破的堡垒，这是我军的光荣传统，就是没有克服不了的困难。林方正要打一次攻坚战。那么，他阵地前的堡垒是什么呢？

林方正想起毛主席的《矛盾论》。在众多的矛盾中找出主要矛盾，在主要矛盾中找出矛盾的主要方面。林方正的学习是自觉而认真的。公正地说，他是众多工农干部中的佼佼者。他并不想当官做老爷，他对于文化和理论的学习完全是出自对革命需要的考虑。既然在文化部门工作，没有文化是不行的。平时的努力并没有白费。如果把剧团里几十个人当成几十个矛盾的对立统一体的话，显然，主要矛盾是笑三春。不管从哪个角度看，他都是一只带头羊。他的问题解决了过关了，其他人也就跟上来了,“迎刃而解”了。可是，这一两天来，笑三春总是按兵不动，没有做进一步深刻检查的实际表现。或许，这与他对他的态度有关。他是不是让他感觉到某种暗示性的东西，寄托着某种希望，以为组织上会保他过关。如果他这样想，那就错了。资产阶级的腐朽思想是不能保的，问题一定要向组织上作彻底的交代，像他上次那样，吞吞吐吐、羞羞答答的，不能从根本上解决问题。当然，内外有别嘛，在群众会议上，具体的问题可以不讲得那么具体，但思想上的根源就非挖深挖透不可。

林方正决定，再找笑三春作一次严肃认真的谈话。堡垒非攻破不可。

高少君匆匆从戏院走出来。林方正留他吃饭，说今天剧团改膳。高少君说，已经约好一个战友。他走到街上的时候才想自己的谎言说得那么自然，这以前可从来没有过。看来，人到一定时候会变得相当灵活。但他还是感到不安，为刚才自己的说谎感到不安。他努力回想他刚才说谎时林方正的表情，却怎么也想不起来。

一走到街上，高少君便觉得饿了，他咽了一口口水。他刚才走出来的时候好像闻到了做卤面的香味。漳州人喜欢吃卤面，红白喜事都喜欢做卤面，叫“打卤面”。今天是根据林方正的建议“打卤面”的。他说，部队打仗，越是紧张的时候，炊事班的伙食就越是要搞得好，这也是思想政治工作的一个部分。

让他们吃得好好的，饭后思恩，心甘情愿地把心掏出来。

他不想看那些愁眉苦脸的人吃卤面的样子。

高少君没有回机关，现在回去也没饭了，干脆在街上吃一点什么，吃什么？他选择了鼎边滚，既经济又实惠。他坐下来才发现赵敏，他就坐在里面的桌边，低头吃。他想站起来，换个地方，人家却已把碗端来了。走不得，他想装作没看见，低头吃，吃完了走，又担心实际上赵敏已经看见他，知识分子自尊心强，希望人家先打招呼。自己如果也装没看见，则有官僚主义，不联系群众之嫌。正想打招呼，却又打住：说不定他真的没有看见，而且不愿意让人家知道，他没有吃卤面而出来吃鼎边滚，在这种情况下，吃不吃卤面，似乎是某种有意识的行动，最少是带着某种情绪，因为吃卤面本身是领导上思想政治工作的一个部分！越是战斗紧张的时候，越要关心群众生活，人家关心你，你不让关心，是何道理？他高少君可以不算群众，而赵敏则不能不算。他的不吃或者是无意识的，只是潜在的情绪在起作用，而此时与他打招呼，不是给他难堪吗？何必呢？

这样想着，高少君也就低头吃他的鼎边滚。没看见，不知道，这是最好的回避方法。这种方法在他今后的政治生涯中还会多次运用，用得越完美，就越能消灭灾祸，保全自己。

事实上，赵敏的确没有看到高少君，对于他，这店里的人全是晃动的影子。

赵敏一直在矛盾和痛苦中度日。他原以为把一切抖搂出来，自己会感到轻松，罩在头上的阴影会消失，却没有想到会是现在的这种局面，全团上下，个个愁眉苦脸，人人自危，大家都互相提防着什么。这一切，他是始作俑者。他是一片好心，他是想改造自己，把肮脏的资产阶级、小资产阶级、封建阶级的思想统统地清扫出来。他想跟上时代的步伐。虽然，领导上给予肯定，宋师长给予鼓励，林工委也让他参加积极分子会议，但他却感到自己依然是被当成某种对象，团结的对象，没有被当成“自己人”。他像一滴油，永远也溶不进革命群众的水中。更何况，他在积极分子当中，却起不了积极分子的作用，他不忍心向任何人提出任何疑问，他觉得许多“为什么”是没有办法回答的。“你为什么会这样想？”“为什么你不这样而要那样？”谁能说得清楚呢？他更没有办法揭发什么，因为他对任何人的过去都一无所知。

林方正对他说，积极批判自己是革命的开始。对革命的群众运动是积极参与还是冷眼相看，这是一个人真革命还是假革命的试金石。积极参加运动是对一个人进步的一个考验。什么是积极参加运动？像秋月、阿西、罗仔那样？他做不到。

他经不起这种考验。他头上的阴影没有散，也散不了。

而更使他深感内疚的是，那天晚上，神差鬼使，他和凤仙发生了不该发生的事情。

他对不起沈萍。

他更怕人们知道他与凤仙的真正关系。这，正是资产阶级腐化思想的突出表现，仅此一条，不但前功尽弃，而且一辈子不得翻身。

要命的是，凤仙好像不在乎，不但不想掩盖，似乎还急于让人们知道他们的真正关系。他越是害怕，她越是紧紧地抓住他不放。

他一直想弄清那天晚上自己坠落的情形，却怎么也回忆不起来那其间的细节。这仿佛是一种圈套。她巧妙设置的圈套。当他听到有人敲门的时候，他才清醒地意识到，他的头埋在她的怀里。门是怎么关上的？他推开她。她的胸前被他的泪水浸湿了。门是无论如何也开不得的，只好将错就错，不吭声，好在，这个时候灯是关着的。睡了，不管敲门的是什么人，都会这么想。然而，他们知道还有一个女人吗？

他想叫她出去，却一直开不了这个口。

他是自己给自己设下了圈套。他的感情给理智设圈套，他的脆弱又给感情设圈套。他的痛苦在这个圈套的口子上拉了一条绳子，一拉，他便出不来了。

他那是被痛苦压倒了。

这痛苦来自沈萍的纯洁、真挚的爱情。他不忍心拒绝她，让她痛苦。他的内心又深深地爱着她。而他的理智却时时刻刻地提醒他，离开她，离开她。

或许，投入凤仙的怀抱是离开她的最好办法。

那个晚上，他只记住他的狂暴和凤仙的温顺。

“我是一个魔鬼。”他想。

他区别于魔鬼的，只有一个，就是魔鬼没有痛苦，而他有。

赵敏不知道自己是如何吃完那碗鼎边滚的。当他站起来时，他感到有一个影子和他一起站起来，他定睛一看，是高科长。他的脸一下子就红了起来。

高少君没想到两个人会一起站起来，勉强地说：“你也来吃。”

“我不喜欢吃卤面。”

“我还以为漳州人都喜欢哩。”

“我不是漳州人……”

“哦，哦哦。”

高少君立即想到他是诏安人，而且他的大哥是伪诏安县长，逃到台湾去了。

高科长这“哦”字，也使赵敏想到哥哥，不是他要想，是高科长的“哦”使他想起高科长一定是想起了他的那个当过伪县长的逃到台湾的哥哥。他感到十分懊丧。他的本意是想说明一下，他不是故意不吃卤面的。因为故意不吃，对林工委是一种不尊敬的表示。当时，林工委在积极分子会上说过，大家学习对照这么辛苦，改膳一下，吃顿卤面吧。当时，高科长也在场。没想到弄巧成拙，反而，再一次提醒高科长：我是伪诏安县长的弟弟！

高少君的“哦”是下意识的，他无意伤害赵敏。从内心深处，他是同情他、保护他的。

那天，林方正对他提起他的剧本的事情，说，有的积极分子想批判这个剧本。他立即说，这剧本在专署首长的手上，卢副专员在看，他对你的意见很重视。林方正没有再提起。他弄不清这是哪个积极分子的想法，还是林方正借积极分子的嘴想进一步帮助赵敏。不管怎么说，剧本要回来，批判是在所难免的，而没有剧本，批判就搞不起来。

过后他想，既然群众有这个要求，自己扣下来，也不好。他到卢副专员的办公室，正好，卢副专员在那里看报纸。他说：“卢专员，剧团里有人提出要批判《义偷》，我说，剧本在领导那里看。”

卢副专员把高少君看了好一会儿，说：“是的，我还没看完。”

高少君在卢副专员的神态中，仿佛看到这么一层意思：“人家都检查了，还批判什么？就说，我还没看完。”

他放心地走了。他要保护别人，但多了一个心眼，万一情况有变，也得保护一下自己。高少君无师自通。他在某一种气氛中，悟出许多道理。但，他的心是好的，他要保护赵敏的意愿是真诚的，这一点，苍天可鉴。

“你也来吃鼎边滚。”赵敏没话找话说。

“是啊，我也不爱吃卤面，碱味太浓。”

“是的是的，北方人不喜欢在面里下碱。”

他们这么说着，已经走到了大街上。

“要不要到我的宿舍里去坐坐？”高少君说。

“中午你要休息，改天再来吧。”

“好的好的，你也抓紧时间休息一下。”

他们就在路上分手，一个向南，回戏院；一个向北，回机关。

高少君一边走，一边想，本来，他可以和赵敏成为好朋友的，他是一个有才华的剧作家，为人也真诚，可现在，大家搞得这么尴尬，互相之间都防着什么，实在没有必要。可怎么会弄成这个样子呢？他也不明白。

赵敏回到宿舍，凤仙在那里等他。她端好两个人的卤面，等他来吃，左等右等，却不见人影。她肚子饿得不行，想吃了算了，但想想，自己一个人吃没意思，更不能表现出她对他的感情，便忍着饿，任饥肠咕咕，也要把情郎等待。

自从那个晚上，她便属于他，不，应该说，他便属于她。一个活生生的凤仙终于战胜了那个美好透明的远在东山的可人儿，战胜了枕头边上那一封封不会讲话的信。事过之后，她有点内疚，感到对不起那个多情的姑娘，但是生米已成熟饭，不对不起也没办法了。说实在的，她也不愿发生这种事，她得到了他，但毕竟失去了一个少女最宝贵的东西，万一他反悔了，不要她了怎么办？正因为这种恐惧，她对他更温柔、更多情，而且想方设法让他们的关系得到承认。首先是要得到她的师娘陈月娥的认可。最伤脑筋的是师娘对于她和赵编剧“走”，并不赞同，她以为，在台湾有婚约在先，将来回去怎么办？她总以为迟早是要回去的。她看到沈萍后，更是反对她和赵编剧来往，夺人之美是不道德的。反过来说，他赵编剧双脚踩双船，不是一个好男人。这一点，凤仙倒有她自己的看法，赵敏双脚踩双船，正说明他是一个好人。他不忍心伤害两个女人，这正是他的好处。她以为，他过去对沈萍有多好，将来对她也有多好。她完全可以原谅他现在还想着沈萍，不想倒是一个无情无义的人了。她不是也会想起台湾的那个初恋吗？

但是，如何告诉师娘他们关系的最新发展呢，她会认可吗？凤仙没有把握。

赵敏走进宿舍，看到桌上的两碗卤面，知道凤仙还没吃，果然有点感动，他一散会就走了，怕人家看到，来不及告诉她一声，让她白等了。

“我吃过了，在街上吃的鼎边滚，你快吃，都凉了。不饿？”语气中不无关心。

“你也知道人家会饿！去也不说一声，要吃，我去给你买，还用你跑？”

“我是怕林工委看到……”

“人家爱吃什么他管得着？”

“你小声一点。”

“你怕他什么，都是干部！”

赵敏苦笑了一下，没再说什么。

“给你，她又来信了。”

凤仙从枕头下拿出一封今天刚刚收到的沈萍的信。

赵敏愣了一下，说：“放到抽屉里吧。”

“不看？”

“还看什么。”

凤仙凑过去，在他的脸上亲了一下，赵敏瞥了一下大门，门掩着。他进来的时候门是开着的，不知她什么时候给掩上了。他走去把门拉开，凤仙走过去，偏把门关上，闩死。她站在门边，向他投过妩媚的一笑。

赵敏一点办法也没有。

凤仙扑过来，又是在他的脸上狠狠地亲了一下，亲得他心里发麻，他突然将她抱了起来。

这时，他们听到敲门声。

凤仙跑到桌边吃面，赵敏过去开门。

月娥站在门口，说：“凤仙，你来一下，我有事和你商量。”

凤仙端面，跟师娘走了，走到门口，转过头来，给赵敏一个飞吻。

（十五）

一早醒来，母亲便对我说：“赶紧起来，我们到剧团去，看你父亲又变什么鬼。”

我揉揉眼睛，又躺了下去。

昨晚，父亲又没回来，他说这几天累，路又这么远，散戏晚，懒得走。母亲当时也没说什么，可到睡觉的时候，就开始唠叨：朱进，你要是瞒妻骗子，就不得好死，横死，直死，坐船死，骑马死，翻车死……我在她的叨声中睡着了。

半夜，我又被母亲推醒，母亲说：你说，你父亲是不是又勾上什么女人？

我很生气。因为我正在做梦，梦见小琳和她的母亲，我们写完字，一起唱歌："长亭外，古道边，芳草碧连天……"

"问你话，你死了？"母亲拍了拍我的脸颊，我睁开眼睛，又闭上。"我要睡觉。""起来，起来。"母亲并不放过，"你说，会不会勾上那小琳的母亲……""小琳母亲。"我喃喃道，"我正梦见她哩。"

母亲一个巴掌把我打醒，"没出息的东西！起来，我们去看看，抓贼要抓赃，捉奸要捉双，我就不信，他朱进能跑过我的手心！现在就去！资产阶级婊人人，你可别小看，让他们得逞，革命就完了，家庭也完了，家破人亡，到时候，你就知道死！起来。"我翻了个身，又睡着了。

"起来。"

母亲拉着我的耳朵，我突然想起夜里母亲说是到小琳家的，怎么又到剧团去呢？

我说："不是到小琳家吗？"

母亲说："现在去做什么，鸳鸯早飞了，到剧团。我得问问林工委，为什么不让过关。"

我说："不，我要到小琳家。"

母亲给了我一个巴掌，打得我脸颊热烘烘的，眼泪都快掉下来了。但我忍住。母亲说："你这猫仔货，我偏不去！我看你将来和你父亲一样，哪里腥就往哪里钻，白养你，白疼你，不争气！"

我们吃饭的时候，组长阿婆在楼下喊："三春嫂，今早开会，在街里，八点。"

母亲从窗口探出头去："我早上有事情。"

"这是积极分子会，请假得李师娘亲自批准。"

"那好吧。"母亲说，"我这就去。"

母亲去开会的时候，叫我在家待着，不许乱跑。我说好。可就在说好的同时，我打定主意，到小琳家去玩。

我写了一本字，想让小琳母亲看看，我写得很认真、很工整，我希望能听到她的赞许。她那带着微笑的赞扬声叫人陶醉。

路并不难走，也不远，一会儿到了府口，一会儿到了断蛙池，一会儿到了东闸口。许多卖小吃的、摆小摊的、挑小担的向我招手，向我微笑，我都不动心，什么糖人、豆花、发粿、荔枝……我全不多看一眼，我不是那种贪吃的人，我一门心思想写字，小琳的母亲说我聪明，将来一定会有出息。

什么是有出息呢？读书，中状元，像吕蒙正，当宰相。舞台上那一阵阵喜洋洋的唢呐声，阿文哥那穿着大红的状元袍又神气又威风的样子。这就是出息。母亲每次看到总是说，出头了，出头了。我说：什么叫“出头”？母亲说：就是高人一等，就像人家林工委，当干部，管着几十号人。今后，你得给我好好读书，“十年寒窗无人问，一举成名天下知”懂吗？

母亲懂得许多文绉绉的词，都是从戏台上学来的。

小琳家的门不知为什么，关死了，怎么叫也叫不开。开头，我站在台阶上，打门环，打得很响，后来，我又到街上朝楼上的窗子喊，就是没人应。她们都睡着了，还是不理我了。她们不可能听不出我的声音，而且我还喊了：“我是阿云！”我伏在门缝朝里看。一切都还是老样子，只是厅里的那张画掉了一个角，我家的门半开着，我贴上去的图画还在。过道暗暗的，几丝阳光照在门槛上，隐隐约约可以看见后园子里夹竹桃的影子。楼梯口还是那个样子，横三个台阶，拐弯，又三个台阶。

一切都是老样子，就是人没有了。

“这不是阿云吗？”我听到有人叫我，转过身，是潮州阿婶。我说，小弟好吗？她说，难得你还念旧，小弟回潮州去了。找小琳玩是吗？哦，她们好像一早就出去了。到我家玩吧，你妈呢？你是自己一个来的，还认得路，真是聪明的孩子。

我非常失望地走了。本想到潮州阿婶家去看看那失去了翅膀的小天使，可小弟不在，便一点意思也没有了。

我说：我要回去了。她说，路上小心。

潮州阿婶进了她的家门，我很后悔没有告诉她，她的潮州咸菜我们还没有吃完，舍不得吃，一次炒一点，只是打开那咸菜坛子的时候，没有原来那么香了。

临走，我把我的木子从门缝里塞进去，我得让她们知道我来过。

我回家的时候，母亲站在门中，一见到我就破口骂道：你死到哪里去了？我说，我到小琳家去了。

母亲一愣，转而高兴起来：“你看到你父亲了没有？”

我说："没有。她们家门关死了，叫不开。"

"走，我们再去看看。"

母亲拉着我就往外走。我说，她们不在，潮州阿婶说，她们一早就出去了。母亲站住了，想了想，说，潮州婶的话哪能相信，他们全都是套好了的。

到小琳家的时候，母亲叫我喊门，我喊了好几声，还是没人应。母亲伏在门缝往里看，我非常担心她会看到我塞进去的本子，可她什么也没说。母亲看完之后，我又去看，"咦"我叫了一声，怪，我的本子怎么不见了。母亲听我叫了一声，说，你看到了什么？是人影吗？我说，没有。母亲说，刚才要是不叫，一下子就伏下去看就好了。

母亲回到十字路口，买了一包饼干让我拿着，然后带我到潮州阿婶家里。潮州阿婶很高兴，又是让座，又是倒水。

母亲说，好久不见小弟，怪想的，这饼干给小弟。潮州阿婶笑得合不拢嘴，说，你们母子俩都是有情有义的人。说：你们搬走，我想了你们几个晚上，没睡好。又说，小弟常常叨念哥哥，还说，街坊邻居们都想念你们。还说，你一搬走，一时没了组长，选组长还费了许多工夫，开了几次会。

母亲听了，很得意，说："我在那里也选了组长。我是刚刚到街里开完积极分子会来的。"

潮州阿婶说："你就是能干，积极，刚刚生了小孩，就出来开会做事，全街上下，没有不说你能干的。"

"有时候，会得罪人。"母亲说。

"哪会呢，大家都知道你没有坏心。上级号召嘛，谁在那个位子上还不是得这样做。"

母亲说："小琳母亲说了些什么没有？"

"她倒没说过什么，你知道她整天待在楼上，很少出来。"

"也没人来找她？"

"没有。"

"我们阿云他爸，常常叨念着要来走走，就是没有空。"

"是啊，很久没有见到三春师傅了。"

"他忙。"母亲说，"他是一团之长，能不忙吗？"

我走过去，踮起脚尖，摸了摸断了翅膀的小天使。

母亲说："别乱摸乱碰的，弄坏了。"

从潮州阿婶家出来，我们在十字路口碰到老组长，老组长一直要拉我们到她家坐，说怎么一搬走就不来了。母亲说：是想来的，我们阿云他爸常常叨念要回来看看，就是没有时间。老组长说，是啊，很久没有看到三春师傅了。母亲一听，说，他忙着哩，当领导也不容易啊。老组长说，那是那是。

我们终于没有到老组长家去坐，因为母亲说她下午还要开会，得回家做饭。

路上，母亲自言自语地说："他们全套好了的，全套好了的！"

我问："什么套好了的？"

母亲说："他们和你父亲，和那个妖精，全套好了，来骗我们母子俩。你父亲一定常常来，一定。说不定，他现在就躲在那妖精，资产阶级姨太太的楼上！"

我被说得糊里糊涂的。父亲为什么要躲在小琳家楼上呢？小琳家明明是关死了的，明明没人的嘛。

母亲突然一顿，说："我们到剧团去，看看你父亲，要是不在，哼！"

母亲拉着我朝戏院走。我说：我饿得要死。母亲在路边给我买了一个面煎粿，说：饿饿，到了家破人亡的时候，你才知道什么叫饿！

剧团里的人见到我们，都非常热情。大家围过来，问长问短，都说，最近怎么不见嫂子、师娘来看戏了。母亲说，忙，街道里的工作忙。说着，便问：三春呢？人们便指了指林工委的房间。

阿英摸着我的脸，说：他们开积极分子会哩。我们的会刚开完，师娘云弟就在这里吃中饭吧。

我说："好，我很久没吃剧团的饭了。"

母亲笑着说："这死囝仔鬼，说话跟大人似的。我们不在这里吃，回去吃。"

阿英说："师娘要回去回去，云弟留下来。"

母亲往林工委的宿舍走去。阿英拉住她，说："他们正开会，积极分子会。"

"什么了不起的，我在街道里也是个积极分子！你可别骗我，你师傅根本不在那里，我知道他到哪里去了，我只是来看看。”

母亲走过去，推开门。

林工委抬起头，看到母亲，满脸堆笑：

“嫂子来了。我们正开会哩。”

母亲不见父亲，绷着脸说：“三春呢？”

“刚在这里。”林工委说，“可能方便去了。”

母亲哼了一声，走进去，坐在林工委的床上，里面开会的人你看我，我看你，都不说话。只有秋月轻声地叫了声“师娘”。母亲也不理她。

我站在门口，没人和我打招呼，阿英拉着我，小声说：“我们走，这里开会，不能来的。”

我们离开那房间，看到父亲从走廊那头走过来。他看到我，说：怎么来了？阿英小声说，师娘在里边哩。父亲咕哝着，简直是胡闹，胡搅蛮缠。说着，转身往回走。

阿英对我说：“去，告诉你妈，师傅在这里。”

我跑过去，只听母亲说：“你们全套好了来骗我，他在哪里？明明是到那妖精那里去了嘛，硬说在这里，人呢？包庇。林工委，我一直把你当领导，当好人，没想到你也和他们套起来，骗我，朱进他瞒妻骗子……”

林工委说：“嫂子，有话慢慢说。”他向那些开会的人一挥手，“会就开到这里，你们先走吧。”

我说：“妈妈，爸爸在外面。”

母亲跳了起来，扑到门口，看到父亲和阿英姐、阿文哥站在一起，说：“这夭寿鬼果然在这里。”

她回过头，笑着对林工委说：

“你们开会，不影响你开会，我走了。”

“你来干什么？”父亲冷冷地说。

“剧团还不许我来？阿英，你看看你师傅，一点道理都不讲。”

“人家开会学习搞运动，你来掺和什么！”父亲气得脸都白了。

我从来没有见过父亲这么生气过。

（15）

凤仙被月娥叫回宿舍，她想，师娘一定要讲她和赵敏的事，讲清了也好，这层纸迟早要捅破的，总是这样遮遮掩掩的，也不是办法，干脆明说了，师娘要是同意，就结婚，一想到和赵敏结婚，凤仙的心中便荡漾起一阵阵柔情，甜丝丝的。她渴望有一个依靠，一个家。

她是豁出去了，她打算师娘一提起，她就说，她已经和他那个了，单刀直入，不给师娘也不给自己留下后退的余地。要闹，就闹它个天翻地覆。婚姻自由，新的婚姻法刚刚公布，谁也反对不到哪里去。当然，她不想闹，她要耐心地说服师娘，请她谅解。远离家乡，远离亲人，师娘就是娘。

没想到师娘说的完全是另一回事。

陈月娥把门掩上，说："你坐下，师娘有事和你商量。在这里，能商量事情的只有你了，你看你大利师叔，一点也靠不住。"

一句话，说得凤仙心里很凄凉。她说："有什么事师娘尽管说，凤仙就像你的女儿一样。"

月娥眼眶一红，说："你师傅的死，其实是我害的，药是我装的。"

"不是师傅自己装的吗？"

"是我装的。你师傅是说过，效果要好一些，明显一些，药要多一些。我想有道理，就多装了，哪里想到……"

说到这里，陈月娥已泣不成声。

"我最近老做梦，梦见你师傅，他指着我的鼻子说，是你，是你害死了我。你没看他那可怜的样子，血肉模糊，只有上身，没有下身……"

"事情都过去了，师娘，现在可千万不能提起这事，查起来就没个完。"凤仙说。

"不，我想说，检查对照，这事非说不可。不说出来，我一辈子得不到安宁。”月娥说。

“天啊！”凤仙走过去把门关死，她一时没了主张。师娘这是引火烧身，人家正找不到问题来批判，更何况，这是人命关天的大事！

“这事说了要坐牢的。”凤仙说。

“死了算了，现在这个样子，活着比死更难受。整天提心吊胆，心惊肉跳，总是担心有人会说……再说，你师傅既然在梦里找我，也会托梦给别人。”

一句话说得凤仙毛骨悚然。她好像也做过这样的梦，远远地听过一个声音：我死得好惨啊。这是师傅的声音。只是这样的梦，一醒来就被她忘却了，她的心里装满爱情。而如今，这梦却又被师娘的话勾了出来，变得很清晰，她还记得，师傅的声音是从远处一片黑压压的树林子里发出来的。是的，师傅的墓的背后，是一片相思树林，那里，开着满山遍野的黄色的花。

“凤仙，林工委不是要大家把心里想的，见不得人的东西说出来吗？说出来，政府能原谅，你师傅也能原谅，我没有坏心……”

“心谁能看到？”

“天地可鉴。”

“要是林工委不能理解……”

“那我只有死路一条。”

“这事，我和赵敏商量一下，让他出出主意。”

“不，这事事先不能让外人知道。”

“他……”凤仙想说他不是外人，但终于没说，不是时候。

“我总觉得不说的好。万一人们问你什么目的是何居心什么的，说不清。”

“他是干部，他是领导，他会分析，一个妻子不会故意炸死自己的丈夫。”

“但事实是炸死了……”

“你什么意思？”

“我是说，师娘，千万不能说。”

“那……就不说。”

“不说，师娘，不能说。”

凤仙开门出来的时候，看到秋月从门口走过。她的心咯噔了一下，刚才的话要让她听到了，那还得了，人家可是积极分子，让她去告了，不是比自己说出去更糟吗？师娘自己说的，还是对照检查，不管怎么说，也是自觉革命的一种表现。但凡什么事，自觉革命的自己先把自己挖出来的都要占便宜，人家揭发的，可就不一样了。

这样想着，凤仙又拐了进来，对月娥说：

"师娘，你要说就说吧，要说趁早，现在说！"

阿文家乡来人，说他的养父病了，病得很厉害，要他回去看看。

阿文心急如焚，他知道，现在他是不能回去的，请不了假，开不得口，人家本来就说你是地主阶级的孝子贤孙，这一开口，不正好是个证明？偷偷地跑回去，更不行，人家一发现，不成了对抗学习运动？

阿英看他愁眉苦脸的，也不在意，反正，这些日子来，他没有一天是开心的，没露过一次笑脸，晚戏上台前，她看到周围没人，随口说了句："你怎么老这样，整天哭丧着脸，怪不得人家说你对运动不满。"

阿文说："养父病了，病得很重。"

"谁说的，哦，早上那个人说的？"

阿文点点头。

"下了戏，你在楼道的拐弯处等我。"阿英说完，便出了台。

下戏的时候，阿文早早地就在那拐弯处等阿英，这是一个死角，只放一些暂时不用的布景道具，平时很少人来，晚上更没人。过道的那头，有一盏灯，昏黄的灯光照到这里，已经若有若无了。站在那头看这头，只能看见黑乎乎的一片，而站在这头看那头，却能看清每个人的脸孔，一旦有人来，还可以悄悄地拐个弯，从那头的楼梯下去。这个地方的妙处是阿文发现的，他约阿英来过几次，还在这里偷偷地吻过她，后来，她不来了，说，这里太暗，叫人心里怦怦跳的，不去。

阿文正想着，阿英就来了，悄悄地坐在他的身边，说："你就不想去看看？"

"想去，可这一去就不回来了，省得在这里总是受闲气。"

"我就知道你这样，凡事不想点办法，横来。你去不了，还不能让别人去。"

"谁去，谁？"

“还有谁。”

“你！”

“我就知道你总是不相信我，把我当外人！”

“我什么时候把你当外人了？是你自己不理我的。”

“你成天哭丧着脸，谁还敢理你！”

“我就是高兴不起来，要不是为了你，我早回去了。”

“又来了不是，为了我为了我。你还想不想演戏！没志气的家伙，当初你是怎么跟师傅说的？非演红漳州不可。现在倒泄气，泄得一点气也没有了。”

“你看人家让你演吗？”

阿英一时无话。阿文以为她又生气了，连忙说：“我争取就是了。你说你替我回去，怎么请假？”

“说我母亲病了。”

“这不是骗人吗？骗组织可是个大错误！”

阿英愣了一下，是啊，她可从来没骗过人，更不用说骗林工委，自己怎么一下子变得这么胆大，真要是站到林工委面前，假话还不一定能说出口哩，而且，万一被人揭发了，也还真是一条错误哩！

阿文见她不说话，有些后悔，不该吓她，她是一片真心，也是为他着想。当然也不全是吓她，他说的也是实话，他阿文从前是从不说假话的。现在，不知怎的，也说起了很多假话。每次检查对照，都得把自己数落一遍，不这么想也得这么说，明明想着养父，却说要划清界限，明明暗中来往，却要说是一刀两断。不知怎的，变得大家都得说假话才能过安稳日子。说安稳也不安稳。心不安，什么东西都是飘忽不定的。

“那就不回去吧。”阿文说。

“你还真有那狠心？你真有那么狠就不是阿文。我去吧。说一回假话也死不了人。”

阿文突然抓住她的手，阿英看了他一眼，他又不敢动了。阿英猛地在他的脸上亲了一下，走了。

阿英走到过道中间，迎面碰到一个人，一看，是林工委。林工委说：“这么晚了还没休息？”

阿英说：“我正想找你呢，家里捎信来说，我母亲病了，想请假回去看看。明天去。”

“是什么病，要紧吗？明天赶紧回去。我这里有点钱，拿去，给老人家煮点好吃的。”

“不不。”

阿英坚决不拿，她感到十分内疚，她欺骗了一个真心关心她的好人。

林工委说：“同志之间，互相帮助是应该的，你也不必客气，以后我有困难，你帮我就是了。”

林工委把钱塞到她手里，说声早点休息，明天好上路，就走了。

阿文刚刚站起来，就听到林工委的声音，听了他们的对话，心里有一种说不出的滋味，对于这个林工委，他总是摸不透。有时像个好人，有时又显得十分可恶。

林方正回到房间，秋月还在，他皱了皱眉头：“这么晚了还不走，影响不好。”

秋月说：“你刚才和谁说话了？”

“阿英，她母亲病了，来请假。”

“怕不是她母亲吧。我早上看到阿文和一个乡下人说话。”

“你总是把人往坏处想。”

“一碰到阿英，你的脑子就不灵了。”

林方正很严肃地看了她一眼，说：“你说话得注意分寸，这种话要是在群众中说，会造成什么影响？我怎么一碰到她就头脑不灵了，难道我不知道她和阿文的关系，难道我不知道她对你演主角有看法？但是，我们总不能没有根据地瞎猜疑吧。”

“好了好了，都是我不好，狭隘自私，目光短浅。”

秋月半是认输，半是撒娇地说。林方正对她这种自作多情的语调越来越讨厌，可又没有办法。学习运动中，不依靠这些积极分子是不行的。特别是现在，运动深入的关键时刻，不能因为小事，挫伤了他们的积极性。

秋月瞟了林方正一眼，见他没有生气的样子，便又说：“人家只是提醒你一下，你就发那么多议论，对别人都和和气气的，对我就那么凶，知道的，说你对自己人严格要求，不知道的，还以为我们闹什么别扭呢。”

林方正一时说不出话来。“我什么时候把你当自己人了？是你硬往我身上挨的嘛。”林方正突然非常恼火，朝她挥挥手：很晚了，回去休息吧。

秋月讨了个没趣，悻悻地走了。

秋月一走，林方正的脑子倒冷静起来了。细想她刚才的话，也不一定没有道理，要是阿英真的为阿文的养父而回去，阿英的觉悟就有问题了。而且，居然当面撒谎，欺骗领导！不行，明天得查查！派个人到乡下去看看，到底是谁病了，是她母亲，还是阿文那地主养父。然而，他又退回来想，万一查出真相，说明什么呢？说明他林方正有能耐吗？不，正好相反。学习了老半天，不但没有把阿文教育过来，反而把阿英搭进去，这就是你领导的学习对照检查的试点，这就是你对于领导关心的回报？还是不查的好。

林方正突然有一种失落的感觉。他真心实意地为艺人们着想，想提高他们的觉悟，让他们跟上时代的步伐，可他得到的是什么呢？

（十六）

母亲当了积极分子和副组长之后，了解了许多新情况。梅姨来聊天的时候，她就告诉她：

“你知道厝主的底细吗？解放前是开店的，布店，府口一间，东门一间，都叫‘东来成’，杭州丝绸，也卖土布，老板，资产阶级，不是好东西。讨了两个老婆，大某小姨。小老婆年轻，解放后和他脱离关系，嫁人了，听说，他还常常去找人家，不要脸。我真是后悔，救了他的命，地主资产阶级死了才好哩。”

梅姨听了之后，显得很高兴，说：“我说哩，两口子不工作，还吃得那么好，穿得那么好，全是丝绸的。”

“那还不是剥削劳动人民得来的！你们街道太落后了，要是在我们下和街，这种人，早就批判了。抗美援朝，三反五反，怎么到现在还没动他一下，这不太便宜了他！”

“话说回来，他倒是安分守己的，人也和气，说话不多，逢人就笑。”

“要不，怎么叫狡猾呢？”

梅姨尴尬地笑了笑，说：“我倒看不出来，水平低，不像三春嫂你，开会学习，到哪里都是积极分子。”

“我们得小心一点，不能让资产阶级分子为所欲为。其他地方三反五反搞得火热，‘打退资产阶级猖狂进攻’，谁能担保他没有进攻，越是温顺的猫，越是臊得厉害哩。”

“我……”梅姨显得有些为难，“我总是上夜班，哪有空……”

“夜班才好哩，回来的时候就可以观察观察，凡是干见不得人的事，都在夜间，就像戏文里唱，‘鸦片吃瘾半夜后，出去草寮是乱肆偷。’三更半夜，正是坏人活动的好时阵。街政府要我们提高警惕，你正合适。费点心神，说不定你也能当积极分子哩。”

“好吧，”梅姨说，“我得下去了，晚上还得上夜班哩。”

梅姨刚走，母亲便哼了一声，小声说：你也不是好东西，别以为我不知道。叫你干是看得起你。

第二天一早，母亲便到市场去买菜。母亲买菜，看她高兴，有时一天买一次，有时好几天不买菜，有时买一大堆，鱼肉蛋全有，有时就买空心菜和沙蛳子，买很多时就说，人不是铁打的，不吃点营养撑不住。买很少时就说，勤俭节约，响应政府号召。买很多的时候，她总是悄悄地出去悄悄地回来，吃饭的时候就把门掩上，不让人家看到。买很少的时候，她就大摇大摆，提着篮子到处和人打招呼。还告诉人家，空心菜、沙蛳子一斤多少钱。如果有人说，三春嫂怎么这么俭，她便说，劳动人民无产阶级，不俭不行。

母亲今天买的菜不多，精肉、田藕。她做好精肉田藕面线汤，对我说，去，到楼下叫你梅姨上来吃。

梅姨的门掩着，我一推就开。她面向墙壁正睡得香。我爬上床推她叫她。她翻过身来，怀里抱着一个大枕头，她头发散乱，睡眼惺忪。我闻到她身上的一股香气。我突然想起在什么地方也见过这样的情形，嘻嘻一笑，说，你像一个阿姨。她伸出手把我一搂，说：像谁？

我说，不知道，想不起来了。其实，我是想起来了，想起厦门，想起那阴暗的票房和水月的母亲。但我不告诉她，这是我的秘密。

“快起来，我妈叫你哩。”

我和梅姨上楼的时候，母亲已经把精肉田藕面线装在碗里，两只大碗，一只小碗。母亲请梅姨吃精肉田藕面线已经不是第一次了。那一天，母亲看到梅姨眼眶发黑，说，你熬夜，要吃清凉的，才不会上火。梅姨说：我不懂得，早上还吃豆浆油条哩。母亲说，油炸的甜的都上火，长期下去，会要你的命的。

梅姨一边吃面线，一边说：“常常吃你的东西，真不好意思。”

“你看，又说生分话了不是。只要你嫂子有做，就有你吃的。”

吃过面线，母亲朝后楼努努嘴，说，夜里发现什么没有？梅姨愣了一下，说，楼上静悄悄的。

“真的？”母亲不相信。

“真的，他楼上一有动静，我在楼下就能听到是谁在走路，说不好听一点，连尿下桶都能听出是哪个人。”

母亲笑了：“那种声音也能听到吗？”

梅姨嘻嘻地笑着：“要是年轻人，准能听到，可惜他年纪大了一些。”

“说话声呢？”

“是啊，从来没听过他们的说话声。他们总是轻声细语的。”

“这就有问题，凡是说话小声怕人听见的，都有问题，像我们劳动人民，光明磊落，什么也不怕人家听到，大喉咙……”

梅姨说：“小声点，后楼会听见的。”

“现在没人。”母亲很有把握地说，“他们一早就出去了。我在楼梯口看见的，我追问他们去哪里，他们说，到女儿那里去一下。他们有一个女儿，嫁在西街，也是开店的，面粉店。资产阶级找资产阶级！”

“你知道的真多。”梅姨说。

“你的情况我也知道。不过，我们是姐妹，不说。”

梅姨说：“他们怎么能这样！政府怎么能这样，说是要保密的！”

“对谁保密？对人民？对积极分子？这你就不懂。我是组长又是积极分子，当然给你保密。你看我对你如何？把你当阶级姐妹。街长说了，你也是不自愿的，旧社会，为了生活。”

这么说着，母亲就动了感情，眼眶红红的，梅姨的眼眶也红起来，说：“我从小死了父亲，是个孤儿……”

“你就把我当你的亲姐妹吧！”

母亲这么说，梅姨便伏在母亲的膝盖上哭了起来，哭得很伤心。

哭过之后，梅姨说：“我一定尽力，他们一有风吹草动，我就来告诉你。”

我不知道母亲想得到什么，其实后楼我是常去的，那里有一个大柜子，放着许多绸缎、布匹。有一次，阿婶对阿伯说，柜子都快满了，不收算了。看来，今后不会让你再做了。阿伯说，十几年来，样品都抽，总不能中途而废，走到哪里算哪里吧。说这话的时候，阿伯还看了我一眼。我不知道他们说的是什么，我只是看着他笑。阿婶说，这孩子倒是很可爱的。他们那里还有一只大算盘，黑得发亮的珠子，一拨，便会发出清脆的响声。我喜欢听阿伯打算盘的样子，弹琴一般，珠子随着他的手指上上下下不停地跳着，忙碌着，那嘀嘀嗒嗒的声音，很好听。特别是在午后，在懒洋洋的阳光斜照进来的时候，给人一种宁静、安详、昏昏欲睡的感觉。阿伯坐在桌边，左手按着蓝色的账本，右手打算盘，算盘旁边，总是放着一杯参茶，这是阿婶给他预备的。他的手指不断地跳荡着，那样子，常常使我想起在水边戏水的小孩。我常常一动不动，一声不响地看他打算盘，看得入神，有时阿伯停下来喝茶时，我的喉咙里也会跟着咕噜地响了一声。有一次，阿伯打着打着突然停下来，看着我，说：“你也想试试吗？来，我来教你。”我摇了摇头。我根本不想学打算盘，我只是感到奇怪，这算盘珠子的声音怎么会使我想起林前岩上外祖母的钟磬，想起外祖母安详的微笑。阿伯笑了笑，就又低头打他的算盘了。

这一切，我没有告诉母亲。我有许多事情都没有告诉她，也不知道为什么。

母亲决定不点电灯，自从拆了灯罩之后，我们又恢复在夜里点煤油灯。又买煤油又交电费，她觉得浪费，就不点，反正晚上也没事，点那么亮的灯干什么？她这么说。我们家的灯泡拆下来，灯头加了封，还特地请组长来看。

晚上，母亲喜欢站在暗处往外看，看街上的行人，看街对面窗子里人家。我也和母亲一起看。母亲说这是看“公景”。现在想起来，这也和看电视差不多，只是这种电视是没有导演的，全部生活化了的。有一次我们看到对面留长辫子的姐姐带着一个陌生的男人进来，一进来就关了房门，两个人匆匆忙忙地抱在一起亲嘴。母亲说了声“不要脸”，匆匆地把窗门关上，在关窗时还往窗口吐了一口口水，“呸！”她问我看见了吗？我说看见了。她说小孩子不能看人家亲嘴，更不能看人家睡觉，否则，要倒霉，最少，眼睛要“生狗针”。我说什么叫“生狗针”，母亲说生狗针就是生狗针，生了狗针眼睛就会“青瞑”。我知道“青瞑”就是瞎眼。我们家斜对面的阿伯就是“青瞑”，他在府埕凤凰树下摆一张桌子，给人家算命。他的鸟笼子里关着一只青碧鸟，人家要算命的时候就把鸟放出来，让鸟啄出一张纸牌，然后按纸牌的号码找出一份签书，他就看着签书说话，什么“姜子牙钓鱼，愿者上钩”，什么“刘备入荆州，一边吃，一边忧”，等等。他说话的时候翻着白眼球，我至今还非常奇怪，一个瞎子怎么能看清那签书上的字。他家的楼上供着一尊非常奇怪的神，斯斯文文的，手里拿着一把扇子。现在想来，也许是孔明。他家楼上不让人上去，小孩子也不行。那一次，阿婶不在，我和他儿子偷偷上去一会儿便下来。谁愿意当瞎子？我不看。可母亲不怕，她说她是大人，可以看。她轻轻地打开窗门，这时，对面的窗子已经关上了。母亲很扫兴；愤愤地说，那姑娘平时看起来很老实，想不到也不是好东西。人心隔肚皮。想了想，又自言自语地说：我得告诉她母亲，自己的女儿也得好好教育，勾引野男人到楼上，又关窗门，伤风败俗。再说，我们也得为她着想不是，万一搞大了肚子，怎么办？

但是，母亲看得最多的是后楼。她总把我们的窗帘放下来，在窗边，用一根手指拨开一条缝，朝外看。后楼有一扇窗子对着我们，长年累月用铁丝拉着一道灰色的帘子，挡住下半个窗口。白天，我们看不到里边的情形，晚上里边亮了灯，便可以看到阿伯和阿婶的影子。

那影子有时移来移去，有时叠在一起，更多的时候是一动不动地贴在灰帘上，一点意思也没有。

有一次，从后楼传来阿伯打算盘的声音。母亲说：阿云，你说怎么就有算不完的账，这不会有什么问题吧？什么账不能在店里算，在白天算，偏偏在晚上躲在家里算？狐狸尾巴这下子可露出来了。走，我们去看看。

我喜欢看阿伯打算盘，而且灰色的影子和算盘珠子的声音相交错，有一种神秘感。这种神秘感对于我很有吸引力，在母亲提议之前，我就想过去看看的，只是怕母亲不答应才没开口。我干干脆脆地和母亲一起下了楼。

我们上楼时，母亲对我说："轻点，别出声。"

但是，我们的脚步声还是惊动了阿婶。她从房门的门帘里探出头来。母亲两步三步便窜了上去，把我抛在后边。

"我还以为我女儿女婿回来了。"阿婶说。

母亲也不答话，掀开门帘钻了进去。阿婶在后边拉着我的手，说："小心，别撞了，门槛高着哩。"

母亲说："阿路兄，算账啊。"

阿伯停下来，在账本上折了个记号。母亲说 ："你算你算，不打扰你，我是随便坐坐。"阿婶给我们冲了两杯红糖水。

"那天晚上，还真多亏你。"阿婶把杯子放在我们面前，"要不是你，他还想在这里算账，早见阎罗王去了。"

母亲端起杯子，喝一口 ："这么甜，你真客气。阿路嫂，那事就别提了。我是随便来坐坐，晚上没事，也不开会，无聊得很。"

"是啊是啊，有空尽管来坐。远亲不如近邻，在一个屋檐下，就是一家人。"

"做生意也真是够辛苦的，单这账就够算的了。"母亲说。

"也没什么。只是这几天工会想看看账目，不算清楚，不好。"阿路伯说。

"哦。"母亲拿过账本，翻看。翻过来，又翻过去。翻得阿伯阿婶很不自在，你看我，我看你。好一会儿，阿伯说："这是明细账，也没什么难算的，就是烦琐一些。来来去去，一匹都含糊不得。"

"这么说，不单是这一本！"

"一个月就好几本，你看看。"阿伯翻身打开身后的橱子，里面全是账本。

母亲走过去，抽出几本，放在桌上，翻看。

"真是的，真的不容易啊。"

母亲不认字。我不知道她在翻些什么。好在，她翻了一会儿，就又放回去了。

阿伯好像有些不高兴，但也没说什么。阿婶还是一脸笑容，说："三春嫂想看，就都拿出来看吧。那是旧账本，没什么用的。"

母亲翻账本的时候，我如坐针毡。不知怎的，我为母亲感到很不好意思。我说了几声，“我想回家”，母亲都装作没有听见。我想阿婶房里的大柜子，一定不能让母亲知道，要不然，她更是看个没完。

母亲终于又坐下来，她笑着对阿伯说：“你算你算，我只是来看看，随便看看，听到你打算盘的声音，很有意思，阿云说，过去看看，也就过来了。”

阿婶说：“当然，当然，尽管来，尽管来。”

我大声说：“我要睡了。”

母亲打了我一下，说：“要来也是你，说走也是你，走走走，瞌睡鬼。”

阿伯阿婶一直把我们送到楼梯头，还说，有空就过来坐。

（16）

这一天，笑三春起了个大早。他悄悄地爬起来，掀开蚊帐。他临时在阿文他们的宿舍里搭了个铺。夜里总是睡不好，似睡非睡，似梦非梦。

他看了看阿文他们，帐子都还放着。做戏的习惯，蚊帐如居室，蚊帐垂闭，任何人都不乱掀，非请勿进。师傅也不例外。看了看几顶蚊帐，他轻手轻脚地走了出来。他怕惊醒阿文，虽说解放了，虽然批判旧习惯，阿文还是老样子，只要和师傅睡在一起，一早起来，便去厨房提水，给师傅泡一壶茶。

街上好清静。三春深深地吸了一口新鲜空气。他回头看了看戏院的大门，没人跟出来。刚才开门时触目惊心，看门的老头在床上问了声“谁呀”，他含含糊糊地说了声：“我。”便闪出门来。

这简直像做贼，三春这么想着，苦笑了一下。

妻子突然跑到剧团去，把一切都搞得更加糟糕。你还否认什么？连你老婆都怀疑了。林工委嘴上不说，眼睛里却说得很明白。看来，现在是不说不行了。

想到妻子，他不禁打了一个寒战，他闪到一根柱子后边往外看，除了打扫街道的，就是几个挑菜担子的农民，他们是赶市场的。三春摇摇头，神经过敏。这时候，她还在梦中哩，她这个人贪眠，说不睡的时候可以从半夜叨念到天亮，可天一亮，她可以一觉睡到中午。

笑三春拐进东闸口，向高云家走去。他必须找她谈一谈，总不能不打招呼，就把他们的事情捅出去吧，这太没良心了。

他来到高云门口，左右看看，没人，推门，门闩着，轻轻地敲几声，没有动静，从门缝往里看，空无一人。想喊，又不敢出声，怕惊动四邻。要是人家看到他，问：三春师傅，这么早做什么？他怎么回答？要是开门的时候被人看到，人家会作何理解，是刚到，还是刚要走？说不清楚。要是有人告诉妻子，那岂不坏了事情，坏了高云的名声？

敲不得，喊不得，这门口也站不得，三春这才感到自己太冒失了，考虑欠周。这么早，又没有事先打招呼，她哪里就开了门呢？但是，用什么时间来好呢，中午出来，众目睽睽，晚饭后要做演出准备……还有什么时间，难道散了戏能来？只有这个时候最合适。

可怎么才能叫开门。

时间一刻一刻地过去。笑三春却束手无策。对面传来一声门响，笑三春闪到柱子后面。过后一看，所有的门却都关着，笑三春的心怦怦地跳个不停。

他想，算了，回去吧。但又想，说不定上午就要我对照，这检查，谁知道会不会传到她这里，要是以前，不会。现在，难说。人心难测。怎么一下子就变得这么难测呢？然而，谁又能保证没人知道呢？

他突然灵机一动，跑到对面的“五骹距”，抬起头来，啊，她的窗子开着，刚才怎么没想到呢，早该想到才对啊。

笑三春低头找了块石头，朝那窗门扔了过去，“咚”的一声，这一声响在他的心里。

他看到她探出头来，蓬乱的头发，遮住她的半边脸。他还没来得及举手示意，她又在窗口消逝了。三春骂道，粗心大意的家伙，他低头寻找石子，想做第二次努力。

而当他抬起头来的时候，他失望了。窗门关上了。她还以为是什么流氓分子干的。真是粗心大意到了极点。她过去不是这样的。人们全都变了，变得叫人感到陌生。

有一个人匆匆走过，和他点头微笑，可他却记不起他是谁。笑三春心慌意乱，决定回去。

就在这时，他看到，门，他要寻的那扇门悄悄地打开了。

他不顾一切地冲过去，跳进门洞里。

门迅速地关上。站在他面前的是高云。他一下子将她抱起来，抱进了他们原来住的那个房间。

他不让她有喘气的机会，他更忘记自己来的目的。他放任自己突然暴发的旋风一样的激情。

她也不说话，也不反抗，任其所为。她只是用一双温柔的目光，看着他如饥似渴的有点变形的脸。

等风平浪静之后，她说："亲爱的，你怎么啦？"

他突然抱头痛哭。

她把他的头揽在怀里，轻轻地抚摩他的头发。

"我卑鄙可耻，我在犯罪，继续犯罪。"

他抬起头来，满脸是泪。

她摇了摇头："不，这一切都是自愿的。我自愿！咱们上楼吧。"

"琳琳呢？"

"她还睡着。"

她给他拧了温毛巾。洗过脸之后，他的心情平静了许多。他到房里，吻了吻熟睡中的小琳，然后，回到桌边坐下。

高云还是坐在窗边她喜欢坐的那个位子上，微笑着，那窗边的小桌子上，放着一本翻开的书。

她还是那么的文静、安详。

她的目光就像一股清泉，缓缓地淌过他的心房，带走了他心中的烦恼和痛苦。

独倚危楼泪满襟，小园春色懒追寻。
深思总似丁香绕，难展芭蕉一片心。

高云安安静静地吟出这首诗来。

这诗，是剧团到厦门演出回来的时候，她抄赠给他的，这诗写得多好，“难展芭蕉一片心”，这是她的思念。是啊，半年没有见面，又不能通信，怎不叫人思念呢？后来，他们虽然天天可以见面，却不能多说话，最近，又是好久没有见面了。他又何尝不想她？她，只有在她的身边，心灵才得以休憩。他怎能忘，那个晚上，他在台上，又看见，又看见她那双眼睛！他等待着，果然，刚刚散戏，他便收到她抄的这首诗。他不敢细看，迫不及待地赶到她家里。他刚进门，她吃了一惊。

“你怎么来了？她呢？”

“上山去了。在厦门闹得天翻地覆，然后，就到林前岩去了。”

她的脚一软，就瘫倒在他的怀里。

夜是那样的宁静。小琳睡着了，睡得真香。

他们来到后面的“花园”里。天上没有月亮，星星在很远很远的地方闪烁着，风把夹竹桃吹动了，轻轻地摇着。草丛里，蟋蟀不停地叫着。他们坐在榕树下，榕树把天隔开，把星星隔开，把夜隔开，把世界隔开，只剩下黑暗中的他和她。

一切都在朦朦胧胧之中，他们所能看清的，只有对方的眼睛。他拿出那首诗，说：“这诗我还没来得及读呢。”

在黑暗中，她把诗咏了一遍又一遍。他细细地体会这诗中的思念，竟有两行清泪无声地涌出眼眶。

她伸手拭去他的泪。她的手巾是湿的。她是一边吟诵一边落泪的啊。

这是不幸的爱情。他们彼此心中都明白，他们之间的思念是永远的。他们的相聚只是暂时的，过了今天，不知道明天。而且，他们永远也摆脱不了“偷偷摸摸”的压抑。

没有希望的期待，没有尽头的思念，这也许是他们流泪的原因吧。

如果把他们的爱情推迟到40年以后，那么，一切都简单得多。离婚，重新结合。可40年以后，他们已经老了，他们把一切都看得很淡很淡，他们甚至会因为当年的痴情，付诸微微一笑。

他们的爱情没有未来，他们只有靠回忆生活，因为过去永远是温馨和宁静的。

最值得回味的是他们的初识，而最叫他们难忘的却是那个夜晚。那时候，她从香港回来不久，那时候，没有小琳，也没有阿云。

那天晚上，宏业参行的老板娘请客，请的是子弟戏名角笑三春。这是一席“鸿门宴”，酒席间充满“杀机”。宏业参行的老板娘是个有名的戏迷，可她迷的不是笑三春，而是秋水仙，秋水仙也唱小生，在漳州有“春秋小生”之称，他和笑三春是齐名的，但他容不得有一个人和他齐名，而且，他深知，他不如三春，特别是唱腔不如他。三春天生有一副好嗓子。他要毁掉他的嗓子。他听说，把指甲粉放进酒里，谁喝了嗓子就变哑。他想试一试，无论灵不灵，不试不死心。老板娘开头不答应，这不坏了良心吗？秋水仙一个腾跃从老板娘的怀里跳出来，“不答应，我永远不来。”于是便有了这次宴会。

为了掩人耳目，老板娘请了许多戏迷，其中便有高云。高云是个有心人。她知道秋水仙心胸狭窄，常常说：“一山容不得二虎。”她也知道秋水仙与老板娘的关系。她劝三春别去。而三春心胸坦荡，以为师兄弟之间，去去无妨。

为防不测，高云坐在三春的旁边。

高云温文尔雅，滴酒不沾。她说她只是来凑个热闹，给艺坛名流捧捧场。

她的脸上总是带着微笑，她的眼睛却没有放过秋水仙和老板娘的每一个眼神和动作。她突然看到秋水仙向老板娘使了一个眼色，老板娘转身从她家丫头的手中端过一杯酒：“来来来，三春师傅，我来敬你一杯。大家都说，我捧水仙，其实，我心里真正佩服的只有你。”

她的手伸过来，雪白的手臂横在高云的眼前。笑三春正要去接酒的时候，高云突然“哎哟”一声站了起来，她撞倒了她手中的酒。酒洒在三春的身上。

“怎么回事？”秋水仙一脸不悦。

高云微笑地摸自己的脖子，“怪痒的，原来是她的头发。”

那丫头就站在她的身后，她的发梢正好落在她的脖子上。

老板娘说她打翻了她的酒，无论如何，得罚，秋水仙说，对，罚三杯。

她认罚。三杯下肚，她便昏昏沉沉的，不分东西南北。

三春送她回家。

这个晚上，她一直没有醒过来，他也就没有离开。他一直坐在她的床边，回味着席上发生的一切，他悟到了她的反常，完全是为了保护他。

第二天清晨，她从睡梦中醒来。她睁开眼睛第一眼看到的就是他。一切该发生的事情就这样发生了。没有语言，只有动作。她轻轻地叫了一声。窗台上，一只小鸟“扑”地一下，飞走了。

“你想什么呢？”她问。

“那个早晨。”他说。

“我，也是。”

他们就这样，在美好的回忆中，度过了又一个美好的夜晚。

“你怎么不说话？”她说。

三春从宁静中醒来。这时，街上已经有了人声。墙上的挂钟突然响了起来，慢悠悠地，一共打了七下。

三春说：“剧团里搞学习运动。他们要我作对照检查。”

高云静静地听着。

“我检查了三次，都没有过关。群众通不过，说是避重就轻，说是有意对抗，说是别想蒙混过关，说是群众的眼睛雪亮……还有人揭发我有严重的资产阶级腐化思想……”

高云微微地动了一下身子。

如果他没妻子，她没有丈夫，那么，这是什么思想？但，如果是不存在的，事实是，他们都有家庭，他们不仅在悄悄地破坏着他们的家庭，他们也在向维护传统道德的革命群众挑战。

“他们指什么？很明显，虽然没有指名道姓，可说的是资产阶级姨太太……”

高云的心颤了一下。

“你，打算怎么办？”她说。

“我来和你商量。”

“不说，什么也不说。”

“不说过不了这一关。”

“这一关对于你很重要吗？”

他感到茫然。这一点很重要吗？非过不可吗？无非多几次批判，无非不当那个团长，无非……不，不重要。不，不，很重要。不过关说明你对抗群众运动，对抗学习运动，对抗思想改造，对抗你忠心拥护的亲爱的党，亲爱的人民政府，亲爱的新社会。笑三春就是有这样的胆量，也没有这样的心思。

有什么比对新生活的向往更重要的呢？没有党没有新社会，能有艺人今天的新生活吗？

难道就因为，仅仅因为个人的资产阶级的爱面子的思想，不敢面对自己腐朽没落的旧思想、旧意识，而使自己站到新社会的对立面？

“如果很重要，你就说吧。”

高云说着，两行眼泪无声地滚落下来。

笑三春站起来，“别这样，别这样。”他为她拭去眼泪，“我这不是来和你商量吗？”

“我不是怕人家知道，人家或许已经知道了，我是想，我们除了这可怜的爱情，什么都没有了……”

一阵风吹过来，笑三春突然意识到自己就站在窗口。对面人家的窗子，不知什么时候已经打开了。从街上也可以看到他。他连忙往后退，顺手，把窗帘拉上。

“你不能说，不能，不能自己把自己卖出去，不能玷污我们的爱情！”

笑三春的耳边突然响起林方正的许多话，地主资产阶级不甘心退出历史的舞台。垂死挣扎，糖衣炮弹，化为美女的蛇。

他不禁打了一个寒战。当他无意中把眼前的这位可爱的女人，镶进一种理论当中的时候，一切显得那么吻合！

笑三春真正地感到茫然、惶惑和不安。

“你真的要说出去？”

“我……我只说事情，只对我自己如实地批判，我绝对不说出你的名字，绝对不会！”三春说。

“资产阶级腐化思想！”高云冷笑一声。这就是你心里想的，你承认了，真心实意地承认了，这是一件丑事，一件见不得人的丑事。这是属于那种腐朽没落，需要批判，需要鞭挞，需要打倒在地，再踏上一只脚的思想和行为。啊，不，一切的一切，都是那样的美好，像月光，像流水那样纯洁、美丽，那样的不容玷污！我的一切都是徒劳，都是虚幻，都是一厢情愿。我以为找到了知己，找到了真正的爱情，不，真正的爱情是没有的。可悲的是我自己，居然想在人间得到它！

是的，错全在我，不在他，原谅他，让他去吧。

高云站起来，给他拧了一条湿毛巾。

“时间差不多了，你去吧。”

“我绝对不会说出你的名字，除非我死！”

高云苦笑着，送他下楼。

当她悄悄地关上门的时候，她决定离开漳州。

笑三春刚刚出门就看到十字路口有一个人影。再走两步，他看清了，是阿西。这个卑鄙小人，他的目的终于达到了。他怒火中烧，又有一种灭顶之灾的感觉。只要阿西说出这个地方，他对她的保证就成了一种欺骗！她将受到意想不到的伤害。三春不顾一切地冲过去，他要掐死这个卑鄙小人！

他冲到他的面前，却没有动手，他没有那个勇气，这毕竟是大街。他只是用愤怒无比的眼光盯着他。

“师傅。”阿西怯生生地叫了一声。

“我不是你的师傅！”

“我……”

“你去揭发吧，上台批判吧，去吧，去吧！”

笑三春大踏步地朝前走，他豁出去了，也就在这个时候，笑三春突然决定，他什么也不说。任阿西这些卑鄙小人去揭发、去批判，他什么都不说。

笑三春回来的时候，人们都已吃过早饭，准备开会了。他径直走向林方正的宿舍，他想告诉他，他累了，什么也不检查了，请他原谅。

林方正一见到他就说：“来得正好，吃早饭的时候找不到你，到外面吃了？还是回家了，和嫂子和好了？好，好，不说你的事。现在有个新情况，我们得好好研究一下。”

“什么新情况？”

林方正把门关上：“陈月娥找我，坦白交代了‘草灯街事件’的真相，草仔师葫芦里的药，是她装的。”

“不是……”

“看来，我们上当了。我们对这班台湾艺人的复杂性估计不足。等会儿高科长来，我们三个人好好研究一下。这是一个新的动向。”

“好。”

笑三春突然有一种解脱的感觉。“我们三个好好研究一下。”在林工委的眼中。他笑三春是属于核心人物。他还担心什么过关不过关的呢？阿西算什么？你挖我，说不定是为了把水搞浑，转移视线！

然而，陈月娥，她怎么会呢？草仔师可是她的丈夫啊！

从阶级与阶级斗争的观点来看，这一切并不奇怪。奇怪的是，有的同志在活生生的残酷的阶级斗争面前，总是要以简单的一个“人”字来掩盖、来抹杀。他们的眼里，血腥残酷的现实不见了，你死我活的斗争不见了，只剩下一个温情脉脉的似乎是永久不变的人。是的，作为个体，他们是人，但每个人都属于各自的阶级，不是资产阶级就是无产阶级，不是地主阶级就是农民阶级……这是不以人的意志为转移的。

在三人会议上，林工委说了这么一番话。

笑三春静静地体味这番话。他身边的人一个个飘然而动，他们在干什么？他们在寻找自己的归属。

（十七）

母亲带我去看妹妹。我已经很久没有看到妹妹，几乎快把她给忘了。出门前，母亲换上灰色的列宁装，又把父亲的一支自来水笔插在口袋上。母亲的头发早就剪短了，她原来是梳着两条辫子的。这样看起来很像个干部。走到门口的时候，她把自来水笔拿起来，横放到口袋里。

母亲看妹妹，有时是她不让我去，有时是我不想去。看妹妹总是在晚上或还没吃早饭时，母亲说，突然出现才能看出她是不是在虐待妹妹。她说的她就是给妹妹奶吃的人。母亲有时叫她阿嫂，有时叫她大猪母，这要看母亲高兴。人家问她，你女儿给谁带，她便说，给自家的兄嫂带，自己人，我也没跟她计较，一个月还给她十几万元。有一次，我父亲问起妹妹，母亲便大骂：猪母！她哪里会疼我们的孩子，她过去对我如何？恨不得我死！

有时，母亲经常去看妹妹，有时不去，很久不去，也不给钱。有一次，大猪母便来找母亲要钱，抱妹妹来，低声下气的。母亲说，你还想拿钱，你让你外甥女睡在床上，任她哭任她拉屎拉尿，你还想要钱。大猪母说，天地良心，她刚刚吃完奶，我刚刚才走开，你就来了，尿也是刚刚拉的，屎可没有。母亲说：我就不信那么巧，这次没有拉屎，以前呢？你敢保证没有？大猪母没话说，一副愁眉苦脸的样子，对着怀里的妹妹说，囡仔，你快笑笑，你母亲生气了，你说说，那天是不是刚刚拉的尿。我看妹妹闭着眼睛睡觉，胖乎乎的，脖子上的肉和脸颊上的肉都挤到一块儿了，一副愚蠢样子，一点也不讨人喜欢。母亲曾说，吃谁的奶就像谁，你妹妹将来一定是一副蠢样子。果然。母亲把妹妹抱过来，捏了捏她的脸颊上的肉。我也伸手去捏，肉很“硬”，母亲说过，胖不一定好，“硬”才是结实的。

妹妹被我们捏醒了，睁开眼睛。大猪母忙说，快看看你母亲，笑一笑。可妹妹却哭了，而且哭得厉声厉气的，像是有人要抢走她，吓着了似的。母亲说，讨厌！大猪母连忙抱过去，一经她的手，妹妹便不哭了。

母亲骂道：这无孝死囡仔，这么小就不认亲生母亲了，将来有什么用！

我以为母亲生气了，没想到她倒高兴起来，多给了大猪母1万元。大猪母饭也不吃，水也不喝，抱着妹妹高高兴兴地走了。

我们出了门往南走，快到府口街时，母亲把我带进一间房子，一进去我才发现，这原来是一座庙，母亲说是“嘉济庙”，供着清水祖师。母亲让我拜一拜，我就拜一拜，拜完了便出来。母亲带我出门有个习惯，凡是经过庙，都要进去拜一拜，只合双手，不点香，保佑我平安无事，长得快。母亲拜菩萨时和外祖母不一样，外祖母总是十分虔诚而且从容不迫。母亲却是风风火火的，拜完就走。我想起南山寺的广定法师，说很久没看到舅舅了，母亲愣了一下，说，那个和尚，一来就要钱，想他要死。

到了府口街，母亲不往上拐，却一直往下走，再过一个十字路口才拐。不一会儿，又经过一座很大的庙，母亲说，这是孔子庙。孔子庙的大院子里有很多小孩子，他们跑来跑去，我问母亲：他们在干什么？她说，下课了。母亲拉着我穿过院子，上了台阶。只见那正殿的大门关着，母亲要我朝大门拜，说，拜了孔子公，将来才会读书。我刚刚合起手掌要拜时，突然一阵铃响，我背后的孩子们轰地向两边的房子里跑去，等我拜完往回走时，院子里变得冷冷清清的。这院子好大！

出了孔子庙，我发现我们已到了断蛙池。很久以后，我听说，宋朝大文豪朱熹在这里倒过墨水，把池里的青蛙精吓断了腿。原来，这里也可以通断蛙池。这条条大路是相通的！这个发现对我很重要。我突然悟到了什么，路在脑子里活了起来，它们不是一条单纯的线，而是一个交错的网。我对路的神秘感消失了，从此不怕迷路。

我们一直走到溪边，然后沿着溪走。溪边许多大柳树，溪上许多船。母亲说：你记得这条溪吗？我说，记得，我们从这里到厦门。母亲说，“这死囝仔鬼，真灵！”我们过了新桥，便到大猪母家。

这是一座大房子，阴森森的叫人害怕。母亲径直往里走。便有人叫阿妹，有人叫阿姑，母亲爱理不理的，又有人叫我的名字，“阿云”，可我不认得他们。

妹妹躺在床上睡觉，睡得死沉。

母亲对大猪母说：“阿嫂，你不能老让她睡，会睡傻掉的。”

大猪母笑着说：“哪会呢？我们孩子全都这么睡，也不见得傻。”

母亲不高兴地说：“我看你那些孩子，没有一个不傻的。”

我的那些表哥表姐们都站在旁边，有好几个哩。还有我的阿舅，也就是大猪母的丈夫也站在旁边。我以为他们会不高兴的。他们却无所谓，嘻嘻地笑。母亲也笑了。她从袋子里拿出一包糖，说：拿去拿去，我知道你们就想着我的糖。

表兄表姐们便一起欢呼起来，抢着把纸抢破了，糖果散落在床上地上，有一个掉在妹妹的脸上，把妹妹打醒了。妹妹睁开眼睛。我想，她一定是要哭了。这些表哥表姐们也太不知羞了，几个糖果还值得这么抢，而且当着客人的面！大猪母阿妗很紧张地看了一下母亲，正要伸手去抱，妹妹却笑了，睁着眼睛，张开嘴，挥着双手，蹬着腿，还发出哇哇哇的叫声。

妹妹喜欢热闹。这是我第一次看到妹妹笑。妹妹笑起来好看一些，不像平时那么蠢。

几十年后，妹妹当了母亲，我看到外甥女的笑容，居然和当初妹妹的笑容一模一样！我说了，妹妹居然很高兴，而我却感到有些伤感。

妹妹一笑，大家都跟着笑。

母亲说:“不够鬼，这么小就会笑!”

阿舅说:“跟你一样，聪明。”

“就是就是，你小时候，也是爱笑的，有事没事，总是笑，所以，现在才这么好命，做先生娘，做太太。”

阿舅比母亲大十几岁，阿妗是童养媳，母亲被抱养过来时，他们都“带”过她。

“谁说的!瞎说!”母亲瞪着眼睛说。但她并不真的生气。母亲真生气假生气，我可以看得出来。只是她为什么有时真生气有时假生气，我摸不准。

大猪母阿妗说:“最近囡子大了，吃得多了，我的奶子好像有点……营养不够，我吃得少，奶就少。”

母亲说:“你就会哭穷!就饿死你了?你就是三顿吃野菜，奶也像猪母一样地往外流，你以为我不知道?”

阿舅赔笑道:“是这样，妹妹，我最近身体不怎么好，做得少。”

阿舅在做木屐。屋子里全是软木头的味道。

母亲爽快地说:“再多给你们2万，再多，没有了。”

阿舅笑了:“我就知道妹妹心好。”

母亲高兴起来，说:“谁叫你们是我的兄嫂，我能看你们饿死?明天十五，再给你2万，买些纸钱给我母亲烧一烧，虽然，她过去对我不好，她不仁我不能不义不是，也叫她看在我的面子上，保佑你们平平安安。”

说着，母亲便从口袋里掏出钱来。

阿舅阿妗千恩万谢地把钱收了。

母亲伤感地说:“我们过去也是大户人家，开着个大艺馆，现在怎么就落得这般凄凉，都是你们没出息。不过，也好，要不，成了资产阶级，还得挨批判。”

阿妗说:“挨批判也比受穷好。”

母亲说:“你看你这觉悟，一点水平也没有。”

“批判怕什么，他说他的，你就当没那么回事。在会上当孙子，回到家里还不是照吃照睡，对面棺材店的老板就是这样。他说，你批好了，到时候，该买棺材还得买棺材。”阿舅在一边说。

母亲摇摇头，说:“要是在我们那条街，我可不让他好过，不承认错误，不低头认罪，想与人民为敌还行。帝国主义我们都不怕了，还怕一个棺材店的资本家！”

他们都笑了，说母亲真像一个干部的样子。母亲拉了拉她的衣襟，很得意。我突然发现母亲口袋里有一小摊蓝色的墨渍，几乎在同时，母亲也看到了，说糟了糟了。母亲拿出自来水笔，自来水笔横着放，漏水了。母亲很心疼衣服，又很后悔不该把自来水笔带出来。她的手上也沾上了蓝色的墨水，显得很沮丧。

阿舅说：“阿妹还带自来水笔，也学文化了，真了不得。”

母亲谦虚地说：“装模作样罢了。”

“我知道妹妹从小聪明，见什么会什么，文化是一定有了。”

母亲笑了笑，也不否认。

阿妗说：“阿妹，脱下来，我来给你搓一搓，沾墨水的不要过水，先用稀饭汤搓一搓，就搓掉了。”

“真的吗？”母亲不相信，她知道墨水是洗不掉的。

“还敢骗你，这种干部服，我给人家洗衣服洗过多少件，当干部的常常会把墨水渍在衣服上。”

阿妗和母亲到厨房里去洗衣服。几个表兄表姐围着妹妹，逗她玩。我觉得无聊，便拿起母亲的自来水笔玩。

阿舅说：“阿云也会写字吗？”

我点点头。

他便去找纸，找了好久，找出一张小红纸。那是春节包红包的纸，有折痕，边上皱皱的。在这个家里，要找到一张能写字的纸真难。他把纸放在桌上，用手抚平，“来，就写在这里。”

我想了想，在上面写了：“两个黄鹂鸣翠柳，一行白鹭上青天，窗含西岭千秋雪，门泊东吴万里船。”

阿舅惊叫起来。表兄表姐都撇下妹妹，围到桌边来。他们抢着那张红纸，争先恐后地看着，有的拿反了，还看得津津有味。我知道他们全不懂，便拿过来，念给他们听，“这是古诗，懂吗？”

于是，他们又七嘴八舌地说，再写一首再写一首。表兄从口袋里拿出揉成一团的纸，这是刚才母亲包糖的纸，他揉成一团放在口袋里，是想独占，擦屁股用。他有点不好意思地对大家笑了笑，把纸放在桌上，也像阿舅那样展开，抚平。我一口气在上面写了“床前明月光”和“白日依山尽”两首。他们都啧啧称奇，说我简直是神童。大家争着看了一遍之后，表兄小心翼翼地把我写过的纸折起来，说要好好地藏着。

母亲不知道什么时候已经回来了。她就站在一边看，很是为我骄傲。

阿舅说：“阿云真聪明，还没上学就会写字，将来可不得了，要当干部的。”

母亲说：“他哪里会写什么字，随便涂一涂罢了。在家里，也是这么涂，我说，浪费笔墨纸张。”

阿妗说：“一定是阿妹教他的。”

母亲说：“新社会，不学一点文化也是不行的。”

我发现我的手上沾上了墨水，在腿上一抹，手上的墨水没有抹掉，却又把裤子弄脏了。我的动作完全是下意识的，我没想到这该死的墨会从手指跑到裤子上。我怕母亲生气，连忙去抹裤子，当然什么也抹不掉。

母亲看了，不但不生气，反而笑着说：

“你们看，他就是那么笨。算了，别抹了，脱下来，也让阿妗给你搓一搓。”

在别人家里脱裤子，我坚决不干。母亲也就算了，说：“回去再说吧，这死囝仔鬼，假死假怪，脱裤子有什么见羞的？谁还没见过你的小鸟。”

说得大家都笑了起来。

我很生气，不说话。

这时，妹妹在床上大哭起来。她撒尿了，臭得要死。

阿妗抱起妹妹，给她换尿布换裤子，妹妹哭个不停，一直哭到阿妗的奶头塞进她的嘴里。贪吃鬼，讨厌！

母亲说要回家。阿舅阿妗一定不让走，说非得吃过饭才能走。母亲便答应了。

等吃饭的时候，母亲带我在房子里到处看看，她指着厅里一个阴暗的角落说，你爸爸以前就睡在这里。她带我上楼，说：这是我的房间，我是童养媳王，谁都怕我。

我们吃过饭便走了。我们走的时候，妹妹已经睡着了。

妹妹和猪一样，吃饱就睡，睡醒了就吃，没出息。

一路上，母亲十分高兴。说了许多话，全是她和父亲以前的事情。

可我一点也不感兴趣，从这个耳朵听进去，从那个耳朵跑出来，一点也没记住。

快到家时，远远地看到我们家门口围着许多人，母亲三步并成两步，拨开人群，往里挤，大家看是母亲，都说：“组长来了，组长来了。”一边说，一边闪着。

母亲说：“怎么回事？”

没人回答。

厝主的肺痨病的儿子坐在门槛上哭。

“阿冬，怎么回事？”

母亲问。阿冬是厝主儿子的名字，母亲待他很好，常常把吃剩下的稀饭、绿豆汤什么的端给他吃。

阿冬不说话，只是哭。

这时，厝主阿路伯从里面走出来。人们看到厝主来了，便都散去。母亲觉得奇怪，又问：“怎么回事？”

阿路伯说：“这孩子，吵着要去住院。”

“谁说我要住院？你们吃香喝辣的，我，我……”

“好了，别说了。我知道了，什么叫压迫，这就是！”母亲说。

“这，这是我们家里的事情。”阿路伯说。

“什么？家里事？家里事街政府就不能管了？照管！”

母亲向我挥挥手，说，你回家去。我走到楼梯头，躲在屏后往外看。

母亲说了声：“走，到街政府去。”

阿路的儿子站起来跟着母亲走。他像一个套着衣服的木偶，一步一顿，空荡荡的衣袖来回晃着。

阿路伯愣愣地站在那里。

母亲回头说：“你有理，你也到街政府去说。”

（17）

宋专员的通讯员到黄金大戏院的时候，剧团正开积极分子会议。这是一个星期日的早晨，宋专员没想到剧团里学习运动抓得这么紧。

通讯员找到林方正的宿舍，高少君、林方正看到瘦长的通讯员微微地吃了一惊。

“首长请高科长和林工委去一下。”

高少君和林方正对看了一下，他们都不知道出了什么事。首长很少越级下达过指示，除了特别重要的事情。

“我们正开积极分子会，”林方正说，“要不，高科长你先去，我在这里安排一下再去。”

通讯员似乎有些为难，想说什么，又没说。高少君很想离去，他对这种积极分子会已无兴趣，无非是发动一些人来揭发批判一些人。今天你是积极分子，明天他是积极分子，没意思。但他又觉得自己先走不好，运动尚未取得成绩，自己先去见领导，领导问起来如何回答？说得不好，会给林方正带来不便。

“我们一起去吧。”高少君说。

“你先走吧，我开完就去。”

高少君和通讯员刚刚下楼，林方正便有些后悔。运动正在深入，只要把陈月娥的问题深入揭露下去，说不定会挖出几个暗藏的反革命分子。新中国刚刚成立不久，他们就在大庭广众之中搞爆炸事件，扰乱人心，联系到大利借酒醉对学习运动的公开诋毁，问题就很明显了。这些人全是台湾人，他们是怎么来的，来干什么？这一切都必须搞清楚。前一段，他差一点把主要矛盾抓错了，把注意力集中到笑三春身上。当然，吃一堑长一智，这不算什么，何况，我还没有败。然而，高少君会如何汇报呢？他是着重讲运动的深入，还是讲运动中出现的问题？这个同志不大善于抓主要矛盾，别看他是个知识分子……

高少君和通讯员刚拐过弯，通讯员看左右没人，说："高科长，我们还是等林工委一起去吧。首长是交代一起去的。"

"什么事这么重要？"

"没有什么事，首长说，你们工作很辛苦，今天请你们到家里包饺子。"

高少君松了一口气。他想，这是好事，好事还是一起去的好，便转回来，在门口向林方正招招手。在门口悄悄地把宋师长请客的事说了。林方正喜形于色。他灵机一动，回到里面，拿出几份文件和报纸，请笑三春主持会议，请赵敏念，带领大家学习，说："先把上面的精神再学习再领会一下，下午，我们再来商量具体的方法步骤。"

林方正交代之后，便和高少君匆匆下楼。

屋里的积极分子们感到有些意外，什么大事把两个领导全叫去了，而且是专员亲自来叫！然而他们又有一种解脱感。领导一走，刚才那种严肃的气氛便跟着他们走了。大家先是挪动屁股，渐渐地便开始东斜西歪起来，有的甚至打了一个长长的哈欠。

这些积极分子，除了赵编剧和秋月，全是清一色的"水仙班"的人。笑三春感到过于一色不好，建议留一两个"艺光班"的同志，林工委不同意。说，他们身份不明，来历不清，不行。

虽然阿文还是对照检查的重点对象，但阿英却成了积极分子。本来，阿英从乡下回来时是提心吊胆的，怕被林工委发现。她回来给林工委带了一包咸酥花生，这是他们家的土特产。她怕林工委不收，没想到他却爽爽快快地收了，而且问长问短，"母亲好些了吗？有空带到城里来走走"等等。只有秋月显得有些别扭，说话也阴阳怪气的，秋月她才不放在眼里哩，做戏的不会做戏，风神什么？把身子死皮赖脸往男人身上靠，和旧社会的土婊有什么不同？何况，又是和土匪睡过觉的，我看林工委才不会看上她！阿英不知道积极分子怎么个积极法，她只知道当积极分子自己过关快，还可以随便地问别人，反正拿别人的手打石头，不痛。但她不会乱问，更不会像阿西那样，无中生有装积极，讨好领导。

她坐在窗边的椅子上，偷看窗外的景色。三春轻唤一声，阿英！她连忙把头转回来。赵敏念文件的样子很斯文，声音很柔和。他是一个才子。这么想着，心中荡过一阵温柔。她的脸微微发热。她对自己感情的微妙变化感到羞愧，她不是一个轻佻的女孩，不是，然而，她的内心却拥有许多许多的柔情。她对自己这种柔情的溢出有时感到很恼火，却一点办法也没有。她也许就是书上所说的那种多情女吧。她瞥了一下师傅，怕师傅发现，而师傅此时正专心地在笔记本上写着什么。师傅真是有办法，没读过书，却能识字，而且识得还不少哩。师娘是三生有幸，才嫁得这么个好人，人“水”不用说，心地善良又心灵手巧，也算是一个人物了。师娘还不知足，整天吵吵骂骂的。阿英又想到阿文的心眼太死，比不上师傅，现在八字还没一撇哩，他就这么闹别扭，将来真的嫁了他，还不知要怎么样呢？这么想着，心里又觉得阴凄凄的。这次回乡，阿文的养父一再交代，要她照顾好阿文，管着他，别让他胡来，新社会不比旧社会，咱们的底子又黑，由不得性子啊！可她管得了他吗？再说，老是这么管着，多累人！是不是像戏文里所说的，欢喜冤家，欢喜冤家，非欢喜不成冤家，非冤家不成欢喜。夫妻互相欠债，真是这样，谁都不嫁！

阿英这么胡思乱想的时候，赵敏已经把文件念完了。时间还早，厨房里飘来了油香、菜香。菜刚下锅。怎么办？三春看了看赵编剧，赵编剧笑了笑，表示他也不知道该怎么办，不过，按惯例，读完文件总得谈谈体会，三春也就让大家谈谈体会。这些文件虽然反复学过多次，但每学一次都有一次新的体会，要不，怎么说是“文件”呢？

谈体会，笑三春带头，无非是把文件的精神再重复一遍，检讨一下前一阶段自己不够主动积极，表示一下今后的决心。大家便跟着也谈体会，大同小异。阿英最后一个说，她刚才没有认真听文件，平时不当积极分子时对文件是不经意的，她只说，今后一定认真跟师傅学，当好积极分子，人们想笑又不敢笑，毕竟是积极分子会议。

笑三春看时间也差不多了，便看看赵敏，赵敏笑了笑，三春便宣布散会。

这边散会的人说说笑笑从林方正的房里走出来，那边几乎所有的宿舍都纷纷地将探出来的脑袋缩了回去。人们希望积极分子会赶快开完，又害怕积极分子会开完，每次积极分子会议之后，便有大会，便有人检查，有人过不了关。而这次积极分子是重新确定的，更使人们的心中忐忑不安。

阿西看到三春走过来，悄悄地站在一边，等左右的人都走远了，才抢上一步，轻轻地叫了声：“师傅。”

三春瞥了他一眼，这个阿西，在“艺光班”本来只是个“三笼”——布置舞台、管道具、安顿戏馆，两个班合并之后，三春看他人还机灵，安排他上台做戏，平时倒是感恩不尽的，师傅长师傅短，不想当了积极分子便来算计师傅，什么“资产阶级腐化思想”，什么“资产阶级姨太太”。还居然搞“跟踪”，跟侦探似的。我倒要看你有什么出息。三春想。

“师傅，”阿西嗫嚅着，“我……”

“你也不用说，我的事我会检讨的，感谢你的帮助！人，不能这样做！”

“我知道，可我……”阿西还想说什么，看到阿文走过来，便闪到一边去。

阿文悄声问：“师傅，下午该谁过关？”

三春说：“两个领导都到上面开会去了，下午的事还没定哩。”

三春边说边走，经过陈月娥的门口，凤仙在里边轻轻地叫了一声：“师傅。”

三春在门口犹豫了一下，还是进去了。

“阿西这孩子，不懂事，我替他向你赔不是。”三春刚刚进屋，陈月娥便站起来说，“这孩子从小死了父母，没人教管。他跟着戏班走了三天，你师兄可怜他，收留了他……”说着，陈月娥满脸是泪。

三春说：“嫂子，我笑三春不是那种记仇的人。算了，不提他了。你要保重，我看你最近瘦多了。我还是那句话，走的已经走了，活着的还要活着。”

陈月娥只是垂泪。

凤仙说：“师傅还不知道？师娘已经向林工委坦白，当初葫芦里的药是她装的，她等着挨批哩。”

笑三春顿时白了脸。这次换了积极分子，而且是清一色“水仙班”的人，看来，陈月娥这一关是不好过的。

这种事，这种事怎么能坦白呢？然而，这种事又如何能不坦白？他惊疑不定地看着陈月娥。

“师弟，你难道也不……”陈月娥惊骇。

是的，这个善良的弱女子是不会有意害死丈夫的，但是，又有谁能证明她无意？

“师傅，你能帮忙就帮忙吧，那些人，听你的。”凤仙说。

“我尽力吧。嫂子保重。”三春说着，转身走了出来。

这时，阿英已到厨房里拿了饭菜，远远地喊了一声“师傅，吃饭了”。

宋专员的家就在专署里的一所平房。听说，这里解放前是协和医院勤杂工住的房子。人们劝过几次宋专员，他就是不搬。好好的房子能住人为什么要搬，漏了吗？没有，有砖有墙，有窗有门，为什么不能住人。几句话把总务处的同志说得哑口无言。他们后来提议，把墙刷一刷，把破砖补一补，把窗子漆一漆。宋专员还是拒绝了。后来，他们趁宋专员到福州开会的时候，经卢副专员同意，把破砖给换了。宋专员回来时，只好承认既成现实，只是随口骂了句：“这些个家伙。”

林方正、高少君进门时，看到专员的爱人在厅里和面。宋专员的爱人原来在师卫生所，现在地区医院当护士长，姓肖。机关里的人都叫她肖大姐。肖大姐看到他们，说，来啦，坐坐，先喝茶，自己倒。

林方正和高少君对看了一下，他们有些拘束，厅里倒是有些椅子，就是不知道该往哪里坐。

“随便坐”，肖大姐说，“老宋说好了今天和你们一起包饺子的，临时又被地委邢书记请去了，他一会儿就回来。”

肖大姐动作麻利，她一边揉面，一边随随便便地问了一些日常小事。他们一一作答。

从厨房里传来剁肉的声音。那声音干脆利索，而又有些欢快。从声音里，他们推测是一个姑娘。果然，不一会儿，便有一个非常清脆的声音传出来，“姐，菜全放吗”？

全放。肖大姐朝里应了一声，然后看了看林方正和高少君，把他们看得不自在起来。

这么说，在厨房里的是肖大姐的妹妹了。她长得怎么样，和肖大姐一样吗？要是一样，是不错的。然而，是真的姐妹还是同志之间的昵称？进而又想，宋专员请我们来，该不是来会这位姑娘的吧？

在这种时候，作为年轻人，他们的思想活动大抵相同。他们有一句没一句地互相说着话，无非是在掩盖各自的思想活动。

肖大姐时不时问一两句话，也无非是到南方来习惯吗，平时有没有到哪里去走走等，无关紧要可有可无的话。

屋子里弥漫着一种微妙的气氛。

他们的耳朵变得十分灵敏起来。能分辨出厨房里的许多细微的声响，由声响想象出那姑娘的动作：洗菜，切菜，在菜里撒盐，用蚊帐布包菜，拧挤，他们甚至能想象出菜汁从她的手指间流出来的样子。

这时，肖大姐已经擀好了饺子皮，那一张张雪白的饺子皮，散发着诱人的面粉香。他们很久没有吃饺子了。

“馅和好了吗？”肖大姐问。

“来了。”

随着一个甜美的声音，厨房门口闪出一个姑娘。

林方正、高少君眼睛一亮。

林方正看到一个“喜儿”，大眼睛，长辫子，红底碎花斜襟衫。所不同的是，发梢上，还有一只黑色的蝴蝶结子。

高少君看到了又一个芳芳，那神态，那端着盆子走路的样子，简直像极了。

她把饺子馅放在桌上，好像是不经意地朝他们微微一笑。肖大姐说：来吧，我们来包饺子。

两个男人机械地应了一声，站起来，围到桌边。他们都变得很笨拙，一个饺子捏来捏去，不是馅太多了，就是太少了，不是捏松了，就是捏紧了，摆在那里，连他们自己都看不顺眼。

看着那些别别扭扭的饺子，那姑娘想笑又不好意思笑。偏偏，两个男人都看出她的欲笑不笑的样子，就更加手足无措了。

肖大姐说：“我来介绍一下。这是我的妹妹，肖爱梅，这是专署文教科科长高少君，这是芗剧团指导员林方正。我妹妹刚刚从老家来，想在这里找点事做。”

这一下，他们总算找到了可以说的话题，连忙问：老家现在如何、土改了吗、扫盲了吗、多少人参加志愿军，等等。

一说起话来，气氛也自然了，手脚也灵活起来了。

肖爱梅问他们忙些什么，星期天也不歇息。林方正便讲起剧团的事情，小生小旦，花花絮絮，生动活泼，说得肖爱梅格格发笑。

肖大姐说：“小林到剧团，真学会说话了。”

他们正说笑着，宋专员回来了。林方正、高少君叫了声“宋师长”，便又显得拘束起来了。

宋专员脱下外衣，也来包饺子。他刚刚伸出手，肖大姐“啪”的一声打在他的手背上，洗手去。

肖爱梅说：“姐，打师长可不得了。”

肖大姐说：“在家里，我是军长。”

宋专员哈哈大笑。气氛一下子又活跃起来。

等师长洗了手来包饺子时，林方正说：“师长，我们剧团最近学习运动……”

宋专员打断他的话：“今天一律不谈工作，礼拜天，就要有个礼拜天的样子，说说笑笑，轻轻松松，小高，你说是吧？”

高少君高兴起来，难得一天轻松，而且又是首长特许，便说：“我们来说笑话，轮着说，说完了笑话，饺子也就包完了。”

肖大姐说：“这个建议好，就从你开始。”

宋专员也说：“好好，就从小高开始。”

高少君想了想，说：“古时候，有一个县老爷过生日，一个财主想巴结他，听说老爷是属鼠的，就用金子铸了一只金老鼠去给他祝寿。那老爷见了很高兴，说：‘我太太生日也快到了，她比我小一岁，是属牛的。’这财主一听，我的天，他还要一只金牛！”

高少君还没说完，大家便都笑开了。宋专员说：“这故事好，揭露封建地主阶级的贪婪本性，又讽刺了封建官僚的腐败，深刻。他们哪里来的金鼠金牛？还不是残酷剥削农民得来的，好，再讲一个。”

林方正正愁没有笑话说，便说：“这一个你替我说了。”

肖大姐说：“不行不行，小高再讲一个，你的也不能少。”

于是高少君又讲了一个：“东山军阀韩复榘，土匪出身，没有文化，又要附庸风雅。有一天，游泰山，手下人拍马屁，说自古名人雅士游泰山都要作诗，您也要做一首，以名垂千古。韩复榘哪会作诗，不作又怕没面子，想了想，作了一首打油诗……”

高少君顿了顿，把捏好了的饺子放到桌上：“远看泰山黑乎乎，上头尖来下头粗。有朝一日倒过来，下头尖来上头粗。”

肖爱梅第一个笑出声来，笑得弯了腰，连叫“哎哟哎哟”，把手中的饺子捏成一只面团。肖大姐用手指掩住嘴，另一只手指着高少君：你，你……笑了很久才说出，你是瞎编的。

宋专员笑着说："编得好编得好！对反动军阀的嘲讽，入木三分，入木三分。"

笑过之后，宋专员沉吟片刻，说："话说回来，我们的同志，不学文化，将来也会像他那样的，我看，小林就不错，学文化蛮认真的。"

林方正被说得脸红起来，心想：我还差得远哩，人家高少君一说讲笑话，一下子便说出这么有水平的笑话来，我呢？却一个也想不起来，越急越想不起来，脑子像一下子凝固了。

"好了，现在轮到小林了。"肖大姐说。

林方正急得满脸通红，甚至有点口吃起来："我，我……我，好，我讲一个。"

说来奇怪，在这紧要关头，脑子里灵光一闪，闪出小时候听过的一个故事，也顾不得有没有什么意义，就说了出来：

"我们家乡的小镇上，有一个卖老鼠药的，说，吃了包死，人家说，怎么让老鼠吃？他说，你抓了老鼠往它嘴里灌啊。"

肖爱梅说："抓了老鼠还用药吗？"

林方正说："好笑就在这里啊。"

肖大姐说："不错，不错。"

这时，通讯员把宋专员叫去了一会儿，厨房里的水也开了，笑话也就不讲了，一会儿煮了饺子，大家吃饺子，聊天，很愉快。

吃了饺子，林方正和高少君便告辞了。

两个人一走，肖大姐便问妹妹："怎么样？"

肖爱梅红着脸："什么呀，姐姐？"

宋专员说："我可是很认真按照你姐姐的指示办的。他们是我们最好的同志，有能力，肯学习，又还没有对象。"

肖爱梅低着头，小声说："还是那个姓高的好。"

（十八）

母亲从街政府回来。站在楼梯口大骂：资产阶级阴险毒辣，当面一套，背后一套。我不怕，我怕谁？什么狡猾的家伙我没见过，旧社会国民党便衣暗探我都不怕，还怕你们不成？现在是新社会，共产党的天下！

她又指着楼下厅里的那个痨病人：你个没用的东西，盐蚣船（蝉）见天不叫，到街政府怎么就变成哑巴了？平时受了那么多压迫，那么苦，那么多不平等，那么多委屈，全都不吐一个字，害死我，两边不是人。你个没用的东西，扶不起来的阿斗。“成也萧何，败也萧何”，全坏在你的身上。

她骂得很起劲。我跑到楼梯口，十分担心地看着后楼。后楼一点动静也没有。我低头看看楼下厅里，那痨病人躺在黑黑的蚊帐里，一动也不动。

母亲回到家里，坐在桌子边，倒一杯水，咕噜一声喝光，拿起竹扇子，使劲地扇着。我连忙到床上，拿父亲的蒲葵扇，站在她的背后，帮她扇。

母亲自言自语地说，你挨枪货的李师娘，你是一个投降派，武训。我要到上面去告你，包庇纵容资本家压迫生病的儿子。你叫我们注意，叫我们多一个心眼，三反五反，好，我抓到了把柄你却不办！还一味地劝我，什么清官难断家务事！我上当了，我不干了。你李师娘欺骗革命群众、积极分子，不得好死。

母亲突然转过身，夺过我手中的扇子：“都是你父亲，没出息，搞女人，人家才敢看不起我们，欺侮我们。”

我知道她又要开始骂父亲了，她总是这样，骂完了别人便骂自己，受了别人的气，便拿父亲出气。我不理她，自己拿了根铅笔来写字。

母亲骂累了，便去买菜做饭。一到晚上，也不点灯，也不开窗，蒙头就睡。日子过得没滋没味。

这几天，梅姨总是躲着母亲，下了夜班就躲在家里睡，下午也不上来。母亲做了精肉田藕面线汤叫她来吃，她也不来。母亲便骂她：土婊，叛徒，胆小鬼。

今天下午，梅姨悄悄地爬上来，母亲见了十分高兴，笑骂道："连你也和我生分了，我又不是老虎。精肉田藕面线汤给你吃你也不来，真是没有良心。"

梅姨尴尬地笑着："不是不来，是真的累得不想动。真的，没骗你。要不，你明天再煮，我来吃给你看。"

"你也不用说好听话，我又不是傻瓜。这几天，大家都躲着我，把我当怪物一样，连相借问（打招呼）都提防着什么。我是一片好心，响应政府号召。我不会做人，不像人家李师娘，当了婊子——我不是说你，又要立牌坊。我这人直来直去，得罪人，心肠不坏，相处久了你就明白。"

"我知道，我知道……有一件事，厝主不好意思说。她说，她说……"梅姨欲说又止，吞吞吐吐。

"你这人，就是不干脆，有话就说，有屁就放。她说什么？总不至于要赶我走吧。我是街干部，积极分子，组长。我救过她丈夫的命！"

"三春嫂真是聪明人。厝主的话也没说死，但也是这个意思了。她说，你的意见她其实是很接受的，虽说阿冬是一个痨病鬼，也是亲生的，过去待他不好，现在想来弥补，让他吃得好，住得也好，所以，想让他住到楼上来……"

"狡猾，资产阶级就是狡猾！她真改过自新了？明明是赶我走。"

"她也不是一定要你走……要不，你和她认个不是，邻里之间，和为贵。"

"不行。她算老几，我去求她？我绝不向资产阶级投降，绝不！你去告诉她，赶我走，没那么容易，得看我高兴。"

梅姨说："她其实也是说说而已。"

梅姨走后，我说："我们搬回小琳那里去吧。"

母亲"啪"的一声，给我一个巴掌，"没出息的东西！"这一下，打得我脸上火辣辣的，眼泪都快流出来了。

"都是你们姓朱的，害得我连房子都没得住，当初要是不嫁给你那没有用的父亲，我也不至于落得这般田地。”

母亲说着，便掉了眼泪。我不敢作声。

“去，去把你父亲叫回来。我在这里受人欺侮，他倒在那里清闲！”

我一听叫我上戏院，拔腿就走。

“回来。我教你，到了剧团，悄悄地走，要是你父亲在房间里，不要叫，先看，看什么人和你父亲在里头，有没有阿姨，搞什么鬼。回来告诉我。还有，你得给我快去快回，别给我死在那里，让我牵挂。”

我不住地点头，就求快一点离去。

这一次，我得走新路，我一下楼，就打定了主意。

我先到嘉济庙。庙里很安静，只有一个老阿婶跪在那里，口中念念有词。我站在她旁边听，她念得一点也不好听，简直是胡来，哪像是念经。我走近看，清水祖师是个大黑脸，两个眼珠子微微突出。我吓了一跳，后退一步。绕到后面，后面还有一个小院，门掩着，从门缝里看，里面很干净。

我想起了广定师，有一次，他带我到一个小院子里吃斋，也是这么干净的一个小院，记得是从大雄宝殿出来，沿着木鱼所指的方向，拾级而上，进一个小门，走过一条长长的长廊。我已经很久没有看到广定师了。

嘉济庙的院子里有一块石碑。我摸了摸那石碑，阴冷光滑。这碑几十年后被列为文物保护对象。“此碑银钩铁画，为世所珍。”是漳州首屈一指的书法艺术名迹。可我当时实在不识宝，我用我的手指在字沟里顺了一会儿，觉得无聊，便走了。

我又到孔庙，我先到门口那块“文官下轿，武将下马”的石碑前站了一会儿，然后进了院子。左右厢房里传来一阵阵读书声，清清朗朗的，听了很舒服，我于是也萌生出上学的念头。但母亲说过，我还没到上学的年龄，心中便有些怅然。我顺着雕龙刻凤的石条往上爬，爬到大殿外头朝里拜。母亲说过，拜了孔子公才会读书，会读书才有出息。在我拜孔子公的时候，我的脑子里闪过阿文在戏台上中状元的镜头，有一种飘飘然的感觉。

出了孔庙，很快便过了断蛙池。转到东闸口时，想到小琳家去看看，怕耽误太久，挨母亲骂，狠了狠心，转过来朝戏院走去。

剧团里正开会，大家在台前围成一圈，大利叔低着头，站在中间。

我一边敲着椅子，一边走进去。我的手上拿着一根在路上拾来的小竹子，用小竹子在空中闪来闪去会发出“咻咻咻”的声响，很过瘾。人们听我打椅子的声音都回过头来，我连忙丢掉手中的竹子。

阿英姐眼尖，悄悄地退出会场，抱起我说：“你怎么来了？”

“你师娘叫我来的，叫你师傅回去。”

阿英姐笑着说：“嘴尖薄利，跟谁学的？”

“你。”我说。

她在我的脸上亲了一下，说：“现在可不能去，正批判大利师叔哩。你在后边等，别上去。”说着，从口袋里掏出几块糖果，塞在我的手里，“听话。”

我坐在后座，觉得很新鲜。这么多的椅子就坐我一个人。我想数一数有多少椅子，可数不过来，我最多数到100，100以外，还有许多椅子，没法数。

只听父亲说：“大利，你平时喝酒，不检点乱说话，还骂人。学习运动来了，也不注意，我行我素。你本意上没有什么恶，但客观上就起着干扰破坏运动的坏作用。”

林工委说：“我们是主观与客观统一论者，既然客观上干扰破坏运动，就得在主观上查原因。真醉还是假醉？你说你不怕，还骂粗话。粗话我们可以不计较，只问，你不怕是什么意思？不怕谁？人民政府吗？”

大利抬起头来说：“我没有那个意思。我只是对对照检查不满，发点牢骚。”

“这就对了，”林工委说，“是没醉，是借酒发挥，是有意识的反抗。现在总算说了实话。‘不满’是问题的所在。那么，学习对照，向党交心有什么不好吗？同志们都知道，这是一件好事。不学习不检讨怎么能跟上时代的步伐？对这样的好事，你却不满，我们就要问，为什么？这该不会过分吧！凡事都要问个为什么？这是毛主席的教导。你，大利同志，我们现在先称你同志，你在台湾干什么？唱戏，是的，除了唱戏，还做了些什么？你先别说话，有没有参加什么反动组织？同志们，我是不是把问题看得太复杂了一点？开头，我也比较单纯的，大利同志偏要借酒耍疯，大肆攻击学习运动，谩骂领导。当然不是因为他骂了我，他骂的不是我林方正，是领导，换一个人，李方正张方正，他照样骂。今天为什么要开这个会？就是要整整一些同志的态度。我这里讲的不是一个，而是一些！特别是从台湾来的同志，是不是应该清醒一下，啊？”

林工委说得声音很大，先是坐着说，以后就站了起来，还做手势。他的手势很好看，干脆利落。只是他的本地话说得不怎么样，有一股北仔腔，听起来，常常叫人忍不住要笑。

我想站起来爬椅子。我过去在厦门思明戏院和冷水石花他们爬过，从第一排爬到最后一排，再从最后一排爬到第一排，比赛谁爬得快。突然，我听到谁喊了一声，“大利不老实就叫他灭亡！”接着，便有好多人跟着喊，还举拳头，像母亲他们上街游行喊口号。我站在椅子上看，我认出带头喊口号的是秋月姐姐。

我也在后面举起手来，喊道：“大利不老实就叫他灭亡！”

这一喊，大家都朝我看。阿英姐一下子窜过来，用手捂住我的嘴：“谁让你喊了？”

父亲也走过来，冲着我怒冲冲地说：“谁让你来的，捣乱，回去。”

我说：“妈叫你回去。”

父亲不由分说地把我拖出戏院，说：“滚回去！”

我大哭起来：“妈叫你回去。”

阿英在一边说：“师傅，我带他回去吧。”

父亲说：“你是积极分子，怎么能走？叫阿文去吧。”

父亲进去叫阿文，阿英姐掏出手巾给我擦脸：“你尽惹事，你不知道师傅这些日子有多烦。师娘也真是的。”

一会儿阿文哥出来。我说：我不用人带，我自己会回去。我挣脱阿英姐的手，朝路口走去。我听到阿英姐说，你跟在他后边吧。我不理他，走自己的路。

走到十字路口，我趁拐弯的时候，偷偷地往回看。我看到阿文哥傻傻地跟在我的后边。我想，让你跟！一拐便拐到东闸口，朝小琳家走去。

小琳家门关着，推不开，叫，没人应。从门缝往里看，暗暗的通往后园子的门也关死了，阴森森的，有点吓人。我打门，砰砰砰，里面也响起砰砰砰的回声，我只好折回来。

我看到阿文躲在柱子后边。我灵机一动，再让你跟，我到南山寺找广定师去。我于是向溪边走去，没走几步，手便被阿文哥抓住了，“你往哪里去？”“你管不着。”我甩开他的手，跑了起来。

跑到溪边，又被他抓住。他不由分说地将我往回拖。我说：我到南山寺，找广定师去。他想了想：说，也好，我们一起去。

我们刚进天王殿，阿文哥指着大肚佛问我：“这是什么佛？”我说“弥勒”。又问韦驮，又问四大天王，我一一对答如流。阿文哥说：“算你聪明。”

广定师住在大雄宝殿的东南角，那里有一间小禅房，它的对面是一口大钟。后来我知道关于这口大钟的许多传说，其中一说说的是它和芝山下开元寺的大钟是一对恋人，有一天谈恋爱回去的时候，它的爱人在中途碰到一个生小孩的妇人，便一头栽到南门溪里，永远也起不来。从此，这口钟也变哑了，那是因为它哭坏了嗓子。广定师坐在椅子上看经书。禅房里很暗，他的眼睛不好，看书时，脸几乎贴在书上。他看到我们，微微一笑，说：好久不来了，你父母亲可好？我说好。每次来，他都这么问，我都这么答。他又问阿文哥：剧团里可好？

阿文哥说：“好什么，老开会。”

广定师认真地看了一下阿文哥，说：“阿文，你的气色不好。”

阿文叹了一口气。广定师说：“凡事能忍则忍。‘忍辱如大地’。”

阿文哥苦笑了一下。

我说：“我要看金鱼。”阿文哥便带我到放生池。今天的金鱼懒洋洋的，荷花也不鲜艳，也闻不到花香，没意思极了。我在荷花池绕了一圈，说，回去回去。

广定师把我们送至山门，临走，他又对阿文说：“能忍则忍，大事化小，小事化了。”

我们回家时，母亲站在门口，看到我们，对阿文哥说：“你师傅怎么不回来。”

“师傅开会。”

“开什么死人会！死人会开不了！”

阿文什么也没说，只是静静地站着。我说：“爸爸真的在开会，全都开会。”

“开会？阿文怎么出来的？你们全套好了来骗我！”

“不信，师娘可以去看看。你以为我们想开会，都开腻了。”

母亲说：“我也不用去看。他开会过日子，家都不要了，也好。你把阿云带去给你师傅。我明天就上山去！”

阿文以为母亲是说说而已，牵着我就要进门，却被母亲挡住了：“阿文，你师娘什么时候和你说着玩的？去！”

我乐得到剧团去，说：“走，阿文哥。”

（18）

林方正没有想到自己会把剧团的学习运动搞得如此有声有色。批判陈大利的会议收到了预期的效果，既打击了个别人的嚣张气焰，也教育了广大群众，起了杀鸡儆猴的作用，“艺光班”的人，大大小小，没有一个不老老实实、争先恐后地表态，要认真参加运动，深刻对照检查。这时，他和几个同志商量，先把他们的底子摸清再说，他们过去在社会上扮演什么角色？不了解他们的过去就无从教育、无从改造，更谈不上团结。团结是有原则的。草花街爆炸事件是什么性质的事件？……林方正晚上关起门来，学习对照文件精神，越想越觉得问题严重。他决定让原“艺光班”的人，一人写一份自传，自传包括这几个方面：从出生到现在，每一年每一个月在哪里做什么？有谁证明，互相之间是什么时候在什么情况下认识的？在台湾还有什么亲戚朋友，都干些什么。姓名，通讯地址，有没有书信往来？等等。把这个意见和高少君商量，高少君也认为很有必要。

这个决定在大会上宣布，没有一个表示反对的，只有人提出不识字不会写怎么办？于是又决定，不会写可以自己说，请别人代记，记完之后按手印表示负责。同时还规定一条纪律，为了达到实事求是的目的，互相之间不许串联勾通，自己对自己负责。

事情搞成这个样子，凤仙非常后悔。不该让师娘去坦白早已过去了的事情。她是一个聪明人，自从领导重新组织积极分子队伍，她就明白领导是冲着什么人来的。过去的事情拿到现在来说，怎么说也说不清楚。她家穷，要不是穷，她不会来学戏，可她的父亲却当过警察，她的舅舅也当过警察。怎么当上去的？还不是为了养家糊口。但是人家要问，如果仅仅是为了养家糊口，干什么不行，偏偏干警察，难道世界上只有当警察才能养家糊口？还有她的初恋，好像也参加过三青团，那是集体登记的，不参加也得参加。你又能说清楚吗？不说，师娘说了怎么办？大利师叔说了怎么办？阿西说了怎么办？她们家的事，他们都知道。不说不行，说了又说不清楚，这多叫人为难！

更叫凤仙担心的是师娘，她总是把回台湾挂在嘴上，迟早要回去的。你急着回去干吗？你对人民的天下怎么表现出这样的冷淡？你说药是你装的，好，这可没冤枉你，你制造爆炸事件的目的是什么？听说你丈夫不是你的结发丈夫，听说你当过保安团长的姨太太，强迫？谁证明？还有，你丈夫就干净吗？为了达到与你鬼混的目的，当团丁，在伪保安团长的鞍前马后好几年，就没干过坏事？你能保证你们不是反动派派过来的，专门搞破坏的人？

凤仙聪明，她从人们上一段的批判，特别是对大利的提问方式中，悟到一种思维方式，用这种方式来推论师娘的问题，越想越可怕。想到最后，连她自己都糊涂起来了，是的，难道师娘就那么值得信任？难道你了解师娘的一切，包括她的内心，你是她肚子里的蛔虫？难道她不可能在你的面前装出一副可怜相来迷惑你？还有大利叔，他借酒骂领导难道不是事实？你能保证他没有深刻的目的？

凤仙出了一身冷汗。

她唯一相信的是她自己，她没有干坏事，清清白白女儿身。她这辈子干的最大胆、最不合规范和道德的一件事，就是和赵敏的“关系”。看来，这关系也不能维持下去了，她不能连累他。这几天，她连他的宿舍都去得少了。整个剧团无形中形成一条鸿沟，把“艺光班”和其他人划开，表面上看，大家还客客气气互相问候，实际上已经生分了。这只有当事人才感觉得出来。在这种气氛当中，她怎么好到他那里去呢？

她没有去的时候，他的生活就乱了套。她看到他常常到外面去吃点心，当然是吃鼎边滚，衣服好几天不换，胡子也不刮，头发也乱糟糟的，像草丛。不经她的手，她什么都看不顺眼。在没人看见时，她会悄悄地对他说：“找个时间理发。”或者“衣服该换了。”而他，总是笑笑，不当回事。男人就是这样。

写自传当然不能找赵敏。找谁？师娘识几个字，她自己要写，找她人家也未必同意。她最后找了罗仔师。罗仔师读过几年私塾，而且当过积极分子。她请示了林工委，他说可以。

凤仙从大利的宿舍经过，大利师叔在床上坐着。他最喜欢躺床，可最近不敢躺，整天躺床上会被看成是一个态度问题。冷水的母亲在一边说：“要不，你就少喝一点吧。”大利直摇头，喝了酒，不管多少，他就管不住自己的嘴。不喝，脑子里一片空白，过去的事情一点也想不起来，怎么写自传？

凤仙想进去又觉得进去反而不好，不是不允许串通的吗？凤仙略一迟疑就走过去了，走过去时正好碰到秋月，这女人无处不在。她庆幸没有进去，要不，说不清楚。秋月笑着问：“凤仙姐去哪里？”

“找罗仔师写自传。”

“怎么不叫赵编剧写呀？”

聪明过人的凤仙一时无话。见凤仙无言以对，她神秘地一笑，凑到她耳边，轻声说：“林工委派他出差哩。”

“去哪里？”凤仙吃了一惊，昨晚还看见他，怎么一个字也没吐？

“不知道。”

说着，秋月便走了。

凤仙的心里七上八下的，折回来，看赵敏的宿舍果然锁着。去哪里？怎么不告诉我？有一种说不出的感觉在她的心中穿梭，酸溜溜的，催人泪下。她怕真哭出来让人看见，连忙拐进斜对面的厕所里。

厕所里没有人，她把门关上。

说什么他也得告诉我一声。这么想着，凤仙便真的哭了出来。她又想起师娘以前教她的一段“七字仔”调：“枝在墙头花在西，自从落地任风吹。枝无花时还再发，花若离枝难上枝。”她是那落枝之花，她被抛弃了。她越哭越伤心。

不知怎的，她想起他的忧伤和绝望的疯狂，一切都那么实在，又那么虚幻。她献出了自己的一切。她也切实得到过从来未有的快乐，那快乐如风暴袭击着她的灵魂，终生难忘。而现在，一切都离她而去，像退去的海潮，只留下遥远的，似有似无的叹息。

她不知道自己哭了多久，一直到有人敲门，才止住哭泣。她匆匆对着镜子整理自己，她简直不敢相信镜子里的人就是她！怎么一下子变得如此苍老！

她开门的时候发现门外没人。她正感到奇怪，秋月带着陈月娥惊慌失措地跑过来，她们看到她时，松了一口气。

“什么事？”凤仙问。

“我以为……没什么。”秋月不好意思地说，“有些事情，要想开一些。”

两天前，赵敏绝没有想到自己会回到这里。

海依旧，滴水依旧，而他，赵敏，却仿佛已变成另一个人！

不管对于沈萍还是凤仙，他都是一个薄情寡义的负心人。他鄙视自己！

在漳州的时候，他无时无刻地在想着沈萍，她的信他一封也没有拆，但他知道她信上写的什么，因为他无时无刻在和她对话。而一上汽车，离漳州越远，他却又越想凤仙，想她的各种好处，想那销魂时刻，他恨自己没有出息。

他鄙视自己、恨自己，一次比一次更深刻、更绝望。他甚至屈服于原始的欲望，一次又一次，不能自拔。每一次事情发生之后，他总是对自己说：“这是最后一次。”而第二天，当新的诱惑出现的时候，他又把一切忘得一干二净，他甚至主动向凤仙提出要求！他是一个不可救药的家伙，他完了，一切都完了。

这就是资产阶级的腐朽思想在作怪。他对人们的批判，心服口服。他对上级文件口服心服。

他是完了。他自作聪明，为了摆脱阴影，却陷入了不能自拔的泥坑。

他已经绝望了，自暴自弃，破罐子破摔。表面上，人们看他并没有什么变化，甚至显得做事专注，和蔼可亲。林方正甚至感到他亲切可爱，在他的身上看不到一点傲气，只有谦恭和微笑。而实际上这正是他绝望的表现。他甚至放纵自己，沉浸在原始感官的享受当中。他随时准备和凤仙结婚，只要她提出来，讨一个台湾老婆，这真是报应啊。

可是，他没有想到，沈萍的几个字，就改变了一切。这几天，凤仙不来了。信都是他自己拿的。那天早上，他从门房经过，门房老头叫住他：“赵编剧，信。”他接过来，轻飘飘的，放在阳光下照，里面只有一张纸，薄薄得有些透明，他甚至依稀能辨认出第一行的“敏”字来。

他终于忍不住把信拆开，信只有两行：

敏：

有急事，你能来一下吗？

萍

就这两行字，改变了一切。

他找林方正请假，说家里来信，母亲病了。林方正非常爽快地准了假。

他到学校，学校里的老师有认得他的，说，沈萍今天请假。他到她家，她家的门锁着。他怕在街上碰到熟人，不知不觉便转到了滴水洞。他有一个直觉，以为在这里可以找到沈萍。

他听到脚步声，转过身来。果然是沈萍。她从洞口向他扑过来，他伸开他的双手迎接她。

他们紧紧地拥抱在一起。

“我知道你会来的。”

她的话还没说完，便被他的嘴封住了。他吻得那么猛、那么凶，简直要把她给融化了。

他几乎用全部的痛苦、悔恨和生命来吻她。他知道，没有她，生活便没什么意思，他这个时期的痛苦，完全是因为他想摆脱她，想摆脱那个阴影。现在，他却无所谓了，和她相比，那个阴影算得了什么？

他们坐在洞里那光滑的石头上。这石头自古至今不知坐过多少情人。他们听说过不少在这里殉情的故事。可是，别人的故事对于他们并不重要，现在，这里，属于他们俩。

海在他们的洞口，不知疲倦地诉说着。海太宽广，太深沉，海的诉说是历史的、永恒的。

他也在向她诉说着，诉说自己的痛苦和悔恨。

她静静地听着。听着他的诉说和海的诉说。他的诉说是那么焦躁不安，海的诉说是那样平缓宁静。

啊，这一切，这一切的一切和大海相比，是多么微不足道！

赵敏说完了。很久很久，沈萍没有说一句话。

“我知道，你是不能原谅我的，连我自己都不能原谅我自己，何况是你！……唉，我现在说什么也没用，我是一个废人，一文不值。”

她还是不说话，过了很久，才开口，那声音仿佛从很远很远的海上飘来。

“妈妈走了。刚走，到爸爸那里去了。我们学校学习对照，向党交心的活动也开始了，我向你学习把什么都说了，检查了，对照了……”

“过关了吗？”

她摇了摇头。

“没完没了地问，为什么，为什么，我一遍又一遍地检查，挖思想根源，一遍又一遍，我是很真诚的，可越真诚越说不清楚，为什么越多……我简直快要发疯了，我真的快发疯了……”

“怎么会是这样呢？”赵敏对着大海，自言自语似的说。

哗——哗——

大海疲乏地叹息着。叹息是大海永恒的诉说。

“我也想走，妈妈说得对，还是走的好，一家团圆的好……就不知道他们放不放，像我这样还没过关的人……”

“走？不，你不能走。”

赵敏突然抓住她的胳膊，他不能让她走。她是他的一切。

她吃惊地看着他。他慢慢地松了手。是的，他不配，他有什么权利不让她走？

“对不起。”他低下头。

“你不让我走，我就不走。只是，我不知道我们该怎么办？”

“你说什么？”

“你来了，我知道你的心在我这里，我的心也在你那里……”

“我……”

沈萍用手掩住他的嘴：“什么也别说，只说，是我们一起走，还是一起留下？”

“留下。”赵敏说，“母亲再……还是母亲，我们不能……”

沈萍点点头：“好。我坚持，只要有你，我就坚持。”

赵敏看着大海。我赵敏何功何德，居然能得到她那么沉静而广博的爱！

奇怪的是，沈萍是在几乎坚持不下去的时候找到他的，就是这么一个他，却能给她以信心和力量。同时，她，极痛苦的她，同样给予他无穷的信心和力量。这就是爱情吗？是的，这就是爱情。

爱情像大海。

“你坚持，我也坚持。就不相信熬不过这一关。”赵敏说。

“凤仙姐是个好人，你不能太伤她。”沈萍说。

“她……也难。”

“所以不能伤她的心。一个女人，她什么都没有了。我是不是太自私了……”

“自私的是我……”

“别说别说……我们都很自私的，我们对不起凤仙姐……”

（十九）

散戏之后，父亲带我回家。

月很明，很亮。我已经很久没有看到这么大的月亮了。我们走月亮也走，怎么拐弯，月亮都跟着我们。

我想起厦门思明戏院，想起水月和她的母亲。我说：“爸爸，厦门现在也有月亮吗？”

“有。”

“水月会不会在 7 楼看月亮？”

“不知道。”

我又想起船上的阿婶，我的干妈，想起那些白鹭。我说：“干妈呢？”

“哪个干妈？”

“船上的。”

“不知道。”

不知怎的，我的心里有点凄凉。好的事情总会过去，过去了，就要不回来。

冷水走了，石花也走了。在戏院里看戏是一点意思也没有了，整个晚上，我就这里走走，那里看看。后台的哥哥姐姐们也和过去不一样，大家都不说话，都绷着脸。你看我，我看你。阿英姐搂住我，小声说，别乱跑乱窜，老老实实地待着。现在可不比以前。林工委忙个不停，一会儿给这个倒茶，一会儿和那个说话，满脸笑容。他看到我，说：小家伙，很久没来看戏了，你妈妈好吗？说着，便摸我的头。不知怎的，我突然很反感，把头一扭，钻出他的手心。“这小家伙。”他说着，走了。

大利低着头拉弦。我看他，连眼睛也没睁开。我凑过去闻一闻，没有酒味。大利叔不喝酒的时候，做什么事情都没精打采的。

我说：“冷水怎么不来？”

他睁开眼睛：“是阿云啊。他不来了，跟他母亲走了。”

我还想问个明白，为什么不回来，是不是农村好，有牛，可以上树抓鸟？阿文哥走过来把我拉走，说，大利叔在工作，不能打扰。笑话，大利叔从来不怕我打扰，以前，他一边和我说话，一边拉胡琴，还用嘴“哈”我，一嘴酒臭，还笑。

没意思，一点意思也没有。

父亲领着我朝东闸口的方向走去。我看到月亮走到大榕树的上面。我说：“爸，我们是去找小琳吗？”

父亲愣了一下，说：“走错了，走错了。”

我说：“到小琳家看看吧。”

父亲站住了，想了想，说：“太晚了。”

对面有人喊：“煎包煎包。”

父亲问我想不想吃。我闻到煎包的香味，口水马上流了出来，说：想。父亲便去买了几个。刚才剧团里吃夜粥，我们忙着回家，没吃。我一边走，一边就吃了两个。剩下的父亲用纸包着，说带回去给你妈吃。

我们回家的时候，大门没有关死。我知道。梅姨又上中班了，梅姨上中班是十二点回家的，门便没有关死。这是大店窗的门，门很重，不管是关是开，都会发出尖利的鬼叫声。父亲小心翼翼地，扶着门，一扇一扇地往里推，尽量不发出鬼叫声。进了门，他小心翼翼地扶着关上。

我们上楼梯的时候，几乎没有踏出什么声音，上得楼来，我叫，妈妈，快开门。父亲说，小声点，别吵醒别人。他小声地敲门。

后楼的灯光亮了一下，又熄了。

楼下，厝主那痨病的儿子在竹床上翻来覆去，发出吱吱吱的响声。或许是我们回来的时候，吵醒了他，或许不是，有时，我半夜起来撒尿，也会听到他翻身的声音。母亲常常说，他可怜。梅姨说，他要是有个妻子照顾就好了。母亲说，痨病人讨老婆，死得更快。

父亲很耐心地敲门，父亲做事情，总是很有耐心的，我知道母亲已经起来了，我听见她走路的声音，可她就是不开门。

父亲叹了一口气，说："我们回剧团去。"

我们下了楼，正要开门，门却开了。原来是梅姨回来了，梅姨开门也和父亲一样，尽量地小声。

梅姨看到我们，吃了一惊说："怎么这么晚了还出去？"

"不，不，我们也刚回来。"父亲说。我不知道父亲为什么要骗梅姨，我们明明是要出去的嘛。

梅姨说："我刚下班。要不到我房里坐坐。"

父亲说："你休息、你休息，做了一天活，累了。我们上去，有空来玩。"

我们又上了楼。我正要叫门，门却无声地开了。母亲就在门后，月亮照着母亲的半边脸。

母亲说："怎么不到她那里坐坐，她可是黄花闺女！"

父亲连忙捂住她的嘴："你小声点。她又没招你惹你。"

"心疼了？"

"想到哪里去了！"

"这是你的家吗？你回来做什么？"

父亲把煎包子放在桌上，说："吃吧，刚煎的，还热着哩。"

母亲瞟了一眼，说："不吃，我怕有毒！"

"不吃我吃。"

父亲自己吃了两个，问我还吃不吃，我说饱了。他就端了水，让我洗手洗脚，洗了就去睡。

母亲说："给我洗干净。别把剧团里那些臭臊味带到床上去。"

我很生气，什么事都是我的不对，我又没干错什么。我故意随随便便地洗，脚在水里踢了踢，便拿起来，也不擦干，就跳到床上去。

母亲倒笑了，说："这死团仔鬼，就是和我一样，人家怪哥，我比他更怪哥！"说着把干毛巾扔到床上。父亲便来给我擦脚。父亲给我擦脚的时候，母亲便坐在桌边吃煎包子。

"这包子煎得不够功夫，哪里买的？"母亲边吃边说。

"市仔头。"父亲把毛巾挂到铁丝上。

我说："不对，东闸口买的。"

母亲突然把吃一半的包子扔到窗外，说："东闸口，东闸口！好啊，在那上婊家里玩够了，拿这臭包子来塞我的嘴，你朱进今晚不说清楚，我跟你没完！"

父亲看我一眼，不说话。

母亲回头，把我从床上拎了起来，"你，你们到哪里去了！说！"

我说："我们从戏院回来的，刚散戏，不信，问阿英姐去。"

"从戏院回来，为什么走东闸口？"

父亲看着我。

"没走东闸口，煎包子是市仔头买的，我说错了的。"

我说。我撒谎了。但我宁可扯谎，也不想他们吵架。

几十年之后，我常常撒一些善意的谎。我想，在许多情况下，说假话比说真话所起的客观效果要好一些。我这种撒谎的技巧很高，不露痕迹。这要归功于我的母亲。她宁可相信这种谎言。对于真诚，她总是抱着怀疑的态度。她一生中几乎生活在亲人——我父亲和我们兄弟姐妹们的谎言和她自己的臆想中。我时时为她感到深切的悲哀。但是，自从这个夜晚之后，我和母亲之间，便失去了真诚。

母亲不相信地看着我，我说："是在市仔头买的，那北仔胖还问爸爸好呢。"

平时，我们从那里经过，市仔头卖煎包子的北仔胖总是问我们好，卖煎包子的就在牛肉店对面。这母亲是知道的。

母亲说："死团仔鬼，害我扔了半个包子！"

母亲终于相信了。

"你整天死在剧团里，也不想想这个家。人家都来欺侮我！厝主和他的儿子闹矛盾，我去当公亲，倒怪我！资产阶级就是这样狡猾。说不定，他们一家人套好了的！好，现在什么都不用说，这条街土婊仔街长也是站在他们那边，为他们说话！全都绞在一起来暗算我。大家都是表面上笑嘻嘻的，肚子里都藏着一把刀。就说楼下那个婊子，刚才还和你那么亲热，请你去坐，好在你没去，也是糖衣炮弹，没安好心，你以为她是好人？解放前当过妓女，臭不可闻！”

“可不能乱说人家！”

“我乱说，苍天做证，我夏莲有半句假话，死无全尸！这全是街政府给我交的底。”

“唉，我早跟你说了，和为贵和为贵。刚刚搬来，又和人家搞得这么紧张，何苦呢？”

“你朱进没出息，搞女人，人家才看不起我！我哪一点输人？我问你！我夏莲在哪里不是积极分子？不是街干部？”

父亲没话可说，母亲全是对的。每次说话，说到最后，都是母亲对。母亲有她自己的逻辑。她的逻辑所向无敌。几十年来，她从来没有错过，也没有输过。她是一个永远的胜利者，悲哀和孤独的胜利者。

母亲说：“我决定搬家。”

“什么？又搬到哪里去？”

“搬回去，搬回我娘家去！我原来住的房间空着哩！”

“什么？搬到你养父家去？你哥哥嫂子会同意？”

“这你不用管，我有办法！”

“那还不如……”

“你是想回东闸口，是吗？你肚子里几条蛔虫我都知道！休想！我傻一次，不会再傻第二次！你说，你敢发誓，你和那个婊子姨太太没有关系？你对天发誓，我听听。”

“都是你乱说，没有的东西，你也说成有。”

“你对天发誓，发呀！”

父亲不说话。

不说话是父亲最好的办法。他可以一夜不说话，任母亲数落。他的忍耐力是世界第一流的，很可惜父亲不是政治家，就凭这种忍耐力，他就足以战胜那些急于求成的对手。

我想起小琳家相册里那张父亲的剧照。我想起那两把一模一样的福州雨伞。我隐隐约约地感觉到，母亲所说的“关系”的含意。我想，母亲是对的。几十年之后，我越来越确信母亲直觉的准确性。然而，我的同情心，却一直在父亲那一边。

我想，这正是母亲的不幸和悲哀。

母亲更深切的悲哀在于，她并没有意识到自己的悲哀，她一直以为自己是一个胜利者。

夜很静。月亮不知什么时候已经走到前面来了。月光照在我的床上。母亲早已把桌上煤油灯吹灭了。

母亲还在说。她的声音时大时小。有一次突然拍了一下床铺，把我从迷迷糊糊中惊醒。

“睡吧，我明天上午还要开会哩。是月娥的对照检查。”

“她有什么好检查的？”

“是草花街爆炸的事。”

“难道是她搞的鬼？”

“葫芦里的药是她装的。”

“我就知道她不是好东西！守寡脸！”

唉，父亲长长地叹了一口气。

“你过关了吗？”

“没说让过不让过，反正是没叫再检查了。”

“阿文呢？”

“也没说，反正，走一步看一步吧，睡吧。”

“那土婊呢？”

“谁？”

“你那弟妹呀。”

“人家是家属，你真是的。”

“你在那里睡，没和她玩玩……”

“你整天吃那些没影子的醋。”

“哼，谁稀罕你，你有本事，勾她一百个我都无所谓。”

不知怎么的，母亲说着，就笑了。我想睁开眼睛看个究竟，可我的眼皮子却重得很，怎么也睁不开。

我做了一个梦。

我梦见我躺在船上。在远远的水面上，白鹭飞翔。不知道谁在唱歌。虽然，月色很好，却怎么也看不清岸上的景色，只看见灰色的沙滩上，有一串深深的脚印。船摇晃着，我突然发现许多鱼，许许多多的银白色的鱼。鱼在船的四周游动着。鱼儿多得不得了，而且越来越多，开头是游动着，后来便游不动了，互相挤着，跳着。一条鱼，“嘣”地一下，跳到我的脸上。

我睁开眼睛。

原来不是什么鱼，而是母亲湿漉漉的毛巾丢在我的脸上：“起来，吃猪肝面线。”母亲笑着，笑得很温和、很亲切。

我听到父亲在厅里吃面线的声音。母亲的猪肝面线做得很地道：精肉，猪肝，田藕，生姜，还有面线。

“不叫梅姨来吃吗？”我说。

“叫她干什么！快吃，吃了跟你爸到剧团去开会。”

父亲说：“小孩子绊脚绊手的，在家里不好吗？”

“我不放心你，你越装得老实，我越不相信。”

“我看你是太空闲了，找点工做吧，现在到处都在招工。”

母亲说：“也好，找个工做，省得将来被你甩了，饿死。”

吃了面线，我跟着父亲到戏院子去。到了门口，我说：“我到小琳家去。”

父亲想了想，说：“去一会儿就回来，别在那里吃饭，别……让你妈看见。”

“知道。”我一边说着，蹦蹦跳跳地朝东闸口跑去。

(19)

高少君有好几天不到戏院去了。卢副专员需要一份报告，这份报告是综合性的，又是指导性的，不但要有事实，更重要的是要有分析，提高，“最好要带有理论色彩”。当然，在科里这样的材料非他莫属。其实，这种材料并不难写，所谓的“理论色彩”无非是巧妙地套用一下上级的文件精神加以发挥。而材料则是现成的。时间也不很紧迫，晚上不用加班，他也不到剧团里去。“让自己轻松轻松。”同时，也看一点书，文件和材料之外，看一点文学名著，这是一种享受。当然，他也不想离开工作太远，离得太远，人家会有闲话。他看的是孔尚任的《桃花扇》，他不是在剧团蹲点吗？他还有一个小小的打算，学着把《桃花扇》改编成芗剧。本想找赵敏讨教的，但时机不对，也就没有向他提起。

专署的宿舍还算幽静，只是黑蚊子多了一些，没办法，树多，前后左右都是树，高高的柠檬桉树，风一吹，哗啦啦地响，很有诗意。

月在树梢。灯在床头。

门关着。

高少君“歪”躺在床上看书。这个“歪”是他从《红楼梦》“悟”来的。“情切切良宵花解语，意绵绵静日玉生香”，黛玉在床上歇午。宝玉来，推醒她，黛玉让他“那边去老老实实的坐着，咱们说说话儿”，宝玉却说：“我也歪着。”黛玉同意：“你就歪着。”怎么个“歪”法，用枕头。高少君有所发展，把棉被和枕头一起用上，枕头放在床栏上，被子垫在手肘子下，“歪”是“歪”得很舒服的，只是没有林黛玉的优雅。

当然，从封建阶级小姐那里学来的姿势不那么革命化，还是把门关着的好，要不，说不定开生活会的时候，人家会说你“生活懒散”。

看《桃花扇》不怕说，这是爱国主义的。

高少君懂得保护自己。

“这云情接着雨况，刚搔了心窝奇痒，谁搅起睡鸳鸯。被翻红浪，喜匆匆满怀欢畅。枕上余香，帕上余香，消魂滋味，才从梦里尝。”

高少君读得有滋有味，想入非非。

突然一声门响，敲得他心惊肉跳。他连忙翻身，同时下意识地把书藏到被子里。

开门又是一惊，来的是肖爱梅。

那天吃饺子，原来是相亲的。肖大姐过后找他，说，小高，想不想找对象呀？说得他面红耳赤。她说，她的妹妹对他的印象很好，是不是两人“走走”看。走走就走走，他对她的印象也很好。她长得太像芳芳了。后来，他又上了一次宋专员的家。那是吃过晚饭的时候。宋专员还没回来。肖大姐说，你们出去走走吧。他们便出来。不敢并排着走，一前一后，他把她带到他的宿舍。她有些文化，还谈得来。当然，谈不上有激情。刚才，他也想过要不要去找她，又觉得老上首长家里不好，便安下心来看书，没想到，她倒来了。

他一边倒水一边说："请坐，请坐。"

她看着他床上的被子和枕头。他不禁想起贾宝玉要林黛玉同"歪"一个枕头的细节。不知怎的，又掺上刚刚读过的"消魂滋味，才从梦里尝"，脸便红了起来。

肖爱梅转过身，坐到桌边的椅子上去。

这个房间，除了那把椅子就是床，没有第二个可以坐的地方。

高少君把被子枕头往里一推，坐在床边。

"屋里很乱。"他说。

"不乱，比我姐夫好多了。"爱梅说。

哦，高少君笑了笑。自从肖大姐找他之后，他就感觉到他的命运可能由此发生一个变化。和一个大首长结上亲戚，不管从哪个角度说，对于他的未来都是相当有利的。但是，从爱梅的嘴里说出"姐夫"两个字，听起来毕竟不同，仿佛这"姐夫"不是宋专员，而是一个普普通通的人。

肖爱梅喜欢说姐夫的事情，高少君也乐得听。开头，他不大敢看她，渐渐地，就放开胆子，眼光在她的头上、脸上、脖子上、胸脯上溜来溜去。肖爱梅感觉到了，却不计较，甚至还投以微笑。高少君的心痒痒的。肖爱梅虽说算不上一个美人，但也算眉目清秀，丰满可人。虽说他们一个坐床头一个坐椅上，但靠得很近，他挪挪屁股，膝盖碰着了她的膝盖，碰一碰，她也不挪开，就这么挨着。

高少君突然明白了。在肖爱梅看来，他们的"事"是定了的。姐姐姐夫"找"的对象，还有不定下来的道理吗？她从北方来，就是为了找一个对象，成一个家。工作，则在其次。因为工作已经找好了，在一个学校里当收发，收报纸分信。

高少君悟到这一点时，有种很悲哀的感觉，生活突然间被人安排好了，爱情也被人安排好了。但这种感觉一瞬间便消失了，"别人还求之不得哩，"他对自己说。

既然已经安排好了，又何必羞羞答答、躲躲闪闪？他的手向桌子边移动，移动，再移动。她不知道是没有发觉还是无所谓，她放在桌子边上的手却一直没有动，仿佛在静静地等待着。高少君下决心去握那只手，这个决心并没有使自己心跳和激动，因为那只手迟早是属于他的。

高少君刚刚握住她的手，肖爱梅就咯咯地笑了起来，这是一只发情的猫。

高少君甚至有些后悔。没有诗情画意，一点也没有。难道这就是神圣的，千百年来为作家诗人所讴歌的男女之爱？

接下去的事情，只要他想做，似乎更加简单明了。但他不想做，他还想留下一点浪漫。

他松开她的手，说："你怕痒？"

"从来没被人这么斯斯文文地捏过。"

高少君很失望。山村里少男少女肆无忌惮的打情骂俏的场面他见得多了。有一次他看过他们的摔跤比赛。哪里是摔跤，搂搂抱抱，嘻嘻哈哈，图个痛快而已。

"你们知识分子，就不一样。"

肖爱梅笑了，笑得很开心。

这时，有人在楼下喊：高科长，有人找。高少君跑到走廊，看到剧团里的阿文站在柠檬桉树下。

阿文说："高科长，林工委请你去一下，有要紧的事情。"

"好，你先走，我马上来。"

他把肖爱梅送回家。不知怎的，他反倒有种解脱的感觉。他的确不想让他们的关系发展得太快。

剧团里出了事。

今晚演的是《救风尘》，凤仙饰宋引章，戏不少。下台时，坐在戏箱子上休息，突然心烦意乱起来。今天上午，师娘对照检查没有通过，流了一中午的眼泪，饭也没吃。林工委说，下午再准备一下，明天上午再对照检查。下午，师娘又哭了一个下午，晚上饭也没吃。许多事情她讲不清楚，特别是"为什么要多装药"，她越讲，人家越不相信。难道你不知道会爆炸？会死人？她要是知道了就不会多装。可人家说，你是知道了才多装！临上台时，师娘把她叫住，说，凤仙，你相信不相信师娘是好人？她说，师娘是好人。师娘说：这样，我死也瞑目了。她说，师娘千万别胡思乱想，人家说让人家说去。师娘说：我得找你师傅去，他永远相信我。

凤仙想想师娘当时的神色，越想越不对头。想回宿舍看看，却有人催着上台了。正好，阿英下台，阿英饰赵盼儿。凤仙说：阿英，你帮我去看看师娘。说着就匆匆上台去了。阿英想，你师娘又不是我的师娘，而且她现在是重点，我是积极分子，现在去看她怕不合适，人家会说闲话的。但又想，凤仙急急忙忙地交代，一定有什么值得担心的事情，去看看，反正没人知道。阿英来到陈月娥的宿舍，门掩着，灯也关着。她在门外叫声师娘，没人应。推门进去，又轻声地叫了声师娘，还是没人应。黑暗中，她隐隐约约看到陈月娥躺在蚊帐里。她又轻轻地叫了一声师娘。还是没有应。她伸手想掀开蚊帐看看，却又把手缩了回来，随便掀长辈的蚊帐是不允许的。再说，她虽叫她师娘，但毕竟不是真师娘。在蚊帐里想是睡着了，便返身到台后。不一会儿，就上台去了。这一场，赵盼儿与宋引章同台。阿英趁着空，说了声，“师娘睡着了”。

可凤仙还是不放心，一下场便跑到宿舍去。宿舍里静得出奇，她的心一阵阵发麻，喊了声师娘，整个宿舍都是她颤抖的声音。她有一种预感，出事了。她连忙开灯，掀开蚊帐。她闻到一阵难闻的味道，是碱水。师娘喝碱水了。

摸摸鼻子，还有气。没有哭，没有喊。她返身跑到赵敏的宿舍，在这种时候，她第一个想到的自然是他。但她扑了个空。她这才想到他已经好几天不见了，不辞而别，除了林工委，谁也不知道他到哪里去了。这没良心的。她的心中掠过一阵凄楚，这凄楚因为师娘的事情而格外深切，她的眼泪一下子涌上眼眶，但她立即清醒，现在要紧的是救人。她立即跑到林工委宿舍。推开门，看到秋月坐在林工委的床头补衣服，却不见林工委。秋月饰宋妈，此时无戏，倒是个痴心多情女。她说：林工委呢？秋月说：什么事？凤仙最讨厌她以林工委“牵手的”自居，凡事都要问。更何况是现在，火急火燎的。她再问：林工委呢？秋月说，在后台。凤仙转身就走。刚才匆忙，居然没有看到林工委。林工委正在那里和下场的人聊天。凤仙急急把他拉到一边，小声说了师娘喝碱水的事。

林工委倒镇静，说：“不要惊慌，不要乱了。”

此时，有人喊凤仙上台，凤仙看着林工委，林工委一摆手，让凤仙放心上台，自己大踏步朝宿舍走去。一路上，他拉了两个管服装和烧水的同志，又叫了三春、阿文。不到半个小时，便把陈月娥送到医院里去了。

高少君到剧团时，陈月娥已在医院。医生说，没有什么危险，洗洗肠也就好了。这件事，处理得干脆利落，除了少数几个人，都不知道。林方正对凤仙很满意，如果她当时到处嚷嚷，搞得人心惶惶，戏演一半，影响可大了。他想想都有点后怕，真那样，不但前功尽弃，还得做检查。他奇怪他当时怎么那么冷静、果断，他对自己处变不惊的能力感到满意。

林方正把高少君请来，是想商量一下，如何进一步妥善处理陈月娥自杀事件。在这个问题上，两个人意见有分歧。高少君认为应向上级报告。林方正则认为，没有必要，因为事情已经妥善处理，没有发生严重后果，也不可能再发生，因为陈月娥已经后悔，在医院里就向他作了检讨。

林方正说："现在的问题是，如何使学习运动再进一步深入，每一个人都通过学习对照，把心掏出来，彻底与旧社会旧思想旧观念划清界限，全心全意地投入到新中国新文化的建设上来。有许多事情，我们还来不及做，比如对旧戏的批判，不说别的，就说我们今晚演的《救风尘》。我就觉得不大对头，歌颂什么人？妓女。是的，妓女是被压迫被剥削者，但是，难道妓女就值得歌颂？宋引章，背信弃义，甘心做地主恶霸的玩物，这值得同情吗？还有，戏的最后，倒是很公正的。我们要问，在封建社会有那么清明的老爷吗？天下乌鸦一般黑。难道不是颠扑不破的真理吗？……还有很多戏，我都觉得应该批判，当然，如何写出像《白毛女》一样的戏，这是个难题，像赵敏同志那样，写《义偷》，又与旧戏有什么区别呢？而像赵敏同志这样的知识分子已经很难得了……"

高少君无话可说。

他从心里佩服林方正，他的进步实在是太快了。他的那一套理论，无处不体现文件的精神，他的确没有办法反驳他的一系列的反问和指责。虽然，他的这一系列"难道"并不是有意针对他的，但是，老实说，他并没有看出《救风尘》有什么不对头，而被他这么一说，似乎又很有道理。他打消了改编《桃花扇》的念头，并庆幸没有向别人提过。他深刻检讨自己，他对那些卿卿我我、你欢我爱的东西实在是过于偏爱、有兴趣。他相信，如果他处于赵敏的地位，他也是一个被批判的对象。好在，他现在是一个指导者。然而，又有谁能保证他永远处于这种地位呢？高少君决定紧紧地抓住肖爱梅。他对自己那种浪漫情绪感到幼稚可笑。

小资产阶级情调！为什么不抓紧呢？一结婚，他和专员就是连襟。到那个时候，高少君还怕什么呢？

高少君决定不和林方正计较具体的方法步骤，一切都由着他，支持他。而对于他高少君最好的办法是，尽快从剧团脱身，去争取自己美好的前程。

“你说得有道理，”高少君说，“陈月娥事件是一个插曲。我想不至于影响大家的检查对照，但检查对照的步子要加快。艺光班的这些人，底子基本上摸清了，再复杂的，我们也没办法去调查，先挂起来，内部掌握，水仙班的呢？我想，也仿效这个办法，写自传，把底摸清，该调查的调查，能用的就用，我们总得要有一支依靠的力量。”

“哎呀，老高，我们可想到一块儿来了。从目前情况看，全面地对照检查向党交心的气氛已经形成。我们得抓紧，不要受陈月娥的影响。她算得了什么？想用自杀来阻挡我们前进的步伐，办不到。等她出院，我还要整一整她的态度，不要以为用自杀相威胁就可以过关。第二次对照检查非做不可。”

（二十）

小琳家的门太令人失望了，关着，推不开，叫不应。

我趴在门缝往里看，我们住的那间房子的门关着，通往后园子的门也关着，连楼梯的门也关着。厅堂里什么东西也没有，空荡荡的，叫人害怕。我鼓足勇气叫了声，“小琳”，又叫了声，“阿姨”。好像有人也学着我的声音在里面叫着，嗡嗡嗡鬼叫一样，我连忙后退，踩到一个过路人的脚。我吓得不敢出声，那个人摸了摸我的头，走了。

我靠在五骹距的柱子上，我想或许小琳会下来开门的。但，什么事情也没有发生。我突然又想，说不定小琳在窗口探着头看我哩，跑到对面五骹距下往上看。她家的窗子也是关得死死的，只有那绿色的窗帘子在微微地颤动着。我知道，那是风吹的。

潮州阿婆家的门也关着。

我听到鸟叫。我仰头看那棵榕树，榕树上有许多鸟，在浓密的树下钻动着。以前，我常常和小琳在树下数鸟。有一次，一小撮白色的鸟粪落在小琳头上。母亲说，那要倒三年霉，小琳母亲却什么也没说，只是微笑着，端来一盆水，给她洗头。

后园里的夹竹桃早开花了吧，粉红色的，总是在窗前晃动着。

还有那只总是在窗台上看我睡觉等我起床的小鸟，不知飞到哪里去了。

我非常沮丧地往回走。十字路口那卖食杂的阿婶看见我，说：那不是阿云吗？你母亲没来？我说：我自己一个人来的。她说，赶快回去，不要玩水，要看路。我懒得理她，走自己的路。

我回到戏院，爸爸不在。阿英说他到医院去了。我知道医院是看病的地方，父亲好好的，去什么医院？我说：你骗我。阿英姐小声地说，谁骗你，是月娥师娘病了，他去看她的。说着，便把我拉到她的宿舍里，拿出许多饼干、花生、糖。交代我老老实实待着，别乱跑，便匆匆地走了，临走还回头说，别到会场去，师傅很快就回来了。

宿舍好几张床，全是空的。我在阿英姐床上躺了躺，闻了闻枕头上的香味，觉得没意思极了，抓一把花生放在口袋里，走了出来。

我悄悄地走出戏院。

我回到家里。家里也静悄悄的。我使劲地推开大门，大门吱吱吱地叫，我正想悄悄地溜过去。厅角上那个痨病大哥突然翻身坐了起来，用那深深的眼睛幽幽地看着我。我赶快跑进过道，爬上我们家的楼梯。我从楼梯往下看，看到他又躺回竹床上，同时，把那黑黑的蚊帐放下来。我这才放下心来。我有点怕他，他不说话只看人的时候，尤其可怕。

我没想到母亲会出去，厅门掩着，房门锁着。我喝了杯水。口袋里的花生在路上吃完了。我坐在门槛上发呆，我不知道该怎么办，我像是突然被所有人抛弃了似的，感到孤单、凄凉。我听到楼下叽叽吱吱的竹床声。我突然感到很害怕。我朝后楼喊道：梅姨，梅姨！还是没人应。

我听到楼下的声响，我知道那痨病人又爬起来了。我吓得不敢吭声。我蹑手蹑脚地走到楼梯头，突然发现，他就站在下面的楼梯口。

“都出去了，没人。”他说，他的声音空荡荡的，很吓人。

我不顾一切地往下冲，从他的身边冲过去，冲出大门，好在，我进来的时候没有把大门关上。

跑到街上时，我真想哭，我真的就哭了出来，我没想到，我哭出声来的时候，居然叫了一声：妈妈。

是的，这个时候，我特别想见到妈妈。每次我贪玩回家时，母亲总是指着我的鼻子，大骂：“你死到哪里去了？”我无所谓，甚至有些反感，而现在，我是多么希望她突然出现，再骂我一声：“你死到哪里去了？”

是的，母亲，在任何时候，她都有权骂儿子，因为，在最紧要的关头，儿子首先想到的只有母亲。母亲说得并不错，“没有我，还有这个家？没有我，你就知死！”母亲的话往往很难听，却不失为真理。

我哭着，听任自己的双脚漫无目的地在街上走着。

“阿云。”

我突然听到母亲的叫声，抬起头来，果然，母亲就站在我的面前。

“夭寿仔，你怎么会在这里哭？”

母亲把我搂在怀里，说：“你那夭寿仔老爸哪里去了？怎么把你扔在这里？”

我说：“爸爸到医院去了，我回家找不到你。”

“好啊。”母亲站起来，“你夭寿打枪货朱进，你连儿子都不管了，不要了！这几年，你带过几天孩子？让你带一天你就把他扔在街上，孩子你不要，你当然不要，你心里只有那些妖精！走，找他去，找你那没天良的老爸去。”

母亲拉着我，风风火火地往戏院走去。我这时才发现，我原来走得并不远，我是在府埕碰到母亲的。

剧团里还在开会，大家都围在台下的椅子里，大利叔正在讲话。

母亲站在后边嚷道：“朱进，你这没良心的，给我出来。”

全团人都吓了一大跳，扭过头来。父亲匆匆跑过来，拉着母亲往外走：“有事回家说去。”阿英姐跑过来，拉着我说：“你怎么跑出来，不是叫你别乱跑吗？”

母亲甩开父亲的手，冷笑着说：“回家说，我偏偏在这里说，让全团人，让林工委评评理！你们听着，朱进，笑三春，是个没良心的瞒妻的骗子，资产阶级腐化分子！勾女人，不止一个，他一心想让我们死，连儿子都不要……”

父亲突然举起手，向母亲迈近一步，像是要掴母亲的耳光。

母亲愣了一下，发疯似的向父亲扑过去。

“你打我，你打我，我母亲都不敢动我一个指头，你打我！我死，我就死在这里，让你埋！”

阿英姐抱住母亲，不住地叫：“师娘。”

林工委把父亲拉到一边：“怎么搞的，怎么搞的嘛。”

父亲突然向我吼道：“都是你，都是你！”

我吓得大哭起来。

所有人都围过来，七嘴八舌。整个戏院乱哄哄的。

母亲踮着脚尖指着父亲大叫：“你骂孩子，你不用管，你打死他好了，把我们母子都打死，你好去找那臭婊子资产阶级姨太太。打呀打呀，阿云，你过去，让你那没良心老爸打，你不用怕，这么多人看着哩，看你朱进的资产阶级，狗咬良心的真面目，平时假死，笑嘻嘻的一副佛祖面！现在大家看清了吧，林工委你看清了吧，老婆孩子都敢打，他什么事做不出来！”

阿英姐说：“师娘师娘，你就少说两句吧。”

“你也不是好东西。”母亲指着她，“整天护着你师傅，护着那狗咬心肝的师傅！你还认得师娘！”

林工委突然对围过来的人们大声吼道：“看什么？都给我回去，开会。”

人们往后退，你看我我看你，他们的眼睛好像有很多秘密的话要说，不，他们已经用眼睛在说着什么，他们慢慢吞吞，很不情愿。

这是我平生第一次被许多人围着。以后的几十年中，我还被许多人围过，我体会着他们的眼神，就是最盲目的围观者也有许多精彩的议论。这些议论通过他们的眼睛“说”了出来，造成一种人们通常所说的气氛。实际上，围观，这是一种普遍的现象，只是表现形式的不同而已。那些“眼睛”是不一定到场的。而“气氛”是存在的。气氛是一种无形的压力，是一种无形的导向，使人身不由己地要去适应它，要是你试图和“气氛”对抗，你便成为一个大逆不道的“异己分子”。我们的许多成功和失败，都是在于人为地制造出许多“话题”，由此而造就出许多“气氛”。

当然，当时，当我第一次被围观的时候，并没有想那么多，我只是感到有些不自然，我当时没有太多的羞耻感，反而有些豁达：你们看吧，看吧。

林工委走到母亲前面，说：“嫂子，有事你们回家去说。这是公家的地方，是个单位，有组织有纪律的单位，我们正在开会，是不允许这样干扰的。”

母亲说：“林工委，我很看重你，但我在剧团的时间比你长得多。他们这些人屁股上有几根毛，我比你要了解。你也不用拿组织来压我，我在街道里边是个积极分子！难道我叫我的丈夫、骂我的丈夫就违反了什么纪律了吗？”

这时，不知是什么人，突然“扑哧”地笑了一声。

林工委转过身去：“都回原来的位子上去。”

人们还舍不得走。母亲说：“你们都去，没你们的事，去！”

母亲说这话的时候，脸突然变得很和蔼，口气也很亲切。阿英姐就又走过来，拉着母亲的手：“师娘师娘，你坐吧，都是我不好，师傅交代我看着阿云的，我没看好，让他给走了。等开完会，我就到家里，你怎么骂怎么打都行。”

母亲说：“你这死囡仔鬼，你这是叫师娘坐？是赶师娘走，好好，我走。让你们开会，林工委，你们开会吧，别以为我夏莲不讲理，我这是在气头上，给他朱进一个警告。走，阿云，我们走。”

母亲拉着我往外走。

我看到林工委还想说什么，阿英姐给他丢了个眼色，他便没有开口。

“师娘，走好。”阿英在后边说。

母亲像一阵风，突然地来，把人们刮得晕头转向，却又突然地走了。

母亲总是有理，她不管人家怎么说、怎么想，我行我素。

走到门口，母亲突然又站住了，对我说：“去，告诉你那没良心的老爸，要是他中午不回来，就永远不要回来！我们不怕，我们母子俩没有他，同样过得很好，过得更好。”

我跑回去的时候，人们已经围坐在一起，林工委比画着在作报告。父亲坐在一边，闭着眼睛，脸色像纸一样苍白。

我吓住了，不敢叫。阿英姐把我拉到一边，小声说：做什么？我说：

妈妈叫爸爸中午一定回去。阿英姐说：好吧，我告诉他吧，你快回去。

我走出戏院的时候，看不到母亲。我四处张望着，我看到母亲在东闸口那边向我招手，我走过去。母亲问我：饿不饿？我说，饿。她于是便带我去吃鼎边滚，还特地让多掺一些油条和卤大肠。我喜欢吃卤大肠，很脆，越嚼越有味道。母亲也吃，边吃边说：你父亲想气死我们，我们偏不死，我们没那么傻。我们要吃得香香的，睡得甜甜的，气死他，气死那些妖精！晚上，我带你到太古桥吃牛肉面，喜欢吗？我说：喜欢。

吃过点心，母亲又拉着我往小琳家的方向走去。我知道她是想去找小琳母亲的，她说的妖精有好几个，小琳母亲也是其中的一个。我怕母亲找到她，跳起来骂她，不知为什么，我的内心总是护着她。我说：我要回家。

母亲不理我，拉着我越走越快，一直走到小琳家门口，一路上，有好几个人和她打招呼，她都爱理不理的。

小琳家的大门锁着，和我早上来的时候一样。

(20)

陈月娥躺在床上对凤仙说："我如今成臭人了。"

人们都吃早饭去了，宿舍里就剩下她们两个人。

雨从昨天晚上一直下到黎明，下得人心里凄凄惨惨的。

"没人知道，师娘，你放心，林工委反复交代的，不许乱传，绝对不许的。"凤仙说。

"没有不透风的墙。"

凤仙突然想吐，她跑到窗口，却又什么也吐不出来，只觉得胃里难受，口淡得很。有好几个早晨，都这样。

陈月娥欠身道："你怎么了，脸白得吓人。"

"不知道。"

陈月娥看着她的脸，突然，一个可怕的念头闪过她的脑际："你和他？"

"什么，师娘？"

凤仙惊恐地看着师娘，脸霎时间由白变红。

"说，说，说！"

凤仙点点头，立时，泪流满脸。

"天啊！"

陈月娥仰身躺下，什么话也说不出来。凤仙扑过去，喊"师娘，师娘"。

"什么时候？这个月的月事呢？"

"过十几天了，怎么啦，师娘。"

"你，有了。"

"什么？"

凤仙有所预感而又不敢去承认的事实终于得到确认。她扑到床上，抱着师娘呜呜地哭起来。

师徒俩抱头痛哭。她们背井离乡，有家难返，她们寄人篱下，任人摆布，她们万般苦情，无处倾诉。哭，只有哭了。

哭是一种感情的宣泄，它能使人平静。

凤仙先自擦了泪，拿了毛巾，让师娘拭泪。

陈月娥说："事到如今，只有结婚一条路了。"

凤仙不说话。本来，她对赵敏是很有信心的，可赵敏的突然消逝，使她失去了这种信心。他回来之后，没有向她作任何解释，她也不问，她是有权利问的。因为她为他献出了一切。有一种无形的东西使他们生分了，是什么？凤仙不知道。她只是从他那躲躲闪闪的目光中看到一种祈求，这种祈求使她不忍心去逼迫他、追问他，她想等他自己来说，可是等了好几天，他一直没有开口。

陈月娥看凤仙不说话，以为她不好意思说，就说："我找他说。这种事，不能拖。"

"不。"凤仙说，"我找他。"

"他若想赖，就找领导，摊开来，不用怕，反正我们是臭了，臭到底！"

"不，不，不能让他为难。他是干部，不能叫他在我们身上犯错误，虽说他已经过了关，这种事，是要挨批判的……”

“我也不说你了……你能在这里找个依靠也好，看来，台湾是回不去了……”

说着，陈月娥又掉眼泪。

这时，笑三春敲门进来，陈月娥连忙拭去眼泪。凤仙低着头说：

“师傅，请坐。”

三春看她们师徒俩都哭红了眼睛，便说：“事情过去了，也不要太伤心。林工委那里，我也帮你解释了，再检查一次，怕是会通过的。号召向党交心，林工委也没有歹意，你们知道，他是好人，没有他，戏班子早就散了……凤仙你应该多劝劝师娘，怎么也跟着哭？”

凤仙点点头。

“我不是也检查，不是也说得很难听。反正大家都一样，想开了就好。嫂子千万保重身子，师兄九泉有知，也不会赞成你……这样子的。”

“我们是臭了，艺光班全完了。”

“不说那个话，”三春说，“艺光班、水仙班，都是一家人。告诉阿西，我也想开了，也不怪他，什么事，过去了就好。凤仙，侍候你师娘吃早饭吧，要不，开会就迟到了。”

笑三春说着，便走了出来。他刚吃过早饭，想到街上散散步。路过这里，便进来劝几句。该说的话，那天在医院里也都说了。人一时想不开，什么事都做得出来。

这几天，笑三春倒想开了。

那天，妻子闹了一场之后，他真的想到死，然而死又有何益，只不过留给人们一个话柄罢了。反正这些事情，她不闹，也都知道。她一闹，反倒坚定了他什么都不说的决心。他所能保护的只有高云了。这是他生命荒漠中的一块绿洲。

他不能失去她。

三春走到门口，门房的老头叫住他。“你的信。”三春很少有信。上次到福州开会认识一个泉州高甲戏的小旦。妻子有时是对的，他有“查某缘”，不是他见一个爱一个，而是人家主动想和他交朋友。来了几封信，他只回了一封。他漫不经心地拆开信，但他的手立即就发抖了，这是她的信，淡蓝的纸，深蓝的字，兰花般娟秀的字迹，没有头，没有尾：

我走了，到资产阶级那里当“姨太太”去了。我没有事先告诉你，是因为我没有勇气，我怕我一见到你，就走不了了。

“不，你不能走，我已经下定决心，我绝不出卖我们的爱情，不！”

笑三春冲出戏院，朝东闸口奔去，发疯一般。

迎接他的，是一把铜锁。

她什么时候走的？这无情无义的……他找不到适当的字眼，他只是暗暗地在她的门口顿了顿脚，恨只恨他自己。

笑三春不敢久留。这里认识的人太多。他转身朝溪边走去。

一只五篷船驶出东闸口。

笑三春坐在一棵柳树下。这里的柳树从新桥一直连到旧桥。每一棵柳树下都有几块石头，这些石头，被风雨和人们的屁股磨得十分光滑。

雨歇了。五篷船湿漉漉的篷顶在三春的眼下移动着。

他的耳畔响起她吟诗的声音：“月落乌啼霜满天，江枫渔火对愁眠。姑苏城外寒山寺，夜半钟声到客船。”

他清楚地记得她第一次吟这首诗的情形。那时，他们正坐在窗前。夜未尽天将明，从东闸口传来阵阵水声。一夜温柔，万种离情。月已离去夜还没醒。突然从溪的对面传来一阵悠扬的钟声。

南山寺在对面的丹霞山下。她说过，他们没有机会到苏州，但他们可以将就着，听一听南山寺的钟声，看一看南门溪的五篷船。他们好几次计划着，可他们又觉得来日方长，不着急。可是现在，一切都完了。

船顺着水，漂流而去，越去越远。

笑三春摇摇头，他又从口袋里摸出那封信，还是那两行娟秀的字。但他突然发现，背后还有字，翻过来，只见上面用更小的字写道：“房子永远属于我们的。钥匙放在老地方。”

笑三春跳了起来。

他在门槛下找到了钥匙，开了门，闪进去，立即又把门关上。他打开通往后园子的门，又在第三阶楼梯下摸出一把楼上的钥匙。上了楼，打开所有的窗子。

在厅里的桌上，放着一个大玻璃瓶，里面用高粱酒浸着一根大人参。瓶子边，用她写字的镇子压着一张蓝色的字条："这是你喜欢喝的。冬天，入睡前，喝一小杯。别在夏天喝，也别在心情不好的时候喝。"

窗前的桌上，放着一本精致的笔记本，下面也压着一张蓝色的字条："这是我喜欢的诗，你一定也喜欢。当你读它的时候，我就在你的面前。"

他进了房间。床头枕头边放着她平时穿的那套粉红色的睡衣。他拿起睡衣，从睡衣上落下的，又是一张蓝色的字条："如果你被她吵烦了，吵累了，就到这里来休息。穿上它——我永远和你在一起。"

他把她的睡衣紧紧地抱在怀里，恍惚间，他看到了她的微笑，他甚至听到她的喘息声，他轻轻地叫了一声：云。

他听到了自己的声音，定了定神，他看到的是她在墙上的照片。这照片是她在香港拍的，放得和真人一般大小。这是她特意为他留下的，就挂在床的后面。

晨风习习。鸟儿在雨后的树上欢快地叫着，一切都和过去没什么两样。

然而，人去楼空。

笑三春站在窗边，任凭无限凄楚在心中弥漫。

林方正到处找笑三春，谁也不知道他到哪里去了。

"怎么搞的嘛。"林方正生气地说。

阿英站在一边说："师傅从来不迟到的，一定出了什么事，要不，我到师娘家里去看看。"

"算了。"

林方正看到阿英很紧张的样子，有些不忍心，笑了笑，说，也没什么大事。

林方正自己也弄不清楚，为什么他对阿英有一种从未有过的柔情，她一着急，他就心颤。有许多事情，比如上次请假的事，他明明知道她说的不一定是实话，他却把它当真，回来，也不追究不计较，他明明知道秋月说得有些道理，反过来，却增加了对秋月的厌恶。

他还有一个不能向任何人说的秘密，连自己想起来都心跳得厉害，就是他常常梦见她，那是一种人们常说的桃花梦。这种梦，总是在一阵旋风似的快感中醒来。

秋月最叫人反感的是喜欢问七问八。有好几次，她甚至盯着他刚刚洗过的内衣内裤发问：为什么，昨晚刚刚洗过的，早上又洗？

这样的问题，足以叫他恨一辈子。“臭婆娘，谁给你这种权利？”

或许是因为这些梦，林方正对阿英抱着一个希望，这个希望目前还很朦胧，很不明确，但确实是一个希望。

阿英看到林工委只看她不说话，心里有些发慌。她的对照检查虽说已经过关，但她还没有十分把握，只要林工委再提一个为什么，她便什么也说不清楚，比如说：为什么你要为阿文说情，难道阿文的糊涂思想是值得同情的吗？她更害怕他会突然问起她母亲的身体，她说谎的时候总是漏洞百出，不是不会说，是不敢说。

没想到林工委只是对她微微一笑，便挥了挥手，让她离去。

这一笑突然给了她许多勇气。她转过去的身子又转了过来。

她要向他求一件事。最近剧团里动员青年参军，当志愿军，保家卫国，无上光荣。阿文和她商量，准备报名参军。他们商量来商量去，还是参军的好，虽然她觉得他放弃演戏有些可惜，可他执意要去她也没办法，再说，现在他也演不了主角，在这里跑龙套、做道具还不如去参军。他们最担心的是林工委，这个人不一定会让他去，再说，对照检查，向党交心，他还没过关哩。

“林工委，”她嗫嚅着，“打听一件事。”

“什么事？”

“是所有人都可以参军吗？青年。”

“是的。我在会上说了，每个青年都可以报名，当然还要组织审查批准。”

“阿文，他想去。”

“他？”

阿英点点头。

阿英无声地点头，有一种令人心旌摇曳的妩媚。一个念头闪过林方正的脑际：让他去吧，滚得远远的，她就属于我。

然而，他立即清醒过来，狠狠地批判了自己！什么思想？可耻！白白参加革命十几年！

“我看不行。虽说他不是养父亲生的，但他毕竟是地主的儿子啊！”

“林工委，林工委，你就行行好，放他去吧。”

“这又不是……这可是一件大事！”

林方正坚决地说，看起来像是对她说，而实际上，他更多的是在对自己说，他怕自己在她柔美的声音中发生动摇。

实际上，他刚才找笑三春，正是为了参军的事情。动员发动后，有几个人报名，但是让谁去好，领导总得有个意见。既要看个人的热情和条件，又不至于太影响剧团的正常工作。他没有想到阿文也想报名，他不能相信，一个跟地主养父划不清界限的人，会把枪口对准美帝国主义。

“阿文是好人，林工委！”

阿英说着，转身就走。

林方正看着她的背影。她走路的样子很好看。

（二十一）

父亲总是不回家，母亲每天白天都叫我到戏院去，晚上就在家里骂人，骂父亲，骂冷水的母亲，骂小琳的母亲，骂街长，骂我，骂林工委……什么人都骂。

母亲有时很勇敢，所向无敌，有时又显得胆怯。那天一早，她就对我说，走，今天非闹他天翻地覆不可。可是走到戏院门口，她又改变了主意，叫我悄悄进去，不要让人看见，看看里面有没有在开会，看看父亲有没有在里面。

我溜进去，从过道溜到台上，站在布幕后面往外看。他们开会的情形我看得一清二楚。父亲坐在林工委身边，林工委一边说话，一边比画着，父亲歪着脑袋看他。

我从没有站在高处看人家开会，原来开会也是很有意思的，大家围坐在一起，可以做游戏，玩放手帕，也可以听故事。

几十年后，我发现，我这个时候的观察是很有意味的。当我们站在一定的距离来观察人群的时候，我们会发现，一切都像儿戏，不必认真。只有圈子里的人才会较真。一旦你跳出圈子，你就会超脱，就没有烦恼，没有痛苦。可惜，很少或几乎没有当事人会跳出那个圈子。

我的头探得太出去了。我发现阿英姐在向我招手。我想起母亲的嘱咐，立即把头缩回来，绕到后台从过道溜了出来。

我对母亲说：“他们在开会，围成一圈，爸爸坐在林工委身边。阿英姐向我招手，我没理她。”

母亲在台阶上走来走去，边走边骂：“这没良心的，挨枪货，不得好死！”我想，她是要进去了，林工委的会又开不成了。不知为什么，我有种幸灾乐祸的快感，希望事情赶快发生，就像我看到一个小孩举着一只花瓶，我希望他立即就摔下去，希望听到一声脆响，希望看到碎瓷片四面飞溅开花。

以后我才明白，许多灾难都是从这种幸灾乐祸的快感开始的，而人们往往不自知。在史无前例的“文化大革命”中，人们开头对于大字报、辩论会的那种兴奋和激动，谁能说不是这种快感？

可是母亲突然拉着我走了。

母亲带我去看一间房子。那是一个大杂院，住着好几户人家。大院子的左边有一口井，井边有一个很大的石盆，一个老太婆在那里洗衣服。她看我们进来，对母亲说，来啦，等一下。她站起来，手在腿上擦了擦，从她的斜襟里掏出一串钥匙。她带我们走到一间又黑又破的房子门前，打开门。

从屋里冲出一股阴凉和霉气。

“我不喜欢这里。”我说。

“这里不错的，又便宜，一个月 5000 元。”

老太婆对母亲说，她的声音阴阴的，像从暗沟里流出来的水。

母亲走进去，打开后面的窗子，说：“阿云你来看看，后面有个大池塘，还有花。”

她把我抱起来，我看了看，还是不喜欢。池塘的四周都是很高很高的杂草。那是专门藏蛇的地方。

我说：“我不喜欢。”

“不喜欢不喜欢。”母亲重重地把我放下来，“你以为你是公子少爷！我跑破了半双鞋子才找到这一间房子，不喜欢，你跟你父亲去住！”

母亲走出来，对老太婆说：“我租了，先给一个月房钱。”

那老太婆笑了笑，那是一种很阴毒的笑，看了叫人害怕。

回到家里，母亲就开始准备搬家。她还是那么利索，打开所有的箱子，东西一件一件地往里扔，不知怎的，我一想到刚刚看过的地方，心里就发毛。

梅姨来看母亲，她惊讶地说：“你真的要搬？”

母亲说：“我夏莲不是没有志气的人。”

“那地方一定比这里好。”

“一点也不好。”我说。

梅姨看着母亲，母亲什么也不说，只往箱子里扔东西。

梅姨说：“其实，厝主也没一定要你搬的意思，就是一定要赶，也得看你愿意不愿意。”

“这里我是不能住下去了。名义上是积极分子，可什么会都不通知我，那个组长，也是有名无实的。这条街，我算看透了，全是地主资产阶级狗狼窝，你看那厝主，笑脸虎，阴心毒，这种人！我看你也搬走好，省得将来像我一样，吃她的哑巴亏。”

梅姨不说话了。梅姨是个胆小怕事的人，母亲一生气，说话大声一点，她就不吭声，连大气都不敢喘。

“搬家是件大事，三春师傅怎么不回来帮忙？”

过一会儿，梅姨小声说。

“他忙。当团长的，能不忙？白天开会，晚上演出，你说，在一个剧团里当领导容易吗？几十个人，吃喝拉撒，全得找他！”

“那是那是，我明天上白班，要不，我就帮你。”

母亲笑着摇头。我知道，母亲搬家不喜欢别人插手。

梅姨走后，母亲突然不收拾东西了，坐在那里发愣。

愣了好一会儿，说，阿云，去，叫你梅姨上来。我下了楼正要穿过院子，却又听到母亲在楼上喊：阿云，上来！

我说：“不是要叫梅姨吗？”

“谁叫你叫的，”母亲从窗口探出头，“上来。”

梅姨在门口探了探身子，又缩了回去，无声地关上门。

我很不情愿地上楼来。说话不算数。

没想到我刚上来，母亲就打了我一个耳光，而且大声骂道：“死囝仔鬼，自己贪玩，还乱说！”

我于是放声大哭，我感到太委屈了。母亲把我拖进房间，从铁丝上扯下毛巾，给我擦脸：哭，哭，你老母还没死哩！

我不哭了。

而母亲却哭了。她双手掩脸，不让自己哭出声来，眼泪从她的指缝里流了出来。我从来没有看到母亲这么哭过，吓得大气都不敢出。

第二天，母亲从菜市场里买回来一只小母鸡，不知放了什么药，炖起来很香。母亲用提饭的铝盒把炖好的鸡装好，对我说：“去，给你那没良心的父亲提去，让他吃了，好去勾野女人。”

我提了提盒子，有点沉。母亲说：“提得动吗？”我说：“提得动。”我不愿意让母亲说我无能，没用，没出息。

母亲想了想，从盒子里倒出一些汤来，让我喝。我喝了汤，提起盒子要走，母亲又说：“小心看路。叫你老爸晚上回来，就说，要搬家了。快去快回，别死在那里。”

我提着盒子上路。我从来没有提着饭盒子走路，不知道饭盒子会越提越沉。我第一次体会到什么叫手酸。开头是手指发酸、发麻，然后是手臂，酸得像整个手臂要从肩上掉下来一样。我不停地换手，还是不行。开头，换一次手可以走十几步，到后来，换一次手只能走五六步。我只好把盒子放在地上，走走停停。路越走越远，走得头昏眼花，定神一看，才到府口，一想到还有那么远的路，手脚全软了。想回去，怕母亲骂，只好一步一步往前挪。

这是我第一次体会到行路的艰难。在今后的岁月里，我还有许许多多更为艰难的体会，但，没有一次像这一次给我留下这么深的印象。这次体验，使我对生活有了新的感受，原来很愉快的旅途会因为小小的负担而搞得痛苦不堪。

我是算着街上的店面往前挪的，过了布店，是鞋店，过了鞋店是文具店……走到打铁铺前的时候，我已经累得站不住了。

我蹲在打铁铺门口，看他们打铁。一根长长的铁条从火里拿出来，两个人抡着大锤子，“吭哧吭哧”地打，一来一去，一高一低，很好听，很好看。打完了，便把铁条往水里一放，“吱”的一声，冒出许多烟来，我不由自主地往后退了一步。在边上，有一个和我差不多的男孩在拉风箱。他坐在地上，双脚顶着箱子，双手拉着一只黑黢黢的把柄，使劲地往后拉着，整个身子往后仰。我觉得他一定累得喘不过气来。可他却朝我笑，还眨了眨眼睛。我想，他一定嘲笑我，连那小小的饭盒都提不动，哼。谁说我提不动了？我一赌气，跳起来提起饭盒往前冲。万没想到，就在这个时候，我绊到一只大人的脚，“扑通”一下，摔倒在地上。饭盒从我的手上甩出去，在地上滚了好几滚，鸡和汤全滚出来，撒在地上。

我大哭起来。

许多人围着我看。我一边哭一边爬起来。拣起空盒子。有一个阿姨帮我把沾满土的鸡捡起来，放进盒子里，说：“回去叫你老母洗洗，还能吃。”

我不敢回去。回去母亲绝饶不了我。

我只好哭着，朝戏院走去。

阿英姐一看到我就惊慌失措地向我扑过来：云弟，我的天，这是怎么啦？

阿英姐给我洗脸时，说，怎么摔成这样，脸擦破了，手肘也磕破了。她一说，我的脸和手肘都一起痛了起来。我非常可怜我自己，本来已经止住了的眼泪又掉了下来。

阿英姐给我涂红药水时，我把鸡啦，母亲的吩咐啦，手酸啦，打铁的啦，大人的脚啦，全撒了啦，都说了。

阿英姐说，师傅开小会哩。你回去别跟师娘说鸡汤倒了，就说师傅吃了。晚上一定回去。这脸呢……就说回去时才摔的。

阿英姐把我牵到门口，又说，不行不行，得跟师傅说一声。

我们又回到后楼，找到父亲。父亲在林工委的房里，看到我的脸吓了一跳。阿英姐把我如何摔倒说了，林工委哈哈大笑，夸我勇敢，没有哭。阿英姐便问我哭了没有。我说没有。阿英姐说，现在没有。他们又都笑了。

父亲说：“阿英，你带他回去吧。”

林工委说：“三春师傅，回去一趟吧，嫂子送鸡汤，这是求和。以她的性格，这也不容易了。”

父亲叹了一口气：“你是看到的，无理取闹，叫人如何受得了。”

阿英姐说：“师娘性子不好，心还是好的，你就原谅她一回吧。”

父亲摇摇头：“连她母亲都拿她没办法。”

（21）

林方正完全没有想到他会栽在秋月的身上。对于这个水性杨花的女人，他是很警惕的。他从来不让自己越雷池一步。是的，有时，在她千般关心万般体贴的情况下，他也曾闪过这女人不错的念头，他也曾偷偷地注视过她的胸脯、她的腰肢、她的屁股，但他从来没有想过要和她上床睡觉，不但是纪律所绝对不允许的，而且也是他内心所不喜欢的。他之所以让她在他的宿舍里出出入入，无非是不想打击她的积极性，特别是学习运动以来，她的确起了许多积极作用，帮助他了解了许多情况。大会小会都发挥了骨干作用。他知道，他不会娶这种女人，他要娶的女人应该是纯洁的，更何况，现在不是谈情说爱的时候。

那天晚上，剿匪反霸胜利结束，老战友们都集中在漳州开总结庆功大会。高兴，多喝了几杯，回戏院时，戏散了，演员们也都休息了，只有厨房里还亮着灯。林方正想去讨点水喝，没承想碰到秋月。秋月正在为他打开水。

“怎么醉成这个样子？”

她一手提热水瓶，一手扶着他，把他扶到宿舍里。

“我没醉，你去吧。”

他推开她。她却不管他，给他脱鞋、擦脸、洗脚。他说不用不用，我自己来，我自己来，但他实在是头昏得厉害，身子一歪，就倒到床上去了。

他迷迷糊糊地看着她在宿舍里走来走去，他向她挥挥手，叫她回去。这么晚了，影响不好，回去。

他做了一个梦，无比畅快的梦。他和阿英……多么柔软，多么光滑，多么芬芳，多么温存。别喊别叫别笑，小声一点，注意影响，注意影响。

可他自己却情不自禁地叫了起来：阿英，阿英，阿英！

又是一阵旋风似的快感。

林方正感到从来没有过的刺激和轻松。他依稀听到一阵哭泣。难道阿英她哭了，对不起，我太激动，太粗暴了，我没有充分的思想准备，完全是一场遭遇战。我会对此负责的，会向上级打报告的。我以革命的名誉担保，今生今世，一定待你好，虽然你的出身不怎么理想，但是，你的表现可以弥补，完全可以。我亲爱的同志，别哭，别哭。

林方正翻了个身，他的手触到一个柔软的肉体，他不相信这是真的。他睁开眼睛，天老爷，在朦胧的夜光中，一个光洁的肉体在他的身边蠕动，一个一丝不挂的女人在他的床上哭泣！

他眨了眨眼睛，捏了捏自己的大腿，这不是梦。怎么自己也没穿衣服！他以为是阿英，突然间又有千种柔情想安慰她。可那女人挪开手，却是秋月。

“怎么是你！”

“是我，是我。不是你的阿英！”秋月叫道。

林方正连忙捂住她的嘴：“小声点。”

“怎么，后悔了，害怕了？我就知道你的心中只有那个小妖精。难道我真的那么贱，成了人家的替身！有本事，你去干她，别拿我来发泄！”

林方正恼羞成怒：“给我闭嘴。你怎么跑到我的床上来了？”

“是你抱着我，不让我走的。”

“胡扯，我喝醉了……我什么都不知道。”他有些心虚。

秋月冷笑一声：“你是醉了。醉了就可以侮辱妇女？我们到领导那里去说，叫全团的人来评评理。”

林方正匆匆地穿上衣服：“你给我穿上衣服，不知羞耻的……”

“好啊，你大声嚷吧，把灯打开吧。”

秋月冷冷地说，她并不着急。

秋月昨晚是豁出去了。她是属于那种有许多柔情需要付出的女人。当初她被土匪奸污的时候，她曾痛不欲生，但过后，当那个土匪拿着礼物上门来的时候，她立即原谅了他。实际上，这土匪也并非是素不相识的，他们小时候曾在一起玩过，只是他后来好吃懒做，当了土匪。一来二往，她也就心软了。后来，这土匪在一次土匪之间的火并中被打死时，她还哭了一阵。她对于林方正，从一开始就充满柔情，林方正在她们村当组长时，她就注意上他了。她原以为他看不起她这种女人，后来又听说，他打听她的情况，同情她，后来，他又把她调到漳州。她认定，林方正对她有意思。她当然更以他为自己的终身依靠。她早就准备把一切都献给他了。凭着她作为女人的直觉，她感到对她威胁最大的是阿英。昨晚，她下定决心留下来的时候，当他把她作为一个女人来对付的时候，她庆幸自己的成功，这种关系对男人是一种责任，对女人则是一种保证。但她没想到，他居然在她最神魂颠倒的时候叫出阿英的名字。他是把她当阿英来发泄的，他的心目中果然只有那个小贱人！她开始怀疑他是真醉还是假醉，她感到无比的委屈，又预感到她的爱不一定能得到回报。她哭了。

她哭并不意味着她要放弃。不，既然已经付出了，她就一定要得到回报，再说，她的的确确爱上这个北仔，他有一股男人气，这股男人气吸引着她，使她情不自禁地释放出许多柔情。

“你也别嚷嚷，反正，我现在是你的人了，我也不计较你爱的是不是我，只要你今后待我好，我就死心塌地跟你一辈子，侍候你。”秋月说。

“你快把衣服穿起来。”

“你不说，我不穿。”

“说什么？”

“你要娶我。”

“神经病！”

林方正拉开宿舍门，大踏步地走了出去。

高少君和肖爱梅的关系闪电般地进展。有一天中午，高少君回宿舍的时候，看到肖爱梅在他的宿舍里擀饺子皮，馅已经配好了，放在桌上，到处干干净净的。

她背着门，手不停地动，辫子在她的腰上来回摆动。她的腰很细，很好看，他倚在门边，这么想着。

她听到声音，转过头，对他莞尔一笑：“怎么，不来帮忙？”

“哪来的这些家伙？”他一边洗手，一边问。

“买的，总不能老用人家的吧。”

他一看，果然，都是新的，案板，擀面棍，还有一把菜刀，一个盆子。高少君的心里顿时感到十分温暖，一种“家”的感觉，使一个单身汉快乐无比。

“你真行。”他说。

“不能告诉姐姐姐夫，要不，他们会……”

“会怎么样？”

“会以为你……不说了，知道了偏问。”

高少君的心中掠过一阵柔情。

“下午还开会吗？”吃饺子的时候她问。

“还开。”

“晚上呢？”

“没事。我们去看戏，看本地戏，你不是想见识一下吗？”

“好。晚上在戏院门口等我。”

“你知道路吗？”

“你小看人。”

晚上演的是《吕蒙正》，一出大团圆的喜剧。

在回来的路上，他问她：“看懂了吗？”

“我又不是傻瓜。”

天高气爽。有一颗星星在很远很远的天边闪烁。

街上的人不多，三三两两，零零落落。昏黄的灯光把这些影子拉得很长很长，这些长长的影子更显得街上的冷清。

“天底下像吕蒙正中状元的有几个？”

“天底下，像那小姐那么傻的有几个？”

“所以说是演戏嘛。有一个大文豪说过，导演是骗子，演员是疯子，观众是傻子。”

“你是说我是傻子？”

“出了戏院就不是了，因为一出戏院就不是观众了。”

“你啊，姐夫说，知识分子就那个样，你说，是什么样。”

“我也不知道。”

“酸样。”

说着，她拉住他的手。

经过太古桥，她一定要进去吃牛肉面。她说姐夫最爱吃，带她和姐姐来吃过，又便宜又好吃。

吃了点心，他说送她回家，她说还早。他们又回到他的宿舍。她一看，桌上的碗没洗，说：“看把你懒得！”

他说：“我怕你在门口等得太久。”

“好个借口。”

她利利索索地把碗收拾了，又把桌椅全擦了一遍，想了想，又提了一桶水，把地板也给洗了。他默默地看着这一切。她干热了，把外衣“嗖”地一下，脱了下来，扔到床上，继续干。

她不时地抬头看他一眼，笑一笑。

他突然发狂似的冲过去，抱起她，使劲地吻。

“我告诉姐夫，你是个流氓。”

她闭上眼睛，喘着气。

秋月扶着林方正走进宿舍的时候，阿英正和阿文躲在他们的“角落”里。他们先是听到声音，然后是看到人影。他们本能地往后躲。他们不让对方看见，自然也看不清对方的脸孔，但是，他们知道来的是什么人。

“哼，”阿文说：“满嘴革命道理，肚子里是什么货色？”

“不能这么说，是那个女人不好，老是要贴在林工委的身上。”

“我知道林工委是好人。”

“你又来了不是。你心胸就不能放宽一点。”

“他为什么不放宽一点，连参军都不让去，他老想把我捏在手心里。”

“他是让你划清……要不，叫师傅去说说。”

“师傅又有什么用呢？师傅只会鹦鹉学舌，他说什么他就学什么。”

“难道师傅不是为你好？”

“我没说他不为我好，可这半年来，我连一次主角都没上过，师傅怎么就不着急？”

“他急他有什么办法？你不看看，师傅有多难？他也要检查要交心，师娘又是那个样子……”

“我不知道为什么会这样，好好的剧团，大家演戏不就完了，还搞什么学习对照、交心，搞得人心惶惶，你批我我批你，大家心里都防着什么，你看那艺光班的人，哪个不防着我们？我们也是人人自危，人人自防……”

“我也……这话对别人可不能说，这是反动的。”

“反正我是要离开这里，不让参军，就回去，我一天也不想多待。”

“那我呢？你走了，就不管我了？”

“你会有人管的。”

“你……没良心！”

阿英说着，心里就发酸。

“过去苦是苦了一些，心情好。”

“难怪人家说你是地主阶级的孝子贤孙哩。怀念过去饿肚子的日子，那个时候，你不是也想着安定的日子？”

“你说怎么办？”

“我也不知道。”

在他们的前面，是一团困惑，一个没有办法解开的结子。

（二十二）

搬到大院子的那间黑房子之后，我晚上总是睡不好觉。这里没有电灯。母亲为了节省煤油，把灯火旋得很小很小。这里的一切都是黑暗的。以前，尽管灯火很小，还是可以看见东西，而这里，除了灯边的东西，其余的地方，都朦朦胧胧、模模糊糊的。

母亲又特别的好睡。

父亲不回家，她每天晚上骂，骂累了就睡，一睡就到天亮。

屋里老是有一种东西在响，窸窸窣窣的，像老鼠，又不像老鼠。这响声会移动，一会儿在脚边，一会儿在床头，像一个人在屋里来回地走。我不敢睁开眼睛，我想一定是鬼来了，或者，是那个老太婆进屋来了。那个老太婆，白天常常在走廊上走动，那眼睛幽幽的，看人的时候不说话，也不笑。有时，母亲不在的时候，她会突然掀帘进来——母亲搬来的时候，怕大院子复杂，买了副竹帘子，挂在门上。这里看看，那里摸摸，也不说话，似笑非笑，很吓人的。有一次，我实在吓得不行，便忘记了母亲看好家的嘱咐，跑到院子里。院子里没有人。她也跟着走出来。我又跑进去，把门关上。她却又在窗前走来走去，一直到母亲回来，她才走开。

我觉得有人站在床头，用两道幽幽的目光盯着我，还冷冷地笑。我害怕极了，用脚踢母亲，想叫醒她，可她睡得死沉死沉的。母亲说过，人睡着了就像死去一般，做梦，是灵魂跑出身躯。做梦的时候是叫不醒的。我非常相信母亲的话。有一次我梦见在溪边的沙滩上玩，和冷水石花在挖毛蟹，听见母亲在叫我，声音很远很远。醒来时，果然，母亲就在床头。我说：我做梦，听见你叫，声音很远，就回来了。母亲说，好在我叫得及时又大声，再走远了，魂就听不见了，就叫不回来了。

我想母亲一定做梦了，她的魂一定走远了，所以她不知道我在踢她，得叫，可我不敢叫，怕一叫，那个人就掐住我的脖子。

我连气都不敢喘。

我仿佛听到那个人叹了一口气，又从我的床头走开来。不一会儿，后窗传来了“扑通”一声，接着一声蛙鸣，接着便是一片蛙鸣，此起彼伏，比赛似的，很热闹。

青蛙的叫声给了我勇气。我偷偷地睁开眼睛，屋里什么也没有，只有灯光如豆，在桌上闪烁着。我小心地从这个角落看到那个角落，小心地辨认，什么也没有。我想，他会不会钻到床下去了。但我没有勇气探头往床下看。

我屏息等了很久，床下似乎没有什么动静。

我实在困了，闭上眼睛，那窸窸窣窣的脚步声又响了起来，我睁开眼，看到窗上一个黑影，这是一个披头散发的厉鬼，有一双发亮的眼睛。

桌上的灯，“忽”地一下，熄了。

我大叫起来。

母亲被惊醒了。她摸了摸我的额头，说，这死团仔鬼病了，发烧。我说我害怕。母亲说是“着青惊”，给我吃“万应定”。母亲总是备着许多药，除了“万应定”，还有“济众水”“白花油”。现在想来，应该是“六神丸”。吃了“万应定”，母亲守在床头，我就安心地睡着了。

早晨我是在母亲的叨念声中醒来的。她在骂父亲，骂他没有良心，扔下老婆孩子不管，只图自己享福，勾女人。她是连骂带咒，又咒又骂的。这种骂声叫人心烦意乱。我很怀念外祖母的诵经声。那时，我总是在她的木鱼声中醒来，又在她的诵经声中睡去。

我动了动身子。母亲说，醒了吗？她摸了摸我的额头，高兴地说，好了。她在我的额头轻轻地一吻，说：没有你那没良心的父亲，我照样能应付。

搬过来之后，我常常生病。

人家说，这房子不怎么好住，得拜地基主。我不知道什么是“地基主”。母亲说，每个房子都有主人。这主人在阴间，没钱花了。于是，母亲每月十五，都拜一次地基主，烧很多纸钱。母亲烧的纸钱和外祖母烧的不一样，是银白色的。母亲说，这是银钱，是烧给鬼的，而外祖母烧的是“金”，是拜神用的。我于是更加害怕。我不敢一个人留在家里，不管是白天还是晚上，母亲走到哪里，我就跟到哪里。

有好几次，母亲带我到街政府去。这里的街政府在一座庙里，冷冷清清的，只有一个老头坐在椅子上打瞌睡。办公桌上没有东西，也没人办公。母亲问：街长呢？那老头翻着一双混浊的眼睛，不理不睬的。母亲又说：我是新搬来的，从后街来，叫夏莲。“哦”，他说，“报户口了吗？”报了。报了就好。那老头又闭上眼睛。母亲说：你们这里不开会？不学习？不搞群众运动？那老头又翻开白眼，我发现他的眼珠是土黄色的。“开，谁说不开，只是现在不开。”母亲说：什么时候开？他说，说不准，得看街长。“街长呢？”“开会去了。”

母亲非常失望。她拉着我想走开，又舍不得，说，要是街长回来，你告诉她，四组，就是后港仔大院里新搬来一户人家，叫夏莲。在后街在下河都是积极分子。要有什么需要帮忙的，尽管吩咐。

那老头连头都没有点一下。

母亲骂了一声“老柴头”，便拉着我走了。

不知怎的，我们家老丢东西。开头，母亲也不怎么在意，放在窗台上的肥皂丢了，倚在门边的扫帚丢了，放在门槛下的一块地板布丢了。那地板布丢了的时候，母亲有些心疼。那是用一只很好的麻袋拆开剪成的。母亲喜欢干净，很重视地板布。哪一个夭寿仔、饿鬼相，连地板布也要偷。母亲一边骂一边把藏着的麻布拿出来，过了水，铺在门槛下，原来是铺在门槛外面的，这一次铺在门槛坎内。把地板布铺在门槛外是我们家的习惯，每次进门，都得在地板布上跺跺脚。

没想到第二天，那地板布又丢了。

母亲站在门口大骂："谁家没有地板布就明着来要，我完全可以送给他，偷，算什么好汉？解放以前，地痞流氓无赖才偷！夭寿仔，挨枪货！这哪里是偷，这分明是抢嘛，放在门槛里的也要。要是被我抓住了，有你好看的！别以为我是好欺侮的，也不打听打听，我夏莲是好欺侮的吗？我在下河后街仔的时候，都是街干部、积极分子！"

大院子里静悄悄的，门全开着，可没有一个人探出头来。只有那个老太婆坐在水井边，用幽幽的眼睛看我们，一声不吭。

母亲从此变得十分小心。

她常常把门和窗关死，却躲在屋里，从门缝或窗缝往外看。有一次，她故意把一条新毛巾挂在窗台上，人却站在窗后，守着。

这个院子总是静悄悄的，人们大都有工作，早早地就出门，中午才回来。最热闹的是早上中午和傍晚，人们在井边打水，洗衣服，互相打招呼，说闲话，新闻，哪里发大水，蛇起沟，哪里审判土匪，枪毙反革命，哪里有个花癫，涂脂抹粉走在街上，却不穿衣服，哪个戏院演什么，出什么小旦。

有时，母亲也参加这种议论，她讲得最多的当然是戏。哪出戏哪个角色好，哪个小旦唱腔好做功不好，哪个小旦都好……人们听得津津有味。这时，母亲便很得意，越讲越生动，手舞足蹈。

但人们听完也就完了。大家各自散去，做自己的事情。

母亲没有朋友。她显得孤单。过去，有小琳母亲、有梅姨可以说话，这里却一个说话的朋友也没有。

母亲很有耐心。她让我也趴在门缝里帮忙看。我很高兴。

窥视似乎是人类的一大劣根。窥视所得到的乐趣刺激着人们的神经。这是一种没有尽头的诱惑，从窥视人们的行为到内心，窥视的特征是站在黑暗看光明。到了后来，居然发展到站在光明看黑暗。我很小的时候就知道母亲的这种爱好。她喜欢在父亲不在的时候，翻他的口袋，看他的东西。她喜欢站在暗处看别人的行为，包括父亲，有时，父亲回来时，在厅里，她便故意在房里不声不响，等了父亲和我说了许多话，她才出声。她说，看你在变什么鬼。母亲的大多数窥视都使我很反感，唯有这一次我觉得是正义的。

院子很阴。一只公鸡在院子里走来走去，有时抬起脖子，却叫不出声来。这是一只没有用的公鸡，黎明时的啼声一点也不雄壮，有气无力，断断续续，而且有些沙哑。

我一直弄不清楚这是谁家的鸡。

街上传来卖“鸡毛肉骨”的声音，那公鸡愣了一下，又漫不经心地走来走去，只是那脚抬得很高，放得很慢，很有节奏，阔少爷似的。

母亲轻轻地敲了敲墙壁。我向她摇摇头，什么情况也没有发现。母亲给我倒一杯水。

我的脚都站麻了。

我终于发现，那老太婆幽灵似的从她家的门洞钻出来。我回过头，母亲也发现了，她向我点点头。

那老太婆在走廊里走来走去，眼睛却总是朝我们这里看。有一次，她慢慢地朝我们走来，走走停停，最后，在我们家的窗口站定了。她看了看院子大门，又看了看我们家的门，我甚至听到她的喘气声。

我们都很紧张。母亲把手放在窗门的门闩上，只等她一动手，母亲就把窗门“忽”地打开，伸手将她抓住。

可是，那老太婆站了一会儿，什么也没干，就走到井边，提水，洗衣服。她总是有洗不完的脏衣服，她有两个儿子，不知道做什么工，每天回来，都是一身汗一身泥。

守了几次，母亲有时在窗台上放毛巾，有时放肥皂，有时放刷子，都是装作漫不经心的样子，随随便便地放着，但是都没有抓到小偷。

母亲改变策略。她大声地关窗关门、锁门，穿得整整齐齐，一手拉着我，一手还提着一只小布袋子，装作要出远门的样子。但是，走到十字路口，却又突然匆匆地赶回来，杀一个回马枪。

母亲的这一着果然厉害。第一次便把小偷抓到了。这小偷不是别人，正是那个老太婆。

我们进院的时候，她正在收我们家晒在院里的衣服。我们的突然出现使她大吃一惊。她手里捏着从竹竿上拿下来的母亲的内衣，竟不知道怎么办好。

母亲一个箭步冲过去抓住她的手：“好哇，你这小偷，贱！到街政府去！”

母亲拖着老太婆往外走，老太婆想扔掉手里的衣服，母亲不让她扔，母亲的手捏着她的手，她扔不了。

一路上，许多人跟着看。母亲一路说："小偷，贱，青天白日地偷！"

我们进了街政府，街政府的门口围着一大堆人。街政府的那个老头向他们挥手，走走走，没有什么好看的！人们都不走，老头便把门关上。

坐在办公桌边的是一个阿婶。她对老头说："别关门，万一上面来人，还以为我们没办公。"

老头再把门打开时，人们大都散了，只剩下几个小孩。

母亲说："你是街长吧。我来过几次，没找到你。我今天抓了个小偷，看，偷了我的衣服，人赃俱获，我看，非开她的批判会不可。这还了得，新社会还兴偷？青天白日地偷，还像新社会！"

那老太婆说："我哪里是偷，我是帮她收衣服的。"

"谁央你了？半干的衣服就收？"

"我是……想帮你洗的，你洗得不干净。"

母亲说："街长你看，有这样的道理吗？偷还不承认，不开会批判，她是不承认的。还有，肥皂呢？扫帚呢？地板布呢？全是你偷的！"

"不是我！"老太婆说，"是卖鸡毛肉骨的老头，我看见的！"

"可恶！"母亲指着她的鼻子，"自己当贼，还诬陷别人，空嘴嚼舌，说无影话。可恶！"

街长阿婶挥挥手让母亲坐下来，说有话慢慢说。

母亲说："我说完了。人赃俱获，你看着办吧。"

街长说："我看，厝门头尾的，就算了吧，等她儿子回来，我叫他们给你道个歉，反正，东西也没丢。"

"不批判？"

街长摇摇头。

"你们这条街，真落后。"

街长很不高兴。要是我，我也会不高兴的，谁不怕落后？那个时期骂落后，是很重很重的话。街长不说话。

那老太婆站起来，想走。母亲拉着她，不让走，就这样算了，不行。

街长说："我还有事。"说着，街长站了起来。

老太婆也跟着站起来。

母亲眼睁睁地看着她走出街政府。

“你们包庇小偷！”母亲指着街长的鼻子，“算什么街政府。我看过多少街干部，没有一个像你，没有立场，没有阶级感情，不敢和坏人斗争，投降派，地主资产阶级投降派！武训！”

街长吃惊地看着母亲，张开嘴吧却说不出话来。

“你不认识我吧！我也当过干部，你到下河街后街去探听探听！”

母亲扔下张口结舌的街长，拉着我，雄赳赳、气昂昂地走出街政府大门。

回到家里，母亲便站在我们家门口的走廊上骂，小偷，贼，强盗，老土婊。那老太婆躲在屋里，不出来，也不作声。

中午，人们陆陆续续地回来了。原来关着的门一个个打开了。人们在井边提水，忙着做饭。

母亲跑到老太婆的门口，大声喊道：

“出来，让大家看看，你这小偷，白日贼！”

人们都吃惊地站住了。有的手里提着水，有的捧着刚刚洗好的青菜，有的一手拿着菜刀，一手拿着猪肉从屋里走出来。

“你们不知道吧，这老不死的，是个贼，青天白日的，偷收我的衣服。”母亲把衣服举得高高的，“就是这一件。我当场抓住的。我说，东西怎么老丢。原来这院子里就有个贼！出来，怎么不敢出来！”

大家都说，算了算了，厝门头尾的。

“不行，得批判，得开会，让她作检讨！”母亲说。

人们你看我我看你，尴尬地笑着，笑过之后，便都忙自己的事了。

母亲没有听众，也不骂了。“便宜了你。”她在老太婆的门槛上跺了跺脚，吐了口痰。

晚上，那老太婆的两个儿子突然骂上门来。他们在门口，立马势，手叉腰。

“出来，臭婊子，干你老母，为什么欺侮我老母！”

母亲显然有些害怕，但她不服输，站在门里朝外喊：

“她是小偷，偷了我的衣服，不信，你们去问街政府！”

“干你三代祖宗的街政府！她偷你衣服？谁看见？谁敢说看见！谁？”

整个院子，静得出奇。我躲在母亲的身后，一动也不敢动！

“我们是无产阶级！你以为我们是地主资本家！你给我放老实点。再敢欺侮我老母，我让你……”

他们把我家门口的脸盆踢到院子中央，又走到院子中间，把脸盆踢回来。

母亲从来没有经历过这种场面，吓得浑身发抖。

那两个家伙走后。母亲关起门来哭。母亲哭，我也哭。母亲突然骂起父亲:“夭寿仔朱进，你不得好死，你把老婆孩子扔到这里让人欺侮，你自己去搞女人享清福，你不得好死，朱进！”

母亲对外的抗争能力是很差的，她欺软怕硬，一碰到外力的压迫，立即把矛头对准自己人，折磨自己人。

(22)

当凤仙对赵敏说“我有了”的时候，赵敏的表情是漠然的。他一时还没弄清这三个字的含义。

这是一个清晨，他们坐在赵敏的宿舍里。不知为什么，林工委突然宣布，早上不开会。全团人都像获得大赦一般，整个戏院的后楼，跑得空空荡荡的。赵敏想出去，被凤仙挡了回来。她从东闸口买了两碗猪肝面线。这时，他们刚刚吃过，一个坐在床头，一个坐在桌边。

“我有了。”凤仙再重复一遍。

“什么意思？”赵敏吃惊地看着她。

她抓住他的手，按在自己的小腹上，“有了。”

赵敏的手烫着似的缩了回来。

她看到他那吃惊、害怕的样子，伤心地哭了。难道是我骗你吓唬你？难道这孩子不是你的？难道这不是我们爱情的结晶？

赵敏不相信，绝不相信，自己绝望的发泄会在她的体内造就一个新的生命。他更不相信，命运会如此地捉弄他，如此无情地剥夺他追求幸福的权利！

罪有应得，他想，这是上苍对他背叛爱情的惩罚，上苍不给他改正的机会。

他为了摆脱台湾的阴影，费尽心机，但最后，终于落入“台湾”的陷阱。他将不得不与这个来自台湾的女人结为夫妇，一生一世都要受到怀疑和审查。他的前途从此完结。

然而现在，他最为担心的是沈萍。她像大海一样地原谅他的错误，像大海一样地拥抱他。她得到的是什么呢？是一个肮脏的泡沫，是一个可耻的欺骗。

凤仙的哭泣说明一切都是真的，无可挽回的。只有结婚，不结婚，他就是一个十足的彻头彻尾的道德败坏的资产阶级腐化分子。

怎么会这样呢？

他狠狠地捶打自己的脑袋，捶打自己的胸脯，死了算了，死了算了。

凤仙紧紧地抓住他的手，不让他打。她泪流满脸地看着他。

她是爱他的，真心实意，没有半点阴谋，没有半点私心。对于这样一个真心爱自己、怀着自己孩子的女人的任何背叛，同样是罪恶的。

赵敏情不自禁地抱住她，失声痛哭。

他既恨自己卑鄙自私，又恨自己还坏得不够。坏透了倒好，把这女人一脚踢开，一切都解决了。

然而他知道，这两个女人中间，他抛弃哪一个，都会使他终生不得安宁。

“我知道你为难。这几天，我也不问你哪里去了，其实，还用问吗？是我不好，为了自己，硬是把你从她那里抢过来，我本来想，朝夕相处，岂能无情？但我错了，我自己种的苦果，我自己吞下……”

“这不行。”陈月娥闯了进来。她已经在门口站了好一会儿。她指着赵敏说：“你凭良心想想看，凤仙哪一点亏待了你？她的心，你都不明白，天底下，你能再找到这样的好姑娘？我们师徒，背井离乡，沦落到漳州……这是我们愿意的吗？凤仙从小受苦，她只想找一个好人，好有一个终身的依靠，她错了吗？……如今，她怀着你的孩子，你不要她，你这是让她往哪里去，只有死路一条啊……”

陈月娥声泪俱下，瘫倒在椅子上。

“师娘，师娘！”凤仙扑过去，给师娘捶背。苦命的师娘啊，你刚刚从生命边缘缓过气来，却又要为我凤仙如此操心。

“你，你……”陈月娥指着赵敏，说不出话来。

赵敏像罪犯一样低着头。他准备接受任何谴责、咒骂。

凤仙看着他那可怜的样子，又心疼他，说：“师娘，不要为难他，不要……”

陈月娥看着凤仙，可怜的孩子，你心太好，你的精明哪里去了呢？你不为自己着想，也要为肚子里的孩子着想啊！

凤仙祈求地看着师娘，让她别再说了。陈月娥叹了一口气：“你怎么办？”

“我有办法。”

“我们的命怎么这么苦啊！”陈月娥泣不成声。

赵敏无话可说。她们都是好人。好得叫人心烦！要是她们将他痛骂一顿，痛打一顿，或许，他会更好受一些。

凤仙扶起陈月娥往外走，她对赵敏说：“我告诉你，只是想让你知道，你已经有一个孩子，我不为难你，真的，不为难你，真的。”

她们走后，赵敏的脑子一片空白。

在空荡荡的天幕中，突然浮现出一个问号：她果真有了吗？

他谴责自己，这种想法未免太残忍了吧。然而，想法是个魔鬼，一旦出现，便没办法抹去。

是的，这不是不可能的。这些演戏的人，在台上演得那么真，难道台下就不会演？一个人，为了达到自己的目的，什么事都做得出来。老舍先生笔下的虎妞，不也是用肚子里“有了”把祥子套住了吗？他还记得那段描写：“愣头磕脑的，他‘啊’了一声，忽然全明白了。一万样他没想到过的事都奔了心中去，来得是这么多，这么急，这么乱，心中反猛的成了块空白，像电影忽然断了那样。街上非常的清静，天上有些灰云遮住了月，地上时时有些小风，吹动着残枝枯叶，远处有几声尖锐的猫叫……”当时，他还为祥子担心、着急，叫他不要上当。可没想到，现在轮到自己……可这种事，也真是真假难辨，万一是真的……不，从运动中这些台湾人检讨出来的材料看，也真够复杂的，谁能担保她们都交代了呢？她们还隐瞒着什么？她们有什么背景？或许，她们真是埋得很深很深的坏人。或许，凤仙对于我的种种情爱，都出自某种不可告人的目的，这是一出有人幕后精心导演的戏。林工委的分析不无道理。一切都得用阶级斗争的眼光来观察分析……我赵敏可不是骆驼祥子，没有那么好骗！然而，她凤仙就是虎妞吗？

赵敏陷入前所未有的困惑、矛盾和痛苦之中。

阿文和阿英手拉着手，欢快地走在乡间小道上。

天是蓝的，云是白的。脚下的草是绿的，对面的野菊花是黄的。风吹过来，水流过去。

一切都是那么的清新、美好。

“你说，今天是不是有点奇怪，不开会，也不布置检查，一早，就不见人影。”阿文说。

“林工委说不定有急事，或许上面开紧急会议。”阿英说。

“不像。”

“你不要神经过敏，乱猜疑。”

“他那个牵手的，你看见了吗？”

“你是说秋月？没有。”

“有文章。”

“就不兴人家去玩玩？”

“他可不是那种想玩的人，再说，对照检查这么紧张。”

“说不定他想让我们轻松一下，这一段，大家也太紧张了一些……”

“他没那么好心。”

“他也没你想的那么坏。他的心是好的，全心全意为这剧团好。要不，师傅也不会死心塌地跟着他。”

“你真的对他没有一点那个……”

“夭寿仔，你想到哪里去了！”

这么说着，也就进村了。

他们先到阿英家，阿英的母亲高兴得直落泪。说是城里城外，难得回来一次，做客一般。阿英、阿文把提回来的点心放在桌上。老人家又笑得睁不开眼。“回来就好，还破费，家里又不是没吃的。解放了，不像以前，我给你们做两碗面线，你父亲昨天买的肉，还没吃，好像知道你们要回来似的。”

说着，她便去起火烧水。

火刚点着，外面就有人喊开会。阿文、阿英吃了一惊，这里也开会？阿英母亲说："土改，分土地，划成分，对了，"她对阿文说："你养父那里就不要去了，什么事，我替你去说。"

阿文说："难道不许见？又不是犯人。"

"犯人倒不是……不见的好。一定要见，也得先问问土改工作组的同志。"

阿文、阿英便结伴来到村东头的王爷庙，土改工作组就住在那里。工作组的其他同志到大埕开大会去了，只剩下一位穿列宁装的女同志，很热情、很和蔼。听了他们的自我介绍，说：知道知道，你们是名演员，我还看过你们剧团的《白毛女》呢。

听了他们的来意，她沉吟一下，说：

"你们还是回避一下好，见，我们还得向上反映，这是纪律。至于他的生活嘛，你们放心，我们会照顾得很好的。我们的目的是共同的，无非是要把他改造成自食其力的劳动者，你们放心吧。"

阿文还想说什么，阿英拉了拉他的衣角，他只好不哼声。

回来的路上，阿英说：

"你就忍一忍吧，下次回来再说。要不，说不定会影响你的参军，林工委……"

唉，阿文叹了一口气。

（二十三）

母亲和我再一次出现在街长面前的时候，街长显得有些傲慢，爱理不理的。

母亲说："你说叫他们道歉，可他们踢坏了我的脸盆！这就是你们的立场，你们全套在一起，想坑害我！和小偷套在一起，你算什么街长！"

“你要我们怎么办？”

“开批判会。”

“你自己开去吧。”

“你当真不管？”

“我管不了。”

“我告你！”

“请便吧。”

母亲拉着我怒冲冲走出街政府。

“我非告她不可，这臭婊子！”

母亲说，可她不知道往哪里告街长。她几乎没有见过比街长更大的干部。

我们在街上徘徊了很久，最后不得不回到那阴森森的房子里去。母亲一进去就把门关起来，说：“碰到这种街长，比鬼更衰！”

我说：“要是不搬来就好了。”

母亲说：“事后诸葛亮，当初你怎么不说。”

“我说了。”

“你没说！都是你那没良心的父亲害的，害得我们母子俩这么凄苦！”

我说：“爸爸也不想搬，你偏搬。”

“这么说都是我不对？我欠了你们朱家的债！我辛辛苦苦为了什么？还不是为了你！”

这时，我们听到门声，我们都吓了一跳。那老太婆刚才并不在院子里，难道她也敢来欺侮我们？

母亲悄悄地把窗门开一条缝，“是广定师。”

母亲开了门。

广定师摸着我的头，说：“岩顶托人下来，秀姑病了，叫你们上去。”

我知道秀姑就是外祖母。

母亲立即叫我到戏院去叫父亲。她把我送出大门口，朝那老太婆的门洞里看了一眼，那老太婆从昨天起就躲在家里。母亲把我拉到一边，小声说：“从这里去，认得路吗？”

我说认得。我们现在住的是草寮仔尾，一直走，经过小琳家，东闸口，拐弯就到了。

母亲又说：“不许到小琳家玩，快去快回，路上小心，别像上次那样摔得脸红鼻肿的。”

“我知道。”我最不喜欢提摔倒的事，母亲偏提，讨厌。

经过小琳家时，我发现，小琳家门口的锁没有了。她一定在家。我想推门进去，又想还是叫了父亲再来。

我到剧团，却找不到父亲。剧团里静悄悄的，也不开会，人们都在宿舍里。阿英姐帮助找，也找不到。她到林工委那里找，别说父亲，连林工委都不在。阿英姐说：师傅刚才还在的，可能跟林工委到上面开会。他一回来我就告诉他，请师娘放心。她把我送到门口，说着和母亲一样的话，路上小心，别像上次……我不让她说完，打断她的话说：知道。

她笑了：“好，不提上次了。可一定要小心啊。”

又经过小琳家。

我想了想，终于忍不住去推门。

门一推就开，和原来一样，只是虚掩着，后园子的门也开着，一片阳光照在楼梯口。夹竹桃的影子在阳光里轻快地摇着身子，我喊了声小琳。没人应。但我听到脚步声。她一定是躲起来了，想让我吃一惊。我蹑手蹑脚地上楼。到了楼上我突然一跳，还喊了一声：别躲了，我看见了！

没有任何声响。我这才发现，楼上没人。阿姨也不在。没有她的微笑，这屋子显得空旷、冷清。我突然害怕起来，再叫一声：小琳，阿姨！

没人应。我再轻轻地叫：阿姨，小琳。

还是没人应。

窗帘动了一下，我吓了一跳，为了给自己壮胆，我大声叫，“小琳，小琳”，边叫边跑下来，冲出大门。

我站在门口往里看，没人。

夹竹桃的影子动了一下。我们原来住的那房门好像动了一下，“小琳”，我鼓足勇气，再叫一声，“小琳”。还是没人应。

我突然感到毛骨悚然，撒腿就跑，一口气跑过十字路口。

“阿云，阿云。”

一个声音在我的背后叫着，很熟悉、很亲切，是父亲的声音。一住脚一转头，果然是父亲。

我扑到他的怀里，不知为什么就哭了出来。

我说："小琳家没人，我怕极了。"

他哦了一声，说："你出来做什么？"

我这才想起我出来的任务："阿姆病了，要我们上山。妈叫你回去。"

我们回家的时候，广定师还在家里，陪母亲说话，他看到父亲，说："好久不见，三春兄近来可好？"

父亲说："好，你呢？"

"好！"

母亲显得很高兴，叫广定师留下来吃饭。说就去买菜，专门买素的，不用怕。广定师说，你们的锅全是猪油味哩。母亲说：我去买一口新锅。广定师说，还是快准备上山去吧。

广定师走后，父亲问母亲外祖母生的是什么病，母亲也说不清。

"一定不是小病，干脆到街上吃，吃完了就走。"父亲说。

母亲爽爽快快地答应了。

我以为广定师一走，母亲就要变脸，可我这次想错了，母亲不但没有变脸，还高高兴兴的，有说有笑。很久以后，我才体会到，这就是"三八气"。

锁好门，母亲特意在走廊上绕了一圈，还在老太婆的门口吐了一口痰。

我们吃鼎边滚的时候，母亲转眼工夫，就买了一大袋子东西，豆干豆腐，青菜豆芽，腐竹豆皮，香菇黑木耳，还有面线。母亲高兴的时候总是很"大出手"的。

过了桥，我们又拐到大猪母阿妗那儿看妹妹。妹妹在床上睡觉，阿妗阿舅见到我们，高兴得手脚都不知道往哪里放。母亲爽爽快快地给了他们10万元，我们便上路了。

过了水月庵，我就走不动了，只好让父亲背着走。父亲背着我在前面大踏步地走。母亲提着东西，不时地在后面欢快地叫着："你这没良心的，慢一点。"

很久没有让父亲背了。刚刚上去的时候，有点不好意思。可在父亲的背上，就像骑马一样，爽得很！不知不觉，就睡着了。

什么东西碰着了我的头，我睁开眼，啊，是荔枝，红红的荔枝，一串又一串。我们在荔枝园里走。好大的一片荔枝园，看不到尽头。

我伸出手，刚想摘荔枝，母亲说:“不许摘，别人的东西，不能拿。”

“不要紧，不要紧，吃吧。”

不知道从什么地方，钻出一个阿婶，她乐呵呵地从树上摘下一串荔枝:“吃吧，自己种的，任你怎么吃也吃不完，这孩子，很水。”漳州话“水”就是好看。

父亲把我放下来。母亲说，还不快谢谢阿婶。我接过荔枝，同时朝阿婶鞠了个躬。阿婶的脸笑成了一朵菊花。

“你们也吃吧。”她说，顺手又从树上摘下两串荔枝，“歇一歇。去哪里？”

母亲说:“上林前岩，我的姐姐在那里出家吃菜。”本地话“吃菜”就是出家。

“哪位师傅？”

“青莲姑。”

“青莲姑呀，认识认识。听说秀姑病了，也就是你老母喽？”

“是啊，这不是上山去看看吗？”

“啊，啊！”

那阿婶现出很神往的样子。她突然又把父亲看了看，说 :“你不是‘水仙班’的三春师傅吗？”

父亲笑着，他表示承认。

“看看，把他给风神死了。那臭名字还真不少人知道哩。”母亲说。

那阿婶更高兴了。“吃，吃。”她一边说，一边在树上不停地寻找着，拣红的大的摘。

母亲说:“别摘了，哪能吃得完？”

她说:“带着带着，给秀姑青莲姑尝个鲜。这是兰竹仔，我到那边给你们摘几串乌叶仔。”说着，“扑扑扑”地向荔园深处跑去，一会儿，抱了好几串乌叶仔荔枝出来。她的后面，还跟着一个小孩，粗一看，有点像冷水，我差点叫了出来。

母亲说:“哪能带得了这许多，走都走不动。”

“这不。”阿婶指着那小孩，“叫阿狗给你们挑上去。”

父亲说:“怎么好意思呢？”

“哟，你们要吃，我们就高兴，要是村里人知道你们在我这里吃荔枝，那可要把他们给吃醋死了。”

阿狗用一根竹子一头挑着荔枝，一头挑着母亲的东西，荔枝在他的胸前，母亲的那包东西在他的后边高高地翘着，像打了卷的狗尾巴。

我甩开父亲的手，跑到前边和阿狗一起走，一路上问东问西。他什么都懂，无论我指哪棵树哪丛草哪株花，他都能叫出名字来。

（23）

高少君在专员办公楼的台阶上碰到林方正，一个上一个下，两个人都低着头，差一点撞个满怀。几天不见，林方正变得又黑又瘦，原来高大魁梧的身躯仿佛缩了一圈，军装显得又宽又松。

“怎么搞的，你？”高少君着实吃了一惊。

林方正苦笑了一下。

“发生了什么事？”

“我去搞土改。”

高少君想再问，林方正已经走下台阶去了。

高少君站在台阶上，看他飘飘忽忽地消逝在树丛中。他写了几天材料，又临时下了一次乡，难道剧团里发生了什么不测？

他匆匆地迈进宋专员的办公室，发现卢副专员也在座。

“少君，坐，随便坐。”

自从他和爱梅“走”了之后，宋专员便改过去的“小高”叫他名字，使他感到一家人一样的亲切。

他在卢副专员对面的沙发上坐下来。通讯员进来给他倒了一杯水，又出去。

两位领导对看了一下，宋专员说，“你说吧。”卢专员说，“还是你说吧。”

宋专员从他的桌子后面走出来，坐在高少君旁边："长话短说吧。林方正同志犯了错误，生活作风上的错误。没想到，这么好的同志，会栽倒在女人的怀里……"

高少君下意识地跳出一个字："谁？"

"秋月。你啊，也是官僚主义一个。好了，别说他了，组织上已经研究过了，他在其他方面表现是不错的，工作也是有成绩的。给他个党内警告处分。剧团呢？是不能再干下去了。先参加土改，到山区去，再考虑安排他的工作，是回部队，还是到地方，再说吧。剧团里的工作不能没有人，组织上考虑，让你去。"

"我？……我……"

高少君不想去。

"只有你最合适，前一段工作你熟悉。我想学习运动暂告一个段落，总结一下，有什么经验教训，如果有成功的经验，我想还是有的吧，不能因为林方正同志犯错误，就否定剧团的成绩，辩证唯物主义者嘛，凡事都得一分为二。这样吧，着重总结如何发动艺人学习赵敏同志，对照检查，向党交心，取得那些成效。听说，台湾艺光班的同志检查了不少问题，基本上把他们的背景搞清楚了，这就是一个很大的成绩。小林这家伙，还是有办法的嘛。该推广的经验还是要推广的。知识分子的团结教育改造，是我们党面临的大问题。文化界是一支不可忽视的力量，弄得好，是新中国文化建设的生力军，弄不好，问题还是很严重的。毛主席关于《武训传》的批示，《人民日报》的文章，对目前，对今后，都具有深远的意义。对了，赵敏同志怎么样？"

"很好。"

"听说有点那个，不联系群众，清高。"

"我看还可以。只是生活上的一些习惯不同罢了。"

"这同志我还是很喜欢的，他的对照检查到现在看，还是很真诚的。让他去搞一段土改怎么样？也是深入生活，回来时，创作一部反映土改的戏。"

宋专员说到这里，顿了一下，同时看了看坐在对面的卢副专员。卢副专员立即附和："这个主意好，青年人多深入一点实际有好处，还是很有才华的嘛。"

"我们要培养自己的知识分子，自己的专家。当然，不能放松对他的教育，不能让他因为党的关心而滋长自满情绪。"

宋专员说："少君，你这次去，就不要有临时观点，组织的意见是，把关系转过去，团长兼书记。"

高少君能说什么呢？这是提拔，副而正，领导的培养信任嘛。

"秋月怎么办？"高少君在其位，谋其政，这个问题不能不提出来。

"可惜，她演喜儿演得不错嘛，你看，留下来好，还是让她回县里？"

"听剧团里的师傅说，好像艺术上的发展前途不大。"

"我看，给272团肖木打个电话，他不是在那个乡当书记吗？让他给她安排个工作吧。"

"这种女人，到哪里都是个祸水。"卢副专员说。

宋专员摇摇头。

"还是怪我们的同志意志不坚定。毛主席早就告诫我们的，糖衣炮弹，我们许多同志没有倒在敌人的枪口下，却在糖衣炮弹的前面倒下了。"

"小林还算是一条汉子，敢做敢当。"卢副专员说。

高少君站起来，首长要是没什么事，他想走了。

"对了。"宋专员看了看卢副专员，"你和小梅的事，抓紧办了算了。"

卢副专员哈哈大笑："老宋哪，你是怕小高被小旦们抢走喽！"

"不得不防啊！"宋专员也哈哈大笑。

高少君被笑得不好意思起来。想走，卢副专员不让走，一定要他当着他的面叫一声姐夫，把高少君弄得面红耳赤。

宋专员说："老卢，你就饶了他吧。"

林方正乘演夜戏的时候悄悄地溜进戏院的后楼，到宿舍里收拾东西。

他不想看到剧团里的人，他觉得没脸见人。他完全可以答应和她结婚。但他宁可犯错误受处分，也不要那个臭娘们！

他林方正对不起领导的信任和培养，犯了个不该犯的错误，给党组织造成不良影响，给人民的事业造成损失，什么处分他都没意见。他没有说酒醉，没有推任何客观原因，大丈夫敢做敢当。他从自己思想深处寻找根源。他是错了。

"跌倒了，不要紧，爬起来，再干！"

宋师长的一句话，说得他痛哭失声。党，只有党真正地关心他林方正。他林方正从14岁参加革命的那一天起，就完完全全属于党，战争时期，枪林弹雨，他没有给党抹黑。他今后也不会给党抹黑！这个教训，他林方正要记一辈子！

他迅速地打好被包。整整齐齐、方方正正的一个被包。把脸盆、牙缸往袋子里一装，完了，生活，就是这么简单。

从前台传来一阵阵音乐声。他听出这是《梁山伯与祝英台》的第四幕“十八相送”。走就走，婆婆妈妈，卿卿我我，地主资产阶级！

他背起背包想走。他突然听到“啪”的一声响，接着，又是一声。

他走到窗前。

在青白的月光下，对面英雄树显得有些孤单。忽然，英雄花从树枝上掉下去，落在冷冷清清的土地上。

他依稀感到了一种生命的沉重。

两年了，他记得，两年前，他刚来时，也是英雄花落的时节。两年，730个日日夜夜，他和剧团里的同志在一起工作、学习，不能说没有感情，就是秋月，也不能说是一无是处，他忘不了宋师长看《白毛女》的那天晚上。啊，时光停留在那个时候，多好！

革命战士不是唯心主义者。过去的就让它过去吧。林方正对自己说。

走吧。林方正仿佛希望看到什么，是的，他希望再看一眼两年来朝夕相处的同志们。现在，他们全在台前台后。他多么想再为他们端一次茶，再坐在戏笼上和他们聊聊天，再听他们用闽南普通话，叫一声：“林工委”！特别是那个阿英。啊，冤家，一声半是羞涩半是胆怯的“林工委”总是让人千回万转，久久难忘，这才是女人，真正的女人哩！再见一见她，说一声再见。不，还是不见的好！

他悄悄地走出宿舍，心中弥漫着无限的凄凉，过道里很暗，有一个电灯泡坏了。他想起来，电灯泡早就买好了，放在抽屉里。他放下背包，回宿舍拿灯泡，又到拐弯处拿竹梯，爬上梯子，拧下旧灯泡，装上新灯泡。新灯泡刚刚触着灯头就亮了，这发亮的一刹那，给人很好的感觉。

不知为什么，换个灯泡，林方正的心情显得开朗了一些。他把背包往后一甩，大踏步地开路了。

高少君想找林方正告别，他对他的悄然离去表示理解，事情换到他的头上，他也会这样做的。

他召开全团大会，宣布林工委由于工作需要调离剧团。今后，他高少君将和同志们共同工作。他的话还没说完，秋月便放声大哭。

她的哭声使人们悟到了一点什么。但谁也没吭一声。

第二天，秋月也走了。

她走的时候，阿英和凤仙把她送到车站，陪她掉了许多眼泪。凤仙安慰她说："这次回去，好歹有个'头路'，有工作，有饭吃，也不用去拿锄头柄……"

秋月说："都是我不好，坏了他的前途。"

凤仙愣了一下，她想，她可要担心，别坏了赵敏的前程。阿英什么也没说，她只是为林工委感到可惜。她觉得这种事，犯不着把他给撤了。秋月姐是自愿的。这么想着，不知为什么，她自己就脸红起来，仿佛和林工委有什么关系的是她。

高少君在总结前一段工作的时候，表扬全团同志对党对新社会的忠诚。阿英壮着胆子问：学习运动结束了吗？高少君说算是结束了。于是大家便鼓掌。会后大利又去买酒，不过，他喝得很有节制，也不乱说话。

高少君为了写总结，把全团的检查对照向党交心材料和自传抱回宿舍看。林方正工作认真，把这些材料分门别类，一袋一袋装好，全放在柜子里。高少君没有住到戏院，他想和剧团保持一定距离，给自己留点自由的空间。

肖爱梅每天晚上都来。她看他忙着看材料做笔记，也不打扰他，静静地帮他把该洗的洗该做的做了之后，也坐下来看材料。开头是因为无聊，一看就着了迷，看小说一样。几十个人的自传检查，几十个真实的故事，几十样不幸的人生。这是一群多么可爱、真诚而又胆小怕事的人。他们老老实实地交代自己的过去，哪年哪月在哪里干什么，有谁做证，做过哪些亏心事，他们无保留地暴露自己，甚至于和什么人有私情、有"关系"都写出来，他们真诚地批判自己，给自己戴上各种帽子……

"真有意思。"爱梅说。

"看了别乱说，这是保密的，将来，这就是档案，关系到每个人的命运啊。"

"我明白。喂，你怎么不写写，也向我交交心呀！"

"我会有写的时候的。"

“现在就写，口头的就行。”

“我谈过恋爱，和人家拥抱，亲过嘴……”

“哎呀，你这个资产阶级！”爱梅扑过去，亲了他一下。

“你过去怎么样我不管，我只要将来，从今以后，对我一心一意……”

高少君看着她，这姑娘果然不错。他说：

“每个人都有一个过去，拿过去来计较，实在是很累人的事……”

她又亲了他一下，“希望我们有一个共同的将来。”

高少君也亲了她一下，他感到很幸运。最少比这几十份材料的主人们幸运，也比林方正幸运。

她说：“休息一下吧，看了这么久，不累？”

“姐夫催着要总结材料哩。”

“管他哩。”

“可别忘了，他可是专员！”

爱梅笑了。高少君说：

“喂，你说这些人，怎么都是对新社会感恩戴德，都觉得欠了新社会的债，都为自己跟不上时代感到羞愧难当……”

“因为新社会好，共产党好呀。”

“是啊，我们不是也有这种感觉吗？上上下下都这样，这……说不清楚是好，是坏……”

“问姐夫去。”

高少君摇了摇头，他不会去问，这个问题太大、太敏感。

但是，站在什么样的高度来总结这场学习运动呢？他没有把握，他觉得自己的能力和水平有限。

赵敏找到凤仙，对她说：

“领导上让我去参加土改工作队，到山区。”

凤仙定定地看着他：“你去好了，告诉我做什么？”

“我想，我应该和你说。”

“你保重……不要惦记我们……你放心，我绝对不会像秋月那样……”

“我走了，你怎么办？”

“你在这里，又能帮我什么？”

他不说话。停了一会儿，她说：“她呢？”

他知道她说的是谁，说："我不想告诉她。"

凤仙泪如雨下。何苦呢？

（二十四）

外祖母本来得的不是什么大病，牙齿痛，过去牙痛，她到山上采些草药，用盐揉一揉，塞进去就好了。可这一次不行，不但没有好，反而肿了起来，开头是牙肿，后来是脸肿，再后来，连眼睛都肿得看不见了。

青莲姑说，是"发红"。后来我知道"发红"就是感染。

外祖母拒绝用药，也拒绝下山。她说，是时候到了，她哪里也不去。

我看到外祖母的样子，有点怕。她叫着我的名字，还向我伸出手来，我却躲在母亲的背后，不敢上前。

母亲把我一推，这死团仔鬼，阿姆白疼你了。我一个趔趄，跌倒在外祖母的床前，哭了出来，外祖母说："我的样子不好看，孩子怕，你就慢慢说，你啊，我怎么说你呢？我最不放心的就是你。"

青莲姑把我扶起来，她什么也没说，只是微笑地朝我点点头，又向外祖母的床头努努嘴。不知怎的，我突然就不怕了。我想起外祖母那永恒的微笑。我走上一步，伸出我的手，同时叫了一声：阿姆。

外祖母笑了，用十分微弱的声音说："要读书，要听话，多吃饭，不要做亏心事。"

我使劲地点头。

青莲姑说："好了，让她清静地躺着吧。"

她把我们带到下边的草堂里，对母亲和父亲说："看来是不行了。昏迷了好几天，今天一早醒来，就说你们要来。"

外祖母在那天晚上死了。

山上的人们把她雕成菩萨的样子，放在缸里，埋在地下。

母亲哭得死去活来。青莲姑说："别哭了。你们要是能和和美美地过日子，她老人家也就放心了。”

母亲抬起头，冲着父亲说：“听到了？你要是敢没良心，我老母就不饶你！”

父亲一个字也没说。

这时，我们站在外祖母的坟前。那三炷香是我插上去的。母亲说，外祖母最疼的是我。表兄阿波没有来。阿妗改嫁，表兄是抱养的。外祖母不让告诉他们。

外祖母的坟，在半山腰上。背后是一望无际的翠柏，前面是一览无余的平川。山下，有一个村子。正是傍晚的时候，一根根烟囱都冒出袅袅炊烟。青莲姑说：“这是外祖母永远不断的香火。”

外祖母走了。她给我留下她那永恒的微笑。这微笑，是我一生中取之不尽、用之不竭的财富。

第二天，在下山的路上，母亲说：“我们得搬家，那个地方不能住了，是个贼仔窝。”

“再搬，往哪里搬？”父亲说。

“搬回去，回我兄嫂那里，楼上我原来的房间还空着。”

“怎么好意思！”

“怎么不好意思！当初要不是因为你，我也不会搬出去，跟你这没良心的走，算我歹运。我得回去，我回去，顶多再出来一回，我怕什么？”

“随你的意。”

“我知道，你是不会在意我们母子的死活的。”

父亲不说话。

我说：“搬回小琳家吧。”

母亲把眼睛一瞪，“就是睡街头也不再搬到那婊子那里去！我主意已定，搬到我养家！那个地方把我养大，我就不相信将来搬不出来！”

(24)

剧团里很久没有排新戏了。笑三春向高书记建议排赵敏的《义偷》。高少君说好。

高少君到专署找到卢副专员。卢副专员一看到他就说:“什么时候咚咚嚓嚓?”

“什么咚咚嚓嚓?”

“戏台上敲锣打鼓,吹唢呐,娶亲啊。”

高少君红了脸说:“国庆。”

“为什么拖那么久?这个老宋,还舍不得小姨子啊?”

高少君说:“我刚到剧团……”

“是啊是啊,还是革命第一,工作第一嘛。”卢副专员说,“最近剧团的情况怎么样?”

“还好,就是想……好久没排新戏了。”

“哦,你这家伙,是来讨剧本的!”

“卢副专员看过了?”

“哪有时间看呀!再说,我们大老粗,哪能看出什么名堂,拿去演吧。”

高少君接过剧本。他们相视一笑,意味深长。

《义偷》的演出非常成功。漳州城为之轰动。阿英、阿文、罗仔的名字,高高地挂在戏院的门口。

看戏的人越来越多。城里人,乡下人,穿汉衫的,穿列宁装的,男的,女的,把个票房的窗口挤得水泄不通。日场夜场,场场爆满。戏院的门口,各种各样的小吃摊、点心担子,越摆越多,一直摆到东闸口。一派繁荣升平的景象。

宋专员听了高少君关于剧团的情况汇报,很满意,说:“学习运动激发了广大艺人对党、对人民政府、对新社会的空前热情。你们的经验,很值得推广。”